내 인생이다

* 이 책은 방일영문화재단의 지원을 받아 저술·출판되었습니다.

내 인생 놓았다

김희경 지음

하고
싶은
일을 찾아
'진짜 내 인생'을 사는
15인의 인생 전환

푸른숲

무엇이 그들을 다른 길로 가게 했을까?

이 책은 여행기다. 장소 대신 사람을 탐험했다는 점이 여느 여행기와 다르다고 할까? 그냥 지금 그대로 살아도 별 탈 없어 보이는데 기어코 인생의 행로를 바꾸고 새로운 삶을 시작한 사람들 속으로 떠났던 여행의 기록이다. 그 여행을 기획한 계기는 삶의 전환점에서 어떤 결정을 내려야 좋을지 몰라 혼란스럽던 시절, 턱밑까지 차오른 불안이었다.

2009년 초입, 17년 넘도록 다닌 직장을 그만두겠다는 결심이 더 이상 돌이킬 수 없는 지경에 다다랐다. 오랜 고민 끝에 마음먹었지만 뾰족한 대안이 있는 것도 아니어서 불안하고 겁이 났다. 장거리 여행으로 치자면 버스를 갈아타기로 결심한 셈인데, 환승할 버스가 있기나 할까? 막차까지 다 떠나고 이제 너무 늦은 것은 아닐까? 불안을 달래기 위해 나는 먼저 경로 변경을 감행한 사람들을 찾아다니기 시작했다. 그렇게 1년간 열여덟 명을 만났고, 그들 중 열다섯 명의 이야기가 이 책에 실렸다.

내가 만난 사람들은 '인생 전환'을 꽤나 알차게 이뤄냈다. 간호사가 소설가가 되고, 광고 회사 임원이 요리사가 됐으며, 회계사가 요가 학원 원장이 되고, 음반 가게 사장이 심리 상담가가 되었다. 나는 성공적인 환승의 결과보다 이들 안에서 꿈틀대며 결국 삶의 방향을 바꾸도록 한 마음의 씨앗, 환승의 과정이 궁금했다. 무엇이 이들을 다른 길로 가게 했을까? 오래 묵은 꿈을 더 늦기 전에 실현하고 싶은 열망? 그날이 그날 같은 일상을 전복하고 싶은 결기? 혹은 길어진 노후에 대비하여 제2의 인생을 일찍 시작해야 한다는 조바심? 이들은 이정표와 갈 길이 상세하게 그려진 지도를 들고 떠났을까, 아니면 주소지 하나 달랑 들고 무작정 길을 나선 걸까? 여행이 종종 그렇듯 원래의 계획이 도중에 틀어지고 괜히 길을 바꾸었다는 좌절이 엄습해올 때 이들은 어떤 방식으로 대처했을까?

숱한 질문을 던지며 답을 듣는 동안 직장을 그만두었다. 나 자신이 전환점을 지나는 동행자가 되어 사람들 속을 여행하다 보니 내 갖가지 궁금증이 하나의 질문으로 점차 수렴되었다. 그건 '다른 사람이 되기를 열망하지 않고서도, 즉 내가 여전히 나 자신인 채로 달라질 수 있을까?'였다. 우리는 스스로를 긍정하면서 자신의 운명을 바꿀 수 있을까? 언뜻 보면 모순된 소망인 듯해도 이 책에서 내가 만난 사람들은 그렇게 자신의 삶 속에서 '다름'을 만들어낸 이들이다.

이들은 한두 명을 제외하곤 유명세와 거리가 멀다. 너무 가진 게 많아 뭘 해도 다 잘할 것 같은 사람보다 되도록 나와 다를 바 없는 평범한 이들을 만났다. 인생 전환의 시기에 초점을 맞춰 묻고 답했으니 한 사람의 삶 전체를 조망하는 글이라고는 스스로도 생각지 않으며 읽는 이들도 그래 주기를 바란다. 때로 거북한 질문에도 스스럼없이 자신의 경험담을 들려주고 책에 싣도록 허락해준 분들, 그리고 몇 가지 사정으로 책에 실리지는 못했으나 기꺼이 시간을 내어 이야기를 들려준 모든 분께 감사드린다. 행여 잘못 전달한 것이 있다면 전적으로 저자인 나의 책임이다.

넉 달간 두 곳의 블로그에 연재했던 글을 고쳐 쓰고 사람들을 다시 만나 책으로 펴낼 용기를 낸 것은 다른 사람의 '오늘'이 나의 '내일'을 보여줄 수도 있다고 생각했기 때문이다. 이 '사람 여행기'가 지금과는 다른 삶을 꿈꾸는 독자에게 조그마한 단서라도 되길 감히 바란다.

2010년 여름
김희경

3 이제는 나를 위해 다르게 살기로 했다

1

지금 이 삶은

내가 살고 싶었던 삶인가

PR 컨설팅 회사 사장

39

1인 기업가

하프타임 _
잠시 멈춰 서야 하는 게 아닐까?

김호

전환 이전 | 에델만코리아 사장
전환 이후 | 더 랩 에이치 대표
전환 시기 | 서른아홉

성인이 된 뒤 누구나 한 번은 삶의 흐름이 정지되는 때를 만난다. 자발적이든 어쩔 수 없든 방식과 시기에는 차이가 있겠지만. 나는 기왕이면 일찌감치, 스스로 주도해서 삶의 전반기와 후반기 사이의 하프타임(half time)을 가져보자는 생각으로 1년간 일을 쉰 적이 있다. 정말로 내가 원하던 방식대로 살아가고 있는지 의문이 깊어지던 시기였다.

취지는 좋았으나 다소 충동적인 결정이었던 탓에 초반엔 갑자기 생긴 여유 시간을 어떻게 다뤄야 할지 몰라 쩔쩔맸다. 오죽하면 오늘 뭘 할지를 생각할 필요 없이 하루치 시간을 메워주던 따분한 업무들을 그리워했을까……. 그러던 어느 가을 날, 한 '하프타이머'의 블로그를 알게 되었다. 사회적 관계에서 막무가내로 뛰쳐나온 나와 달리 그의 하프타임은 조직적이었다. 전반전의 삶을 돌이켜보고, 평소 좋아하는 취미를 가다듬고, 여행도 다니며 후반전의 삶에 필요한 일들을 차근차근 준비하고 있었다. 전반전의 삶이 한쪽 방향으로 기울어진 것이었다면 후반전의 삶에선 균형을 되찾자는 생각으로 잠시 멈춰 서서 성찰하던 그의 모습에, 무작정 실행한 내 하프타임이 멋쩍었다.

길이 헷갈릴 때 잠시 멈춰 서서 관찰하고 기다리고 다시 시작하는 건 어찌 보면 당연한 일이다. 그런데도 우리는 더 먼 여정인 살아가는 일에 대해서는 그렇게 하기를 두려워한다. 어디로 이어질지 모를 사람 여행길의 첫 방문지는 잠시 멈춰 설 용기를 냈던 김호 씨였다.

박수칠 때 떠나라지만 어디 그게 쉬운가. 말 타면 경마 잡히고 싶은 게 사람 마음이다. 그러나 김호 씨는 말 그대로 박수칠 때 떠났다. 그는 대형 PR 컨설팅 회사인 '에델만코리아'에서 서른한 살에 직장 생활을 시작해 서른일곱 살에 사장이 되었다. 그가 사장으로 일하는 동안 해마다 회사는 최고 매출 기록을 경신했다. 커리어가 절정에 올랐던 2007년, 그는 자진해서 사장 자리에서 물러났다. 2010년 여름 현재 그는 위기관리 전문가로 1인 기업인 '더 랩 에이치'를 운영하고 있으며, 카이스트 문화기술대학원 박사 과정에 재학 중이다.

그가 잃은 것은 타이틀과 고액 연봉, 얻은 것은 삶의 균형과 장기적으로 할 수 있는 자신만의 일 그리고 행복감이다. 그는 인생 전환은 과거의 나로부터 멀어지는 것이 아니라 본래의 나를 찾아가는 과정이라고 말했다. 일에 대해서도 타이틀은 전혀 중요하지 않다, 업(業)을 추구하면 직(職)은 따라온다는 것이 그의 생각이다. 위기관리의 전문가라 그런지 그가 실행해온 삶의 위기 진단, 해법 찾기, 해결의 결과는 보기 드물게 조직적이다. '어떻게 살 것인가' 같은 크고 막연한 화두를 붙들고 씨름하는 대신 삶의 각 영역에서 자기답게 살기를 방해하는 문제들을 추출하고 그에 맞는 현실적인 답들을 얻어냈다.

그에게 '변화의 부름'이 시작된 시기는 성공과 위기가 동시에 찾아온 2004년이었다. 고속 승진으로 사장이 되었지만 몇 개월 지나지 않아 이혼의 고통을 겪었다. 성공했으나 행복하지 않았다. 삶에 문제가 있다는 느낌이 사라지지 않았다. 숨 가쁘게 달려온 삼십대에 그가 가장 두려워했던 질문은 취미가 뭐냐는 것이었다. 늘 할 말이 없었다.

전환의 계기는 2006년에 찾아왔다. 코엑스에서 열린 리빙 디자인 페어에서 조지 나카시마의 가구 디자인을 보았는데, 그것이 마치 새로운 발견처럼 다가왔다. 그는 바로 다음 날 사표를 썼다.

"변화가 필요하다는 생각이야 그전부터 하고 있었지만 정말로 사표를 쓰게 된 데에는 목수가 되고 싶다는 생각이 아마 10퍼센트는 작용했을 거예요. 세상에 PR 말고도 나를 행복하게 해줄 수 있는 일이 있다는 걸 알게 되었거든요. 삼십대의 10년은 성공했지만 행복하지 않은 시간이었다면, 사십대의 10년은 행복하게 살고 싶었어요."

자신의 전문 분야인 '위기관리 코칭'에 전념하기 위해서도 시간이 필요했다.

"사장을 하면서도 매년 백 시간 이상 기업체 임원들을 대상으로 위기관리 코칭을 해왔는데 회사 경영 때문에 그 일에 전념할 수 없다는 게 늘 안타까웠어요. 사장을 나보다 잘할 사람은 많겠지만 위기관리 코칭 분야에선 내가 제일 잘하고 싶다는 욕구도 컸고요."

뉴미디어의 발전 양상과 그로 인해 달라진 여론 형성 과정을 지켜보면서 위기관리의 패러다임을 바꿀 미디어의 변화도 연구하고 싶었다. '에델만코리아'에 입사하기 전 미국에서 박사 과정을 밟다가 IMF 외환 위기로 중단할 수밖에 없었는데, 학업을 지속하고 싶은 욕구도 컸다고 한다.

회사를 그만둔 뒤 그가 이뤄낸 결과를 보면, 그는 이 세 가지 문제를 정확하게 해결했다. 목공예를 배워 가구 아홉 개를 만들었고 일과 놀이,

가족 사이에서 균형을 회복했다. 또한 1인 기업을 설립해 위기관리 코칭에 전념하고 있으며 연구를 위해 카이스트 대학원 박사 과정에 다닌다. 이 깔끔한 전환이 어떻게 가능했을까?

세상의 지혜를 끌어 모으다

그는 다른 사람의 조언을 구하는 데 적극적이다. 자신이 주로 조언을 하는 입장이다 보니 혼자서는 미처 생각하지 못했던 점들을 발견하게 해주는 조언의 장점에 일찌감치 눈을 떴다고 한다. 코칭을 업(業)으로 삼게 된 것도 그에게 길을 열어 보여준 멘토(mentor)와의 만남 덕분이었다. 그가 '에델만코리아'의 부사장이던 2003년, 싱가포르에서 한 제약 회사의 아태 지역 비즈니스를 따내기 위해 각 나라의 '선수'들이 모여 벌이는 공동 프레젠테이션이 열렸다. 발표를 마치고 떠나기 전날, 당시 아태 지역 회장이던 데이비드 차드와 둘이서 맥주를 마시면서 나눈 대화는 그의 삶에 커다란 영향을 끼쳤다.

"그때까지만 해도 나는 티칭(teaching)에 관심이 있었지 코칭(coaching)이 뭔지는 몰랐어요. 그런데 그가 두 개념의 차이를 설명해주는데 아, 망치로 머리를 맞는 기분이더라고요. 간단히 말하면 티칭은 자신이 알고 있는 지식을 학생에게 전수하는 것이고, 코칭은 문제에 대한 답은 그 사람 안에 있으니 올바른 질문을 던져 스스로 답을 깨닫도록 도와주는 거라는 겁니다. 내게는 충격적인 대화였어요. 그동안 내가 해왔던 티칭이 지적 허영이 아닌가 하는 반성도 했지요."

그 뒤부터 그는 관련 책을 찾아 읽으면서 그동안 해온 위기관리와 미디어 트레이닝 분야에 코칭을 접목해 일의 방식을 바꾸었고, '위기관리 코칭'을 자신의 전문 분야로 만들어낼 수 있었다.

'에델만코리아' 사장 시절에는 자비를 들여 호주의 리더십 코치와 계약을 맺고 3년간 코칭을 받았다. 젊은 나이라 부족한 경륜을 상쇄하기 위해서였다.

"리더십뿐 아니라 인생 전반에 대해 코칭을 받았는데 코치가 강조한 핵심은 '균형'이었어요. 일과 가족, 친구, 문화, 놀이가 삶에서 균형을 이뤄야 하는데 나는 삶의 80퍼센트가 일에 몰려 있어서 문제라고 늘 지적을 받았지요."

목수의 꿈을 품게 된 것도 코치의 조언 덕분이었다. 균형을 회복하라는 조언에 그럼 주말엔 사무실에 나가지 않겠다고 약속했더니, 코치는 사무실에 나가지 않는 것이 중요한 게 아니라 주말에 뭘 하느냐가 중요하다고 강조했다. 운동에도 별 취미가 없어서 뭘 하면 좋을까 막연히 생각하다 친구에게 이끌려서 찾아간 곳이 조지 나카시마의 가구 전시회다. 그 뒤 토요일마다 목공소에서 가구 제작을 배웠다. 막연하게 창의적인 일을 해보고 싶다는 바람이 있었던 데다 어릴 때의 꿈이 건축가여서 그런지 쉽게 시들지 않는 관심이 생기더라고 했다.

'에델만코리아' 사장을 그만두기 직전에는 구본형변화경영연구소가 운영하는 '꿈을 찾아 떠나는 여행'에 참여해 2박 3일간 사람들과 함께 인생을 돌아보면서 공부와 1인 기업을 하자는 꿈을 구체화했다.

"구본형연구소뿐 아니라 그 전에 공병호경영연구소의 프로그램에도 참여해봤는데 양쪽 모두 공통된 질문은 '계급장 다 뗐을 때 자신의 이름으로 살아갈 수 있는가'였어요. 나 자신에게도 궁금한 그 질문을 1인 기업을 하면서 시장에서 직접 실험해보자고 생각했지요."

카이스트 박사 과정에 진학해야겠다는 결심도 '에델만코리아'에 다니던 시절 프로젝트 때문에 알게 된 카이스트 정재승 교수와 대화를 나누던 도중 싹트기 시작한 것이다.

"정 교수와는 로레알 유네스코 여성 과학자상의 자문을 위해 처음 만난 뒤로 1년에 한두 번씩 안부를 주고받는 사이였어요. 2006년에 만나서 회사에서 준비 중이던 '한국 블로거 성향 조사'에 대한 이야기를 나누다가 자연스럽게 블로그나 시민 저널리즘이 위기관리의 패러다임에 가져올 변화에 대한 개인적 고민을 털어놓게 되었지요. 직접 연구를 해보고 싶은데 마땅한 방법이 떠오르지 않는다고 말하자 정 교수가 카이스트의 문화기술대학원이 어떻겠느냐고 제안하더군요."

회사를 그만둔 뒤 7개월간 하프타임을 가진 것도 세상의 지혜를 끌어모으는 적극적 경청에서 비롯된 결과다. '에델만코리아'에서 일할 때 원고 섭외차 당시 대학교수였던 정진홍 〈중앙일보〉 논설위원을 만난 뒤 1년에 한두 차례 만나 식사를 하면서 긴 이야기를 나누는 것이 일종의 '의식'이 되었다고 한다. 그렇게 만나던 어느 날 정 위원이 그에게 '삶의 하프타임'에 대한 이야기를 꺼냈다.

대체로 사람들이 예순까지 정신없이 일하다가 은퇴하고 나서 '다시 그 시절로 돌아간다면……' 하고 후회하는 경우가 많은데, 그보다는 삼십대나 사십대에 하프타임을 가지며 잠시 짧은 은퇴를 겪어보고 자신의 삶을 돌아본 뒤 새로운 삶을 시작하는 것이 좋지 않느냐는 것이 요지였다. 그때부터 그는 어떻게 하면 하프타임을 제대로 가질 수 있을지를 줄곧 생각해왔고, 회사를 그만둔 시점은 그것을 실행하기에 적당한 시기였다.

"돌이켜보면 제 인생의 커다란 전환점에는 모두 소중한 사람들과의 인연이 있었습니다. 다른 사람의 조언을 들으면 미처 생각하지 못했던 것들을 발견하게 돼요. 타인이 준 좋은 영향으로 길이 열리는 경우도 많다고 생각합니다. 누구를 만나고 누구와 함께하느냐가 정말 중요해요."

그가 회사를 실제로 그만둔 것은 사표를 낸 지 7개월 뒤였다. '그만두겠다', '안 된다' 하는 식의 흔

내 꿈을 찾아가는 하프타임

한 감정적 실랑이에 발목 잡혀서가 아니다. 사표를 낸 뒤 회사와 함께 후임자를 물색했고, 새 사장이 정해진 다음에는 한 달간 함께 일하면서 신임 사장의 안착을 도운 뒤 회사를 떠났다. 이런 성실한 뒷마무리는 나중에 1인 기업가로 살아갈 때에도 그의 평판에 도움이 되었다.

사장을 그만둔 뒤 그는 온전히 자신에게만 시간을 할애하는 하프타임을 7개월간 가졌다. 스스로 설정한 하프타임의 취지는 '학습'이었다. 호주 코치의 권유로 경영과 참선을 접목한 캐나다의 리더십 캠프에 다녀왔으며, 혼자 긴 여행을 한 뒤 다시 미국에 가서 관심 분야의 컨퍼런스에

참여하고, 아일랜드 더블린에서 열린 창조성 워크숍에도 다녀왔다. 오래 혼자 지내고, 여행하고, 목수의 일과 재즈 피아노를 배우고, 책을 읽었다. 하프타임은 삶의 변화를 위해 무엇을 준비하고 실행에 옮길 것인가에 대한 생각도 구체화하는 계기였다. 이 시간 동안 그는 친구에게 선물할 원목 서랍장을 완성했고, 1인 기업 설립을 마무리했으며, 카이스트 박사 과정 입학시험을 치렀다.

"하프타임은 내 꿈을 찾아가는 과정입니다. 인생 전환을 꿈꾸는 사람에겐 하프타임 갖기를 꼭 권하고 싶어요. 하프타임의 목적은 한가해지기 위해서가 아닙니다. 직장 생활에 몰두해 있을 때는 자신에 대해 생각하는 게 두렵고, 혼자 있는 걸 잘 견디지 못하잖아요. 하지만 자기 자신과 대면한 상태에서 과거를 돌아보거나 미래를 그려보지 않고서 실행하는 변화는 무의미하거나 미완이기 십상이지요. 혼자 있는 시간이 절대적으로 필요해요. 긴 시간을 내기 어려우면 주말에라도 온전히 자기 자신에게만 할애하는 시간을 가져야 합니다. 같은 일을 하는 사람, 익숙한 환경으로부터는 배울 게 별로 없어요. 혼자 낯선 곳으로 떠나야 아이디어도 생성되지요."

나는 하프타임을 '성인의 통과의례'로 활용할 수도 있다고 생각한다. 통과의례는 개인이 인생의 중요한 고비를 거칠 때 이전 단계에서의 분리, 단계 사이의 전환, 새로운 단계로의 통합을 돕는 의식(儀式)이다. 생의 다른 단계로 접어들 때 누구나 겪기 마련인 개인적 어려움을 달래주는 것이다. 하지만 일단 결혼을 하고 나면 생을 마감할 때까지 성인의 삶은 거의 통과의례의 무풍지대라 할 만하다. 은퇴도 일종의 통과의례라 할 수 있지만 일을 과도하게 강조하는 우리 사회에서 은퇴는 노화의 공포를 가중하는 부정적 통과의례로 인식되기 십상이다. 하프타임은 삶의 방향 전환을 앞둔 성인이 새로운 단계에 진입하기 이전에 자신을 가다듬는 통과의례로 활용할 수 있는 기간이다. 어떤 '상태'에 속하는 것이 아니라 '상태'와 '상태' 사이의 중간 지대, 그 사이의 '과정'을 살아보는 것이다. 이도 저도 아니지만 그렇기 때문에 둘 다이기도 한 풍성한 상태, 사회적 관계를 일시 정지시키는 경계 지대에 자발적으로 머물면서 자신을 둘러싼 관계와 스스로를 새롭게 바라보는 시각을 얻을 수 있는 기간이다.

자기 삶의 역사에 대한 장기적 시각도 그런 기회를 통해 얻을 수 있을 것이다. 김호 씨는 길게 보면 결국 오래전부터 품고 있던 꿈들이 서로 연결돼 오늘의 자신을 만든 것 같다고 했다. 불문학을 전공한 대학 시절에는 교수가 되는 것이 꿈이었다. 언어에 대한 관심에 이끌려 PR 회사에 다니면서 유난히 트레이닝에 꽂혔던 것에도 가르치는 일에 대한 선망이 작용했던 게 아닐까 생각한다고 했다. 2003년 소그룹 규모로 위기관리 코칭을 시작했는데 생각보다 반응이 좋았고 스스로의 만족도도 높았다. 이 경험을 통해 그는 좋은 커뮤니케이터가 되는 것보다 남이 더 좋은 커뮤니케이션을 하도록 가르치는 것이 자신의 장점이라는 것을 알게 되었다고 한다. 그의 말을 듣다 보니, 애플의 CEO인 스티브 잡스가 스탠포드 대학 졸업식에서 했던 유명한 연설 가운데 "과거의 점들을 잇기(connecting the dots)"에 관한 내용이 떠올랐다. 지금의 경험, 관심사가 나중에 무슨 소용이 있을지 알 수 없더라도 현재 자신의 삶에 충실하다 보면 전혀 별개인 것처럼 보이는 경험과 배움도 결국 서로 연결되고 통합되어 자기다움을 형성하게 된다는 것. 앞일을 미리 철저하게 계획하며 무엇인가를 소망하고 관심을 기울이기란 어려운 일일 것이다. 우리가 할 수 있는 건 지금의 경험이 서로 이어지고 합쳐져 언젠가는 나를 만들게 될 거라고 믿는 일뿐이지 않을까?

그는 조직의 보호막에서 벗어날 때 경제적 공포감은 별로 없었다고 했다. 이전보다 수입이 줄어들긴 했어도 위기관리 트레이닝 워크숍을 운영하며 경제활동이 가능했기 때문이다. 그래도 두려운 것은 '사장'이라는 직함이 명함에서 사라지는 일이었다. 자발적으로 회사를 나왔는데도 묘한 자격지심이 생기더라고 했다. 아는 사람을 우연히 만나 안부를 주고받을 때면 상대방이 '뭘 잘못해서 회사에서 나온 게 아닌가' 하고 바라보는 것 같은 느낌에 괜히 혼자 불편했다. 자주 가는 식당에서도 대접이 달라진 것만 같았고, 평일 낮 청바지 차림으로 아파트를 오가다 경비 아저씨와 마주치면 '아직 한창 일할 나이에 젊은 사람이 왜 저렇게 놀고 있지?' 하고 측은한 시선으로 쳐다보는 것만 같아 괜스레 민망했다. 그러다 1년쯤 지난 어느 날, 평일 오전 10시에 마트에 가는 일이 아무렇지도 않은 스스로를 발견하고서야 비로소 '아, 자유다' 하는 생각이 들었다고 한다.

조직에서 떨어져 나온 뒤 가장 그리웠던 것은 사람들과 함께 피자를 먹으며 야근을 하고 회의를 하던 풍경이었다고 한다. 연결과 소통의 끈이 필요하다고 절실하게 느꼈고, 그 방법으로 블로그를 시작했다. 하프타임에 대한 진솔한 이야기, 위기관리에 대한 전문적 내용으로 그는 금세 이른바 '파워 블로거'로 떠올랐다. 내가 그의 존재와 하프타임을 알게 된 것도 블로그를 통해서였다.

백 가지 꿈을 기록하라

그는 자신이 원하는 일, 가고 싶은 방향에 대해 늘 생각이 또렷한 사람 같았다. 조직적인 계획과 준비도 그 덕에 가능하지 않았을까. 그러나 그는 아니라고 고개를 저었다.

"이십대 때도 PR이 제 길이라고 생각해본 적이 없고, 지금 하고 있는 일에 대한 생각을 구체화한 것도 하프타임 때예요. '무엇으로부터 달아나는 것(from what)'이 아니라 '무엇을 향해 가는 것(for what)'이 되어야 한다고 생각했고, 원하는 것을 찾기 위해 애를 썼지요."

원하는 것을 찾는 작업을 할 때는 기록이 중요했다. 머릿속으로만 생각하면 기분에 따라 생각이 달라지고 충동적 선택을 하게 될 위험이 있지만, 떠오르는 생각을 기록해놓고 계속 들여다보면 균형 잡힌 결정을 할 수 있다는 것이다. 그는 기록을 할 때도 'A4 멘털리티(mentality)'를 벗어나보는 게 좋다고 조언했다.

"컴퓨터 화면의 A4 수직 틀에 갇혀 있으면 생각도 제한되는 면이 있어요. 낯설게 하기를 자꾸 시도해봐야 막힌 생각도 뚫리죠. 저는 줄 없는 노트를 활용했어요. 스케치북에 여러 색 사인펜으로 꿈을 기록하고 그림으로 그려보는 것도 도움이 됩니다."

그는 논문을 준비할 때도 식탁 크기의 마분지에 그림을 그려가며 가지를 친다. 언젠가 자신의 집을 짓게 되면 한쪽 벽면을 전부 칠판으로 만드는 것이 꿈이라고 했다.

"2007년에 참여한 더블린의 창조성 워크숍에서는 참가자들에게 커다란 타월을 나눠주더군요. 바닥에 누워서 수업을 듣고 글을 써보라는 취지였어요. 어릴 때 하던 걸 해보는 것이죠. 이런 것도 일종의 '낯설게 하기'입니다. 백지를 마주하는 것도 '낯설게 하기'의 한 방법입니다. 백지에 곧장 자신이 원하는 것을 줄줄이 써 내려갈 수 있는 사람은 그리 많지 않아요. 써야 할 내용과 그것을 써 넣을 위치, 크기, 색깔을 곰곰이 생각해야 하죠. 그런 과정을 통해 생각에 몰두하고 이전에 눈에 띄지 않았던 연결점들을 발견할 가능성이 열린다고 봐요."

다른 사람의 조언을 구하고, 하프타임을 갖고, 자신의 꿈을 기록한 뒤 남은 일은? 바다에 자신을 던져 넣는 것이다.

"일단 바다에 뛰어들어야 수영을 하는 거잖아요. 너무 꼼꼼하게 계획하면 모험을 하기 어렵습니다. 스스로를 밀어붙여야 해요."

뛰어들 때 중요한 건 자기암시다. 유치할지 몰라도 스스로를 세뇌하는 자기암시, '믿는 대로 된다'는 믿음이 굉장히 중요하다는 것이다. 실제로 그는 2000년대 초에 어떤 이의 조언을 듣고 '원하는 일 백 가지 쓰기'를 해본 적이 있다. 그때 기록해둔 것 중 하나가 2005년에 사장이 되겠다는 목표였는데 실제로 그는 자신이 정한 기한보다 1년 빨리 사장이 되었다. 그는 믿는 대로 된다는 믿음이 없었더라면 독립할 엄두도 내지 못했을 거라고 했다.

"가장 맛있는 음식을 먹었던 경험을 한번 떠올려보세요. 입안이 어떤 가요? 침이 고이지 않나요? 두뇌는 상상과 현실을 구분하지 못해요. 상상하면 현실이 됩니다. 뇌가 뭔가를 해야겠다고 생각하면 몸의 세포가 그렇게 움직이게 되어 있다고 해요. 무작정 '하면 된다'고 생각하라는 게 아니라 꿈꾸는 일의 중요성을 말하는 겁니다. 꿈이 있으면 스쳐 지나가는 일에서도 관심사가 눈에 걸려 자꾸 돌아보게 되고, 그런 것들을 통해 길이 열리는 거지요."

내 인생의 모자 여덟 개

하프타임을 마친 뒤 그는 5천만 원으로 1인 기업인 '더 랩 에이치'를 차렸다. 위기관리 코칭과 함께 헬스 케어 커뮤니케이션 전문 회사인 '오길비헬스'의 조직 구성과 개발을 돕고 있으며, '설득의 심리학' 워크숍을 1년에 네 차례 진행한다. 그는 《설득의 심리학》으로 유명한 로버트 치알디니 교수의 설득 이론을 실제 비즈니스에 적용하는 기술을 가르치는 국내 유일의 트레이너다. 2008년 1월 하프타임을 마치면서 인증 교육을 받은 뒤 그해 여름부터 국내에서 워크숍을 진행하고 있다. 광고를 한 적이 없는데도 기존 참석자들의 추천으로 꾸준히 신청자가 늘어나고 있다고 한다.

전환의 고비를 넘어온 지금, 그에겐 삶의 우선순위가 달라졌다. 여전히 일이 대부분의 시간을 차지하지만 일과 관계, 문화, 놀이의 균형을 유지하며 살아간다.

"예전엔 10시간 중 원하는 일을 2, 3시간 했다면 지금은 10시간 대부분을 원하는 일로 채우고 있어요. 내 흐름을 스스로 조절할 수 있게 되었다고 할까요? 쓸데없는 힘이 기분 좋게 빠진 것 같은 느낌, 자유로움이 마음에 듭니다."

도중에 CEO 제안을 몇 번 받기도 했다. 2008년에 받은 제안은 한마디로 거절하기엔 너무 고민이 되어 혼자 끙끙대다가 한 번 만난 적도 없는 안철수 카이스트 교수에게 조언을 구하는 메일을 썼다. 의외로 선뜻 받아들여준 안 교수의 초대로 20분간 만나게 되었을 때 안 교수가 이렇게 묻더라고 했다. 내일모레 죽는다고 가정하고, 그때 지금의 결정을 돌이켜봐도 후회하지 않을 자신이 있느냐고. 그 기준으로 생각해보라는 안 교수의 조언을 받고 그는 CEO 제안을 거절했다. 지금은 마음대로 쓸 수 있는 '내 시간'이 가장 소중하고, 공부를 계속해야 할 때라고 생각했기 때문이다.

그는 시간을 마음대로 쓸 수 있는 환경에서 창조성과 새로운 발상도 나온다는 믿음을 자신이 코칭하는 '오길비헬스'에서도 실험해보았다. 일주일에 하루는 직원들이 맡은 일의 결과만 내놓으면 집에서 일하든 커피 전문점에서 일하든 상관없이 회사에 나오지 않아도 되는 VOD(Virtual Office Day, 가상 사무실의 날)를 도입하자고 제안해 운영하고 있다.

"미국 유통 회사 '베스트바이' 본사에서 실행하는 ROWE(Results-Only Work Environment, 결과 중심 근무 환경) 시스템에서 아이디어를 가져왔어요. ROWE는 하루 8시간씩 일하는 것이 아니라 자신이 맡은 일의 결과만 낼 수 있으면 어디에서 어떤 식으로 일하든 상관하지 않는 시스템입니다. 직장이라는 장소에 구애받지 않고 시간을 스스로 관리할 수 있도록 하는 실험을 해본 건데 생각보다 결과가 좋아요. 이 실험은 윗사람이 아랫사람에게 먼저 신뢰를 보여주어야 가능합니다. 그것만 제대로 이뤄진다면 전통적 업무 방식보다 훨씬 낫다고 생각합니다."

2010년 봄에 만났을 때 그는 저자로서 자신을 실험해보기 위해 〈동아 비즈니스 리뷰〉, 〈이코노미스트〉, 〈1/n〉 등의 잡지에 글을 연재하고 있었고, '사과(謝過)'를 주제로 한 박사 논문을 준비 중이었다. 박사 논문을 마치고 나면 디자인부터 제작까지 배울 수 있는 영국 목공 학교의 12주 교육 과정에 다녀올 계획이다. 1인 기업의 이름을 'PR'이니 '커뮤니케이션'이니 하는 말들을 다 빼고 '더 랩 에이치'라고만 지은 것도 언젠가는 자신의 이름으로 목공소를 내겠다는 생각 때문이다. 좀 더 많이 여행하고, 프랑스 샹파뉴 지방에 자주 가서 자신이 사랑하는 샴페인에 대한 책을 한 권 쓰겠다는 계획도 있다.

"제가 가장 좋아하는 친구가 사람은 살면서 여덟 개의 모자를 써야 한다고 말해준 적이 있어요. 누구나 살아가면서 여러 개의 역할을 하게 되는데 그것이 여덟 개는 되어야 하고 그것들 사이에 균형이 이뤄져야 한다는 거죠. 물론 자기 직업 분야에서만 모자를 쓰거나 '협회장' 같은 타이틀을 여러 개 걸치는 것과는 전혀 다른 의미입니다."

그는 이미 쓰고 있거나 쓰는 법을 배우고 있는 모자를 생각해보고, 앞으로 쓰고 싶은 모자를 계속 만들어가는 중이라고 했다. 그의 블로그를 보니 그가 생각하는 모자는 다음과 같았다. 이미 쓰고 있는 모자로는 스토리 워커(story worker), 목수, 사업가, 코치. 앞으로 쓰고 싶은 모자로는 샴페인 전문가, 재즈 뮤지션, 사진작가······. 균형 잡힌 인생을 매우 조직적으로 설계하는 것 같다고 감탄하자 그는 고개를 가로저었다.

"지금까지의 인생도 늘 계획대로 된 것은 아니었어요. 계획하고 준비하는 과정에서 좋은 우연이 찾아왔을 뿐이지요. 차분하게 준비하다 보면 원래의 계획과 달라져도 좋은 우연을 만나게 되는 것 같더군요. 대학원 진학이나 '오길비헬스'의 일을 맡게 된 것도 그렇지만, 제 인생의 전환점마다 그런 우연이 개입했고, 나도 모르게 끌려서 가게 되는 일들이 생기곤 했어요. 저 역시 당장 6개월 뒤에 무슨 일이 생길지 모릅니다. 하지만 미래의 불투명함을 불안하게 여기기보다 내가 할 수 있는 만큼 계획하고 실행하면서 우연에 대해 열린 마음으로 살아갈 수 있게 된 것 같아요."

김호 씨의 블로그를 뻔질나게 들락거릴 즈음 그가 올린 이런 제목의 글을 보았다. '당신의 삶에서 무엇이 가장 중요한가'. 2008년 고려대 강수돌 교수가 한국·미국·일본·독일 사람들의 '일에 대한 태도'를 조사하며 던진 질문이라고 한다. 한국인은 '만족스러운 일자리'를, 나머지 모두는 '가족과의 시간'을 꼽았다. 게다가 일 중독에 빠지고 싶다는 한국인이 무려 23퍼센트(독일인은 6퍼센트)나 되었다.

우리 사회에서는 일이 너무나 중요해진 나머지 정체성의 주된 내용이자 자존감과 행복의 거의 유일한 근원이 되어버린 것 같다. 그렇게 일에만 매달리고 자신의 분야에서 끊임없이 일의 양을 늘려가는 사람들을 우리는 일 중독자라고 부른다. 반면 김호 씨처럼 일과 놀이, 관계의 균형을 살펴가며 '쓰고 싶은 모자'를 늘려가는 것은 건강한 '삶 중독'이라고 불러도 좋지 않을까? 그를 만난 뒤 칼 마르크스의 《독일 이데올로기》를 다시 읽을 기회가 있었다. 마르크스는 사람이 스스로를 일과 동일시하는 것을 위험하다고 여겼다. 그가 이상적이라고 생각한 세상은 이렇다.

"내가 오늘 한 가지 일을 하고 내일은 다른 일을 하는 것이 가능한 세상. 아침에는 사냥을 하고 오후에는 고기를 잡으며 저녁엔 소를 사육하고 저녁 식사를 한 뒤에는 비평을 할 수 있는 세상."

비현실적인 아마추어로 살자는 거냐고 의아하게 생각할지 모르지만, 나는 이 말을 한 가지 직업의 정체성에 갇히지 않고 자신에게 기쁨을 줄수 있는 일을 골고루 하면서 살아갈 수 있어야 한다는 뜻으로 받아들였다. 마르크스의 이상이 사회적으로 현실화되긴 어렵겠지만, 개인의 차원에서는 삶을 일에 꿰어 맞추는 대신 일을 삶에 통합하려는 노력이 필요하지 않을까? 김호 씨가 한쪽으로만 치우친 삶을 교정하기 위해 잠시 멈춰 서서 하프타임을 가진 것, 균형을 회복하고 본래의 나를 찾기 위해 삶의 방향을 튼 것도 그렇게 일을 삶에 통합해가는 과정일 것이다.

박윤자

전환 이전 | 음반 가게 사장
전환 이후 | 보나심리상담센터 원장
전환 시기 | 서른넷

음반 가게 사장

의미와 재미 _
의미도 재미도 없이
먹고만 살 것인가?

심리 상담가

일이 재미없다는 내게 친구가 이상하다는 듯 물었다.

"일이 어떻게 재미있을 수가 있니?"

순간 말문이 막힌 내가 쌤통이었던지 친구는 이후에도 "재미있으면 그게 일이냐?"는 둥 틈만 나면 제 '명언'을 패러디해댔다. 내 친구의 말은 어이없기로 치면 영화 〈봄날은 간다〉에서 유지태가 던진 대사 "사랑이 어떻게 변하니?"와 거의 동급이다. "사랑이 어떻게 변하니?"를 들었을 땐 속으로 '애야, 그게 어떻게 안 변한다는 거니?' 하고 혀를 찼는데, "일이 어떻게 재미있을 수가 있니?" 하고 묻는 친구의 말엔 비슷한 정도의 반발심이 일면서도 막상 반격할 말이 궁했다.

일이 어떻게 재미있을 수 있느냐는 말은 '세상사 별거 없으니 그냥저냥 현재에 만족하고 살아라', '힘들고 왜 하는지 모르겠어도 일이란 원래 그런 거니까 참아라' 같은 다양한 말로 변주된다. 그 가운데 가장 강력한 변주는 '밥벌이의 엄중함'이다. 스스로 벌어 제 한 몸과 가족을 건사하는 밥벌이는 결코 가벼이 볼 수 없는 존엄한 일이다. 누가 대신 먹여 살려주지 않는 한 어찌됐건 해야 하는 밥벌이 앞에서 재미를 따지고, 가치와 의미를 묻는 것은 배부른 철부지 같은 짓이 아닌가 싶어 자주 멈칫거렸다. 그래서 나는 다음 여행지로 번번이 먹고는 살아야 할 것 아니냐는 반대에 부딪히면서도 일의 의미 찾기를 멈추지 않고 삶의 방향을 바꾼 사람을 찾아갔다.

30년 전, 웃는 얼굴이 예쁘고 공부를 잘했던 여고생은 단어 하나에도 가슴이 두근거리는 문학소녀의 기질이 있었지만 문과에 가면 먹고살기 어렵다는 부모의 권유를 따라 이과를 선택했다. 그는 보조 장치가 없으면 걸을 수 없는 1급 중증 장애인이다. 이과 반에 가면서 몸 때문에 자신이 원하는 대로 살 수 없다는 걸 알아차린 뒤로 그는 스쿠터를 타고 길을 지날 때마다 '이대로 탁 떨어져버렸으면 좋겠다'고 생각했다. 생의 끈을 놔버리고 싶었던 그는 오토바이 사고를 볼 때마다 '왜 내게는 저런 축복이 와주지 않을까?' 하는 부러움을 지울 수가 없었다고 한다.

그로부터 30년 후, 그는 살아 있다는 느낌으로 충만하다. 사는 재미가 있다는 말이 바로 이거구나 싶고, 언제 죽는다고 해도 "나, 잘 살았어" 하고 미소 지을 수 있을 것만 같다. 자신을 위해 계획된 듯한 길을 가고 있는 요즘에는 그동안 지나온 기나긴 어둠의 시간조차 어쩌면 소명을 만나기 위해 준비된 과정이 아니었을까 생각할 때도 있다. 그가 자신의 몸을 이제야 수용할 수 있게 되었다고 말할 때, 나는 '자기실현을 이룬 사람'과 마주앉아 있다는 생각에 괜스레 가슴이 벅차올랐다. 마음의 소리가 이끄는 길이 비록 앞이 보이지 않는 진창 속의 고통일지라도 외면하지 않고 충실하게 그 소리를 따라 살아온 사람, 그렇게 스스로를 실현해온 사람 고유의 확신과 자기존중은 그와 마주한 인연과 시간에 감사하는 마음이 들게 할 만큼 부드러운 감화력을 지녔다.

박윤자 씨는 심리 상담가다. 박사 과정에 다닐 때부터 대학 강의를 하면서 가톨릭 전주 교구청에서 4년간 심리 상담을 해오다 2010년 봄 전주의 한옥마을 근처에 심리상담센터를 열었다. 지금은 전북 지역에서 꽤 알려진 심리 상담 전문가가 되었지만 그가 자신의 길을 만나기까지의 과정은 쉽지 않았다. 여러 번의 전환을 반복해야 했다. 전산통계학과를 다니다 중퇴하고, 5년간 음반 가게를 운영하다 그만두고, 사회복지학과 편입을 거쳐 전북대 대학원에서 심리학을 공부했다. 그가 대학을 중퇴할 때, 음반 가게를 하다가 접을 때, 심리학과 대학원에 들어갈 때 등 모든 전환의 시기에 그의 결정을 지지해준 사람은 거의 없었다. 그를 아끼는 사람일수록 어떻게 먹고살려고 그러느냐며 그를 말렸다. 항상 외로운 결정을 내려야 했지만 그는 선택의 기로에 설 때마다 늘 두 가지 생각을 해왔다고 한다.

"내가 있는 곳이 바닥이니 밑져야 본전이라는 생각을 했죠. 더 잃을 것이 없으니 실패해도 제자리로 돌아오는 것밖에 더 하겠어요? 변화를 시도한다는 건 내 현재가 힘들기 때문인데 변화의 시도가 실패한다면 현재의 상황으로 되돌아오는 거잖아요. 그럼 지금 힘든 거나 나중에 실패해서 힘든 거나 어차피 마찬가지니까 한번 해보자 마음먹은 거죠. 그리고 두 번째는 최저 생계비 수준의 돈만 벌 수 있다면 나머지 시간은 누군가에게 힘이 되는 일을 하면서 살겠다는 결심이었어요. 아무리 구석진 곳에 살아도 그 구석에 빛을 비추는 일을 하고 싶다는 바람만큼은 잊은 적이 없습니다."

늦어도 서른다섯
이전에는 변화하리라

그의 오늘을 만든 변화의 시작은 대학 중퇴였다. 전문직을 가져야 한다는 부모의 요구에 따라 적성에 잘 맞지 않는 전북대 전산통계학과에 다녔다. 그래도 당시 16비트짜리 애플 컴퓨터도 장만하고 마음을 붙여보려고 애를 썼다. 그러던 2학년 2학기 무렵, 수업 과제인 컴퓨터 프로그램을 짜던 도중 점 하나를 잘못 찍으니 전체에 '에러'가 떴다. 그 순간 금속성의 냉기가 가슴에 쫙 번지는 느낌에 섬뜩해지면서 더 이상 이곳에 있으면 안 되겠다는 생각이 들었다고 한다.

"여길 졸업하면 내 뜻과 상관없이 컴퓨터 관련 직업을 갖게 될 텐데 나는 장사를 하더라도 사람과 부딪치는 일을 하고 싶었어요. 엄마한테 가서 이건 사는 게 아니다, 차라리 장사를 하겠다고 싹싹 빌었어요. 엄마는 몸이 그런데 대학 졸업장까지 없으면 살기 힘들다면서 심하게 반대하셨지요. 그래서 일단 1년간 휴학을 했다가 결국엔 학교를 그만두었어요."

서울로 이사한 어머니를 따라 2년간 서울에 머물던 그는 다시 혼자서 전주에 내려왔다. 자신의 신체 조건으로 살기에 서울은 상대적 빈곤감이 너무 컸고, 전주에서 여유롭게 살고 싶었기 때문이었다. 이번에도 어머니의 반대가 심했다. "멀쩡한 자식들은 다 내 옆에 있는데 왜 너만 떠나려고 하느냐"면서 붙드는 어머니에게 그는 "내가 엄마 옆에만 머물다 엄마가 돌아가신 뒤에 혼자 못 살면 어쩌려고 그러시냐고, 내가 자립할 수 있는지를 엄마가 살아계시는 동안 한번 시험해보자고" 1년간 집요하게 설득했다.

전주에 내려오면 생계를 위해 장사를 할 요량이었는데 그의 머릿속에 있던 장사 아이템은 서점, 꽃집, 음반 가게 셋 중 하나였다. 그 가운데 무거운 물건을 옮기지 않아도 되고, 흥정을 하거나 상술을 부리지 않아도 되고, 아르바이트 학생이든 누구든 도와주는 사람 없이 혼자 있어도 비참하지 않을 직종이 뭘까 생각하다가 음반 가게를 골랐다. 전북대학교 후문 앞에 문을 연 음반 가게는 꽤 성황이었다. 단골이 늘고 멀리서도 찾아오는 등 사람들이 하도 들락거리다 보니 그의 가게에서 눈이 맞아 결혼에 이른 커플만 무려 다섯 쌍이다. 수입도 꽤 좋아서 적금도 들고 어려운 사람들 학비도 대주면서 괜찮게 지냈는데 서서히 무력감이 찾아오기 시작했다.

"처음엔 일 자체가 주는 충만함은 없었지만 나름대로 의미를 부여하려고 노력했어요. 예컨대 내 가게에서 기분이 좋아진 한 사람이 열 사람을 만나면 열 사람이 행복해질 것이고, 또 그 열 사람이 다른 열 사람을 만나면 그만큼 행복해지는 사람이 늘어날 것이고……, 그런 생각을 하면서 가게를 지켰죠. 그런데 점점 힘들어지기 시작하는 거예요. 수분이 다 빠져 고사하는 식물이 된 듯한 느낌이었어요."

한자리에 고정되어 죽어가는 듯한 느낌에 지금은 어떻게 알게 되었는지 기억도 나지 않는 한 수녀에게 살고 싶은데 어떻게 해야 할지 모르겠다고, 의미를 느낄 수 있는 일을 좀 안내해달라고 간청하는 편지를 썼다. 수녀는 그에게 저소득층 아이들을 가르치는 공부방에서 자원봉사를 해보면 어떻겠느냐고 제안했다. 가게를 비울 수가 없었던 그는 직접 자원봉사를 하는 대신 다니던 성당 보좌 신부의 도움으로 자원봉사자 모임을 만들어 공부방을 지원했다. 그래도 여전히 재미가 없었다. '삶의 의미도 느끼지 못하는데 이런 몸으로 겨우 움직여가면서 힘들게 살 필요가 있을 까?' 하는 회의에 괴로웠다. 무엇을 해야 할지 몰랐지만 평생 음반 가게와 거기에 딸린 골방에서 지내야 한다는 생각을 하면 끔찍했고 아무리 늦어도 서른다섯 살 이전에는 변해야겠다고 결심했다. 순조롭게 운영되던 음반 가게를 그만두겠다는 결정 역시 대학을 중퇴하겠다고 결정할 때만큼이나 주변의 지지를 받지 못했다. 몸도 성치 않은 사람이 그것까지 그만두면 뭘 먹고살려고 그러느냐는 어른들의 반대가 워낙 심해 그는 몸이 아파 1년만 쉬겠다고 거짓말을 한 뒤 아무도 모르게 가게를 팔아버렸다. 서른네 살이 되던 해였다.

천복을 좇되 두려워하지 말라

음반 가게를 그만둘 때 그는 새로운 길을 열거나 그동안 번 돈을 다 써버린 뒤 죽겠다고 작정했다고 한다. 이 결심 이후 그에게 일어난 일들을 보면 '손에 쥔 것을 놓아야 새 것을 얻는다'는 말이 저절로 떠오른다. 그가 손에 쥔 것을 놓아버리고 바닥에서 세상과 배짱 좋게 맞선 시점부터 그를 둘러싼 인연에서 비롯된 작은 우연들이 움직이고 이어져 희미한 길 하나가 만들어지기 시작했다.

첫 번째 우연은 가게를 그만둔 뒤 우선 놀기로 마음먹고 동남아 여행을 다녀온 그에게 음반 가게를 하던 시절에 만든 공부방 자원봉사자 단체 사람들이 찾아온 것이다. 직접 공부방을 만들어볼 테니 그걸 맡아달라는 제안이었다. 귀가 솔깃했던 그는 공부방을 어떻게 운영해야 하는지 알기 위해 무작정 서울 관악구 봉천동의 공부방 다섯 곳을 찾아다녔다. 그들은 한결같이 정부 지원도 받고 제대로 하려면 사회복지사 자격증이 필요하다고 했다. 대학도 2년만 다니고 중퇴해버린 터라 사회복지사 자격증을 어떻게 딸지 막연했는데 마침 동남아 여행을 함께 다녀온 사람 중에 사회복지사가 있었다. 그가 한 사립 신학대학교 사회복지학과에 편입이 가능하다는 것을 알려주었다. 사회복지사 자격증을 따기 위해 그 학교에 편입할 때 마음이 썩 내켰던 것은 아니다. 전주시 외곽에 있는 작은 대학이 처음엔 학교처럼 느껴지지 않아서 점점 더 낮은 데로 내려가는 기분이었고, 그저 자격증만 따자고 생각했지만 '내 인생이 이런 식으로 흘러가나' 하는 생각에 스스로가 한심했다. 구겨진 자존심을 추스르는 것만도 힘이 들어서 사람도 거의 만나지 않고 묵묵히 공부만 했는데, 그 공부가 재미있어서 스스로 놀랐다고 한다.

"사람을 도와주는 일을 공부한다는 것이 왜 그렇게 재미있던지요. 공부에 점점 재미를 붙이면서 전경숙 교수(현재 한국 NLP 아카데미 원장)도 만나게 되었어요. 국내에 심리 치료 기법인 NLP(Neuro Linguistic Program)를 처음 도입한 분인데, 그분이 강의하는 가족 치료, 심리 치료 과목 들을 들을 때면 가슴에서 뭔가 툭툭 떨어지는 느낌이 들었어요. 그 당시 우울증이 심했는데 전 교수의 수업을 들으며 내가 변화하는 걸 느꼈지요. 그래서 전북대 심리학과 대학원에 가기로 결심했어요."

대학원에 진학하겠다는 결정 역시 주변의 반대에 부딪혔다. 당시에 그가 다니던 한의원에서는 몸이 너무 망가져서 오래 살기 어렵다며 공부하지 말라고 말렸다. 그에게 심리 치료의 세계를 접하게 해준 전 교수조차 그의 건강으로는 공부의 스트레스를 견디기 어려울 것 같다면서 대학원 진학을 만류했다. 내버려두면 자꾸 '사고'를 치는 딸이 장사하면서 벌어둔 목돈까지 거덜 내지 않도록 어머니가 그의 이름으로 서울에 소형 아파트를 사둔 터라 당장 대학원에 다니면서 생활할 돈도 궁한 형편이었다.

"그래도 대학원에 간 건 죽을 때 미련이나 갖지 말자는 생각 때문이었어요. 심리 치료를 공부해 내가 돈을 벌 수 있으리라는 꿈은 꿀 엄두도 내지 못했죠. 다만 이 공부가 너무 재미있고 나를 살게 하는 일이라고, 내가 오랫동안 막연하게 지향해온 남을 살리는 일, 세상을 구석구석 환하게 밝히는 바로 그 일이라고 알아차렸을 뿐이지요. 나는 장사를 잘해본 경험이 있으니까 공부를 마치고도 할 일이 없으면 다시 장사를 하자고 생각했어요. 그때 수중의 돈은 대학원 한 학기 등록금밖에 없었는데 그것도 그냥 한 학기 다니고 한 학기 돈 벌고 그렇게 하면 된다고 생각했어요. 죽을 때 눈이라도 감을 수 있도록 미련이나 없애게 공부하자는 마음뿐이었으니까요."

그렇게 대책 없이 2000년에 심리학과 석사 과정을 시작했는데 마치 보이지 않는 손이 도와주기라도 하듯 신기하게 일이 술술 풀렸다. 그가 입학한 해부터 학비 전액과 생활비를 주는 장학금 제도가 신설된 덕에 돈 걱정 없이 학교에 다닐 수 있게 되었다. 2003년 박사 과정에 들어가

자 그가 사회복지학과를 다녔던 사립 신학대학교에서 파격적으로 그에게 강의를 맡겼다. 그렇게 1년 강의를 하고 나니 경력을 인정받아 전북대에서도 시간강사로 일할 수 있게 되었다.

"대학 중퇴 전에 교직 과목을 들으려고 했는데 장애인이라서 거절당한 적이 있어요. 그런 내가 대학 강단에 서다니요! 아마 전임 교수가 되는 사람들도 나만큼 기쁘진 않았을 거예요. 내가 누릴 수 있는 것은 다 누렸다는 느낌이었어요."

그의 이야기를 들으며 나는 신화학자 조지프 캠벨이 《신화의 힘》에서 들려준 '보이지 않는 손' 이야기를 떠올렸다. 자신의 영혼과 육신이 가자는 대로 그 부름을 따라 천복을 좇아 살면, 앞으로 무엇이 어떻게 될지는 몰라도 자신의 눈빛을 달라지게 하는 조그만 직관을 따르면 창세 때부터 거기서 날 기다리고 있던 길을 만나고, 늘 보이지 않는 손이 따라다니며 문을 열어줄 거라던……. 캠벨은 사람들에게 이렇게 권했다. "천복을 좇되 두려워하지 말라. 당신이 어디로 가는지 모르고 있어도 문은 열릴 것이다."

내 눈에 박윤자 씨의 삶은 캠벨의 말에 대한 작은 증거처럼 보였다. 그는 어디로 갈지 계획한 적도 없고 방향을 뚜렷이 알고 간 적도 없다. 무엇이 되자거나 무엇을 이루자는 생각도 없이 다만 마음이 부르는 대로 스스로 가치 있다고 생각하는 일, 좋아서 선택한 일을 좇아간 길 위에서 오래전부터 자신을 기다려온 것만 같은 일을 만난 것이다.

오래전부터
나를 기다려온
일을 만나다

대학 강의와 함께 2005년 가톨릭 전주 교구청에서 시작한 심리 상담은 그가 자신의 길을 확고히 다지는 계기가 되었다. 청소년 상담을 많이 했고 부모 자녀 사이의 갈등, 중년기 여성의 우울증, 불안 장애를 다루면서 가족 치료도 병행했다. 치료 기법을 배우기 위해 집단 상담만 무려 5백 시간 넘게 교육받았다. '실전'이 시작되어도 별로 당황스럽지 않더라고 했다. 상담 치료를 '사람을 살리는 일'이라고 정의하는 그는 평생 누워 살다시피 한 우울증 환자에게 생기를 불어넣었고, 공황에 가까운 불안 장애를 겪던 여성이 안정을 찾을 수 있게 도왔다. 상담 치료를 하면서 그에게 생긴 확신은 우리는 모두 '괜찮은 사람'이 되고 싶어 한다는 것이다.

"문제 있는 행동을 하는 이유는 그 사람에게 악의가 있어서라기보다 뭔가 결핍되었거나 방법이 잘못됐기 때문이죠. 사람은 모두 바른 길을 가려고 한다는 믿음으로 상담을 하면 내면에서 긍정적 측면이 보이지 않는 사람은 거의 없습니다. 우리는 모두 자기 안에 천사와 악마를 다 가지고 있어요. 누구나 성인(聖人)이 될 수 있고, 밑바닥 인생을 살 수도 있지요. 이해할 수 없는 게으름의 나락에 빠진 사람 역시 내 안에 숨어 있는 한 측면을 드러내 보여줄 뿐입니다. 어떤 사람도 함부로 할 수 없어요. 이게 사람을 존중해야 하는 이유입니다."

그와 같은 존중이 말뿐 아니라 실제 상담 과정에서 드러난다는 것이 심리 상담가로서 그를 남다르게 만든 특징이다. 예컨대 학급 회비를 걷어서 자기가 다 써버리는 등 이상 행동이 문제가 된 아이가 왔을 때는 그 아이를 덥석 안아주면서 이렇게 말했다고 한다.

"아이고, 크느라고 애쓴다. 너도 죽겠지? 결과가 이렇게까지 될 줄은 몰랐지?"

의외의 행동에 아이가 염치가 없어 피식 웃자 다정한 목소리로 이런 말을 들려주었다.

"이게 네가 자라는 과정인 거야. 너도 버티느라고 얼마나 애를 쓰냐. 선생님 앞에서도, 엄마한테도 창피할 거고 너 자신한테도 내가 이런 사람밖에 안 되나 싶을 거고. 근데 있지, 이게 크는 과정인 거야. 좀 창피하고 힘들겠지만 잘 버텨봐. 이러면서 자라는 거야……."

상담의 목적을 사람을 살리는 데 두기 때문에 자녀 문제로 찾아오는 사람들에게도 절대로 부모 탓을 하지 않는 것이 그의 철칙이다. 한번은 아들이 게임 중독에 빠져 모자 사이의 반목이 극에 달한 가족을 상담하게 되었다. 일단 심리적으로 불안한 상태인 엄마에게 너무 애쓰고 사셨다고 인정을 해준 뒤 아이를 만나서 "너는 별로 걱정이 안 되고 솔직히 네 엄마가 걱정"이라고 말을 꺼냈다. 아이가 영문을 모르겠다는 표정으로 바라보자 그는 다음과 같이 말을 이었다.

"엄마 우울증이 좀 심한 것 같아. 우울증이 얼마나 무서운 건지 알지? 야, 인마, 게임을 하더라도 좀 요령껏 할 것이지 엄마 쓰러지면 어떻게 할래? 엄마 좀 봐줘가면서 해라."

오로지 '엄마에게서 벗어나야겠다'는 것에 초점이 맞춰져 있던 아이의 시선을 '내가 엄마를 돌봐줘야 한다'로 바꿔놓자 아이에게서 변화의 기미가 보이기 시작했다.

박사 과정에 들어가고 강의와 상담을 하면서 그는 비로소 '아, 내가 살아 있구나' 하는 느낌에 충만해졌다. 상담 치료를 하면서는 '어쩌면 이게 내 소명인지도 모르겠다. 예정되어 있던 이 길을 가려고 지금까지 암흑 터널을 뚫고 오듯 그 모든 일을 겪었구나' 하는 생각까지 들더라고 했다.

"잘 사는 게 뭘까요? 나는 생명체들로 이루어진 이 세상에 건강한 생명의 기운을 남겨주는 것이 잘 사는 거라고 생각해요. 어릴 때부터 나는 세상의 아주 구석진 곳까지 내가 환하게 밝힐 수 있다면 좋겠다는 생각을 했어요. 아주 작은 곳이라도 밝힐 수 있었으면 하고 바랐는데 지금 내가 하는 일이 그런 일입니다. 이게 나의 소명인 것 같아요. 능력이 닿지 않는데도 항상 사람들과 부대끼며 사람을 살리는 역할을 꿈꿔왔어요. 어떤 상황에서도 나는 사람들 안에서 희망을 발견하고, 그들을 긍정적 방향으로 살려내려고 애를 씁니다. 내면 깊숙한 곳에 있는 생명력을 건드리고 싶은 것이지요. 내 직관과 기질이 이 일과 잘 맞습니다."

다른 사람의 삶에 변화를 일으키는 삶

박사 과정을 수료하고 2008년 가톨릭 교구청의 상담을 종료한 뒤 그는 또 '대형사고'를 쳤다. 직접 땅을 사서 상담센터를 지은 것이다. 건물을 지은 이야기를 들어보니 이 또한 단순하고 선명하되 남들 눈엔 어리석어 보이는 소망 하나로 시작한 일이 결실을 맺은 과정이었다.

상담 치료를 본격적으로 하기 위해 상담실을 차려야겠다고 결심한 뒤 처음엔 적당한 공간을 임대할 요량이었다. 그런데 공간을 찾다 보니 임대료가 신경 쓰였는데, 그걸 의식하기 시작하면 상담료에도 신경이 쓰일까 봐 걱정스러웠다. 가난한 사람도 저렴한 비용으로 상담 받을 수 있는 공간을 만들려면 경제적인 문제를 자꾸 떠올리는 상황이어서는 안 된다고 생각했다. 그렇다고 전 재산을 털어 작은 건물을 사자니 또 여러 가지가 마뜩치 않았다. 건물 1층에 상담실을 만드는 것은 현명한 방법이 아닌 것 같고, 그렇다고 2층에 하자니 자신이 오르내리려면 엘리베이터가 있어야 하고, 상담실용 방음 장치도 새로 해야 하고……. 온갖 변수를 고민하던 끝에 결국 그 조건을 모두 충족시키는 건물을 직접 짓기로 결심했다.

그가 상담센터를 지은 땅은 전주 한옥마을 근처 도시 미관 지구에 속한 문화재 보호 구역이다. 건축 요건도 까다롭고 개발 가능성도 없는 그곳 땅을 살 때 주변 사람들은 다들 그에게 현실감각이 참 없다고 했다. 그도 그럴 것이 비슷한 금액으로 택지 개발이 된 곳이나 상업 용지의 땅을 살 수도 있었기 때문이다. 하지만 그의 기준은 상권에서 벗어나 자연이 있는 곳, 사람들이 드나들 때 남의 시선을 의식하지 않아도 되는 곳, 상담을 마치고 나가서도 혼자 거닐며 생각할 수 있을 만한 환경이 있는 곳이어야 했다. 아파트 단지 앞의 큰 도로변, 상업 용지 등 주변 사람들이 추천하는 후보지들은 이런 기준을 전혀 충족시키지 못했다. 결국 그는 한옥마을 뒤편 전주천의 작은 지류에 강변 산책로가 조성되어 있고,

근처에 작은 임업 시험장이 있어 숲길을 산책할 수도 있고, 마음 내키면 다리 하나를 건너가 고즈넉한 한옥마을을 거닐 수도 있는 곳의 작은 밭을 사서 건물을 지었다. 전 재산을 털고 빚을 내 밀어붙인 일을 이룬 지금, 그에게는 상담실이 사람들에게 좋은 공간이 되었으면 좋겠다는 바람밖에 없다.

그의 긴 이야기가 끝나갈 무렵, 나는 그가 만약 음반 가게를 그만두고 인생의 방향을 바꾸는 선택을 하지 않았더라면 지금쯤 어떻게 살고 있었을까 상상해보았다. 나는 그를 오래 알고 지냈는데, 그에겐 주변에 사람들을 불러 모으는 독특한 힘이 있다. 상대방에게 내가 지금 한껏 존중받고 있다는 느낌을 그만큼 강렬하게 주는 사람을 나는 별로 본 적이 없다. 밝고 부드러우면서도 워낙 심지가 강한 사람이니 사양길에 접어든 음반 가게가 아니더라도 그럭저럭 괜찮게 지낼 수도 있지 않을까…… 그에게 물어보니 단호한 답이 돌아왔다.

"그런 일은 상상조차 할 수 없어요. 아마 자살했을 거야. 음반 가게를 그만둘 즈음 가게에 딸린 골방에 들어앉아 '이렇게 살게 할 거라면 차라리 데려가주세요' 하고 얼마나 많이 기도했는지 몰라요. 정말 죽으려고도 생각해봤지만 엄마가 너무 한스러워하실 것 같아서 그럴 수도 없었죠."

이제 그가 꾸는 꿈은 건강이 허락하는 한 상담실에서 사람들을 만나고, 그 후에는 지혜로운 할머니가 되는 것이다. 호호 할머니처럼 푸근한 미소를 띤 채 별로 거창한 이야기는 아니어도 삶의 지혜를 전해줄 수 있는 할머니가 되는 것. 나는 지금 그가 그 길을 가고 있다고 여긴다.

박윤자 씨의 이야기에서도 드러나듯 일의 의미, 재미를 묻는 것은 결국 삶의 의미, 재미를 묻는 것이다. 자신이 중요하다고 생각하는 일에 어떻게 시간과 에너지를 쏟을 것이냐, 세상에 어떤 흔적을 남길 것이냐의 문제인 것이다.

일에서 의미를 찾으려는 갈망은 돈과 지위에 대한 욕심만큼이나, 어쩌면 그보다 더 크게 우리의 한 부분을 차지할지도 모른다. 우리는 어떻게든 세상에 그리고 주변 사람들에게 긍정적인 영향을 미치고 싶어 하고, 우리가 이곳에서 한평생을 살아간 덕분에 세상이 조금은 달라졌기를 바란다. 일과 삶에서 의미를 추구하는 것의 중요성에 대해 피터 드러커는 이렇게 말했다.

"우리는 자신이 어떤 사람으로 기억되기를 바라는지에 대해 스스로 질문해야 한다. 그리고 늙어가면서 그 대답을 바꿔야만 한다. 그 대답은 차츰 성숙해가면서 그리고 세상의 변화에 맞춰 바뀌어야만 한다. 마지막으로 기억할 만한 가치 있는 것 한 가지는 사는 동안 다른 사람의 삶에 변화를 일으킬 수 있어야 한다는 것이다."

최혜정

전환 이전 ｜ W브랜드커넥션 본부장
전환 이후 ｜ 세이브 더 칠드런 자원개발부장
전환 시기 ｜ 마흔여섯

광고인

NGO 활동가

타이밍_
지금이 그때인지를
어떻게 알까?

46

인생은 타이밍이라는 말이 있다. 전환도 타이밍이다. 적절한 때에 맞춤한 결단을 하는 것. 문제는 '적절한 때'를 어떻게 알아차릴 것이냐다.

인생의 전환을 일시적 전환과 완전한 전환으로 나누어 설명한 발달심리학자 프레데릭 M. 허드슨은 누구나 언젠가는 완전한 전환기를 만나게 된다고 본다. 삶의 현재 구획을 벗어나지 않은 상태에서 낡은 방식을 조금씩 고쳐가는 일시적 전환이 더 이상 통하지 않는, 현재의 틀을 완전히 벗어나야만 거듭날 수 있는 완전한 전환의 시기를 누구나 필연적으로 맞게 된다는 것이다.

그런가 하면 영국의 경제경영 사상가 찰스 핸디는 기업의 흥망성쇠를 설명하는 S자 모양 곡선 이론을 인생에 적용해 두 번째 커브를 시작해야 할 시점을 제안했다. 옆으로 누운 S자 곡선이 저점에서 위로 향하는 상승기를 지나 정점을 찍은 뒤 하향하듯 기업이나 개인도 언젠가는 정점에서 하락하는 시기를 맞는다. 핸디는 이 곡선이 정점에 오르기 직전, 즉 일이 잘 풀리고 모든 게 좋아 보이는 상승기에 두 번째 곡선을 시작할 수 있어야 한다고 했다. 유감스럽게도, 그 두 번째 곡선이 시작되어야 할 지점을 미리 알기는 어렵다. 충격적 사건이나 내면의 변화, 또는 지나친 편안함 같은 몇 가지 실마리를 통해 변화의 때가 무르익었음을 감지할 수 있을 뿐이다. 그렇게 자신의 삶에서 변화의 실마리를 알아볼 수 있는 시력은 어떻게 갖출 수 있을까? 우물쭈물하지 않고 불투명한 미래에 배짱 좋게 맞선 사람들은 그때가 저질러야 할 때라는 걸 어떻게 알았을까?

최혜정 씨가 "땅에 발을 딛고 몸으로 부딪쳐 세상을 배우는 구체적인 삶"에 대해 말할 때, 나는 그가 얼마나 기쁨에 차 있는지를 말보다 눈빛을 보고서 알았다. 새로 몸담은 '세이브 더 칠드런(Save the Children)'에서 하는 일에 대해 들려줄 적마다 그의 눈은 유난히 반짝였고 표정에 생기가 돌았다. 번번이 기억의 시계를 되돌려 이미 지나온 인생 전환의 경험을 들려달라고 청하는 것이 미안해질 정도였다.

　2008년부터 세계의 가난한 어린이들을 돕는 국제단체 '세이브 더 칠드런' 한국 지부 자원개발부장으로 일하는 최혜정 씨는 이전에 22년간 광고업계에서 일했고, 2007년 W브랜드커넥션 본부장을 마지막으로 삶의 방향을 틀어 지금의 자리에 이르렀다. 그를 만나고 난 뒤 오랫동안 내 눈앞에서는 구체적 삶의 기쁨을 말하던 환한 표정이 어른거렸다. 솔직히 그가 부러웠다. 추상적 개념을 다루거나 글이나 말로 살아가는 사람들 가운데 꽤 많은 이들이 자신의 일이 만들어내는 가치에 회의를 느끼며 '구체적 삶'을 동경하지 않던가. 미국의 실천적 지식인이었던 하워드 진조차 자전적 에세이집 《달리는 기차 위에 중립은 없다》에서 그런 마음을 내비쳤다.

　"……우리 테이블에는 최근 대학을 졸업한 젊은 여성도 있었는데 중미의 촌락민들에게 도움을 주고자 간호학교에 막 입학한 이였다. 그녀가 부러웠다. 사회에 대한 기여가 너무 간접적이고 불확실한, 글을 쓰거나 가르치고 법을 업으로 삼고 설교하는 많은 사람들 가운데 한 명이었던 나는 직접적인 도움을 주는 이들에 관해 생각했다. 자기 손으로 무엇이든 쓸모 있는 일을 하고 싶다는, 빗자루 하나라도 만들고 싶다는 평생의 바람에 대해 시를 쓴 칠레의 시인 파블로 네루다를 나는 떠올렸다."

최혜정 씨와 이야기를 나눈 뒤 나는 오래전 밑줄을 그어둔 이 구절 옆에 한마디를 더 적어놓았다. '구체적 삶'이 변화시키는 대상은 다른 사람들뿐 아니라 자기 자신이기도 하다고. 최혜정 씨가 했던 말이 떠올라서였다. 그는 요즘 자신이 살아가는 일을 새로 배우고 있는 중이라고 했다. 이 돈이 가면 한 아이가 웃는다는, 연결선이 명확하게 보이는 구체적인 삶을 살게 되면서 스스로가 달라진 것 같다고 한다. 새로운 일을 하면서 만난 사람들이 이제껏 꽤 안다고 생각했던 사람들 일반과 너무 다르고 좋아서 오죽하면 우주선을 타고 달의 주변을 한 바퀴 돌며 그 이면을 보는 듯한 느낌이 들 정도란다.

'달의 이면'을 보는 듯한 심정일 만큼 선 굵은 인생 전환을 거쳤지만, 정작 그는 벼락같은 계시로 인생 항로를 바꾼 것도, 대안적 삶을 애써 찾아낸 것도 아니라며 원래 살고 싶었던 방향을 따라왔다고 덤덤히 말했다. 그런 그에게 궁금한 것은 '어떻게'였다. 본래의 자신으로 살아가는 방법과 어떻게 만나게 되었을까? 어떻게 삶의 방향을 전환할 때 따르기 마련인 불안과 회의를 이기고, 지금이 그 길을 따를 때라는 걸 알아차렸을까?

마흔한 살 무렵부터 그는 '이게 과연 내가 살고 싶은 삶인가?' 하는 질문과 씨름하기 시작했다.

**나는 진짜
내 모습으로
살고 있는가**

"광고 회사는 초 단위로 일하는 바쁜 분위기라서 딱히 시간을 내어 고민한 건 아니었어요. 그런데 마흔한 살쯤 되니까 '진짜 나'는 누구인가, 내가 원래 어떻게 생긴 애였지 하는 생각이 많이 떠올랐어요. 칼 융이 마흔 살이 종교에 귀의하는 나이라고 말했듯 마흔 즈음이 실존적 고민이 시작되는 나이인 것 같아요. 나도 이제 '불혹(不惑)'이라는 나이를 지났는데, 이제는 돌아와 거울 앞에 선 내 모습을 들여다볼 나이라는데 '이게 나야?' 그런 생각이 많이 들었지요."

1985년 광고 일을 시작한 이후로 애착과 성취감을 느낀 적도 많지만 '내가 진짜 나의 모습으로 살아가고 있나, 내 속도로 살고 있나'는 다른 문제였다. IMF 외환 위기를 거치며 무너진 신화로부터 받은 영향도 있었을 거라고 한다. 한 팀이 몽땅 해고되는 장면도 보았고, 이전에 전부라고 생각했던 가치가 한순간에 무너져 내리는 모습도 지켜보았다. 앞으로 20년은 더 일해야 할 텐데 내 인생을 가지고 무엇을 할 것인가를 자주 생각하기 시작했다. 광고 일을 하면서 38개국을 여행했고, 국제적인 상도 받아봤고, 케네디 부부가 갔다는 호텔에서도 자봤다. 하지만 그가 생각하는 행복의 척도는 풍요와 명예, 성취보다는 사람과의 접점에 서는 것이었다.

"광고를 만들 때도 늘 리얼한 사람을 담고 싶었어요. 광고에서는 왜 마치 사극 속 인물이 마스카라를 칠하고 자는 것처럼 비현실적인 연출을 하는지 의문이었죠. 사람 냄새가 나는 광고를 만들고 싶었어요. 그게 안 되면 광고는 더 이상 하지 않겠다는 생각이었죠. 뭘 더 바라는 것이 없는 상태에서 관리자로 늘 똑같은 일을 하면서 시간을 보내고 싶진 않았고요."

2009년 초 그를 처음 만나고 돌아왔을 때 나는 일부러 2002년 신문에 실린 그에 대한 기사를 찾아보았다. 당시 '레오버넷코리아' 제작 이사였던 그는 신하균이 출연한 맥도널드 광고 '목숨 걸지 맙시다' 시리즈로 세계 3대 광고제 중에서 칸 광고제 은사자상, 뉴욕 광고 페스티벌 금상을 휩쓸어 주목을 받았다. 당시 인터뷰에서도 그는 광고는 인간의 진실한 순간을 포착해야 한다고 강조했다. NGO를 선택한 이유가 사람과의 접점에 서 있고 싶다는 열망 때문이었다고 말하던 그의 얼굴이 떠올랐다. 인생 전환이 극적 반전이 아니라 원래 살고 싶었던 방향을 따른 것이라고 하던 그의 말을 수긍하게 하는 대목이었다.

'내가 진짜 내 모습으로 살고 있나' 하는 의문이 막연하지만 사라지지 않는 거품처럼 의식 위에 동동 떠 있던 시절, 그를 움직이게 한 충격적인 사건이 있었다. 2004년 여름, 다니던 교회의 대학생들과 함께 충청도의 한 장애인 교회로 봉사활동을 갔을 때였다. 인솔자인 그가 방문자들을 맞으려 문 앞에 서 있는데 교회 담당자가 오더니 갑자기 "여기 말고 부엌에 가 있는 게 어때요?" 하는 거였다.

"내 얼굴이 너무 긴장되고 어두워서 오는 사람들이 불편하겠다나요. 내 딴에는 최대한 밝은 표정을 짓고 있는데 그분이 보기엔 내 얼굴에 '프. 로. 그. 램.'이라고 쓰여 있는 것만 같고, 목적의식과 직업 정신이 밴 표정이라는 거예요. 얼떨결에 부엌으로 쫓겨나 삼복더위에 수십 명 분의 불고기를 볶으며 내가 도대체 어떻게 살고 있나 심각하게 생각하기 시작했어요."

좀 지나면 잊을 수도 있는 질문이었지만 그는 명상, 심리 검사, 코칭 등 온갖 시도를 해보며 자신이 원하는 것을 알아내기 위해 노력했다. 이 과정은 막막하고 불안한 증상을 치료하는 것보다는 근본적 질문으로 돌아가는 데 도움이 되었다고 한다. 예민하게 증상을 포착하고 자신의 모든 면을 분석하기보다 단순하게 근본적 질문과 대답으로 돌아가는 것이 필요한 때였다. 《스스로 깨달은 자, 붓다》,《링크》,《세상은 생각보다 단순하다》 같은 책을 읽으며 다른 시각과 심지를 갖추려 노력했다. '앞으로 20년, 내 인생을 가지고 뭘 하고 싶은가'를 오래 고민하던 중에 학창 시절 학교에 잘 적응하지 못했던 경험을 떠올리며 치유를 겸한 대안학교를 해보면 좋겠다고도 막연하게 꿈꾸었다. 아이들에 대한 호기심이 많아 대학에 다닐 때도 2년간 대학병원 정신과에서 봉사활동으로 아이들과 사이코드라마를 했던 경험도 있는 터였다.

결국 그는 회복이 아니라 해독을 위해 쉴 때가 되었다는 생각에 2007년 5월 31일 다니던 회사를 그만두었다. 6개월 여행을 한 뒤 대학에서 광고 강의를 하며 마음 가는 대로 관심사를 따라 혼자 공부하다가 우연히 신문에서 희망제작소의 '제1회 행복 설계 아카데미' 모집 공고를 발견했다. 이 아카데미를 마친 뒤 희망제작소에서 인턴으로 2주간 일하고 NGO들을 관찰하던 중에 희망제작소 간사의 소개로 2008년 5월 '세이브 더 칠드런'과 연이 닿았다. 단체의 입장에서도 마케팅 능력과 국제 업무 경험이 있는 사람이 필요하던 때였다. 광고 회사를 그만둘 땐 NGO에 가리라곤 상상도 못 해봤지만 돌이켜보면 대안학교를 꿈꾸며 상처받은 아이들을 돌보고 싶다는 꿈과 크게 동떨어진 일도 아니었다. 다른 길로 향한 문은 그렇게 예상치 못한 모서리에서 열렸다.

때가 되면 스스로 알게 된다

진로를 바꾸고 싶다고 해도 지금이 좋을지, 아니면 더 기다려야 하는지를 결정하는 건 간단한 문제가 아니지 않을까? 때가 되었다는 것을 그는 어떻게 알았을까? 그의 대답은 간단했다. 때가 되면 스스로 알게 된다는 것이다.

"손에 쥐고 있는 것을 놓을 엄두가 나지 않고, 생계 걱정도 되고, 모든 경우의 수가 다 떠오르면서 그걸 해결해야 한다는 조바심이 들면 아직 때가 아닌 거죠. 반면 결심할 때 마음이 편하면 때가 된 거예요. 제 경험으론 때가 되면 질문이 단순해져요. '다음에 뭘 하지?' 같은 질문에도 '6개월간 찾아보자' 같은 식으로 생각하게 되고요."

때가 되어서인지 그는 회사를 그만둘 때 다음에 할 일을 정해놓은 것도 아닌데 별로 불안하지 않았다고 했다. 한번 결론을 내리면 여간해선 뒤집지 않는 성격 때문이기도 한 것 같다며 에피소드 하나를 들려주었다.

"광고 회사에 다닐 때 야근을 한 뒤 자정이 넘어 퇴근했는데 집에 도둑이 들어서 문은 다 열려 있고, 가구는 부서져 있고, 집 안이 난장판이 되어 있는 거예요. 어떻게 할까 생각하다가 그 시간에 신고를 해서 경찰이 왔다 갔다 하면 잘 수가 없으니까 그냥 소파에서 자고 아침에 신고했어요. 남들이 무섭지 않더냐고 묻던데 그날 나는 많이 피곤했거든요. 도둑이 들어도 피곤하면 나는 잡니다. '한 번에 하나씩'이 제 모토예요. 양립이 불가능하면 하나를 버리고, 그렇게 결론을 내리면 스스로에게 별로 토를 달지 않습니다."

그와 달리 나는 지나간 일에도 끊임없이 토를 다는 미련한 사람이지만, 때가 되면 스스로 알게 된다는 말이 옳다는 건 나 역시 겪어보았다. 현재의 상태를 더는 견딜 수가 없어서건 실현되기만을 기다리는 꿈의 부름 때문이건 언제부턴가 마음속에 자리 잡은 어떤 지향이 일시적 충동이라고 무시해버릴 수 있는 수준을 넘어 지속적으로 나를 부르면, 더 이상 그 부름에 응답하지 않고서는 배길 수 없는 때를 만나게 된다. 그때 내린 선택으로 인해 나중에 미친 짓을 했다고 후회하게 되더라도, 그렇게 만난 삶은 그 후회까지 포함해 한 번은 살아야만 하는 삶이 아닐까?

반면 아직 때가 아니라고 느껴진다면 무리하지 말고 대신 준비를 하라는 것이 그의 조언이다. 장단점을 따지는 등 계획에 너무 많은 시간을 쏟지 말고, 무보수로 하든 주경야독을 하든 원하는 일에 발을 슬쩍 담가보는 과정을 거치는 것이 좋다는 거다. 어떤 방향으로 가고 싶고, 무엇에 관심이 있다는 생각을 주변에 이야기해 소문을 내는 것도 좋은 방법이라고 했다. 그 자신 역시 어떤 분야에 관심이 있어서 그쪽으로 향하고 움직였더니 길목에 서 있던 사람들이 도와서 일이 이뤄진 경우다. 희망제작소에서 공익을 위한 활동과 어린이에 대한 관심을 줄곧 이야기했던 것이 계속 연결되어 지금에 이르게 되었기 때문이다. 인생 전환이 길거리에서 갑자기 연예인으로 캐스팅되듯 이뤄질 수는 없다는 이야기다.

만만치 않은 나이에 삶의 방향을 바꾸는 것이 이게 싫으니까 저걸 해보자는 식의 선택이어선 얻을 게 없다. 원래 살고 싶었던 삶을 찾아가는 선택을 하기 위해 사람들은 여행을 하고 다른 사람의 지혜를 구한다. 광고회사를 그만두기 전부터 그는 일부러 다른 분야에서 일하는 사람들을 많이 만났다고 한다. 약속의 70퍼센트 정도는 늘 새로운 사람을 만나는 일로 하려고 노력했고, 종교인이나 예술가 또는 인문학 포럼을 찾아다니고, 고객으로 모셨던 어른들을 만나 어떻게 살아야 하는지 조언을 청했다. 무턱대고 "제가 어떻게 보이나요?" 하는 질문도 숱하게 던졌다고 한다.

"늘 보는 직장 동료는 같은 정보를 공유한 사람들이어서 길을 바꾸는 데 별 도움이 안 돼요. 다른 클러스터, 다른 시각을 만날 필요가 있어요."

회사를 그만둔 뒤에도 관심사를 좇다 보니 말 그대로 6개월 만에 백 명을 알게 되더라고 했다. 처음 그의 관심을 끈 분야는 CSR(기업의 사회적 책임) 관련 프로그램이었다고 한다. 광고인 출신이다 보니 기업이 돈을 더 잘 쓸 수 있도록 기업의 특성과 방향성에 맞는 공익적 캠페인을 디자인하는 일에 관심이 생겨 인터넷을 뒤지고, 학회지를 구독하고, 강연을 찾아다니며 네트워킹을 넓혔다. 결과적으로는 다른 길에 서게 되었지만 희망제작소에 이끌린 것도 CSR에 대한 관심 때문이었다.

내 인생의 '약국'은 어디인가

다른 분야의 사람들에게 조언을 구하는 과정에서 멘토 역할을 해준 한 광고주에게 들은 '약국

이야기'는 그가 인생 전환의 방향을 결정할 때 유익한 화두가 되었다.

"예전에 모르는 곳을 찾아갈 때면 '약국에서 세 번째 집, 약국 옆 골목 뒤 푸른 대문 집' 이런 식으로 설명을 해줬잖아요. 동네마다 있는 약국이 길을 찾는 기준점이 되었던 거죠. 우리가 길을 헤매는 것은 약국을 찾지 못했기 때문이라면서 그분이 제게 물으셨어요. '최혜정이라는 사람의 인생의 마을에서 약국은 어디인가요?' 처음부터 모든 길을 다 찾으려 들지 말고 네 인생의 기준점이 무엇인가를 들여다보라는 질문이었지요."

그렇게 들여다본 그의 인생의 '약국'은 자유와 가치였다. 모든 것으로부터 자유로운 사람으로, 새털같이 가벼운 상태로 죽고 싶다는 생각, 매력도 없고 부담스러운 부와 명성 대신 가치지향적인 삶을 살겠다는 생각이 선택의 기준점이 되었다. NGO에서 일하겠다고 생각해본 적은 없지만 상업적인 방향의 일은 하지 않으며, 가치를 만들어내고 자유로운 일을 하겠다는 기준점이 그의 길 찾기에 방향을 잡아준 것이다.

그는 기준점을 찾을 때 자신만의 행복이 무엇인지 생각해보았던 시간도 도움이 되었다고 한다.

"저는 '행복'이라는 단어를 들으면 '평화'가 떠올라요. 여섯 살 때 낮잠을 자다 깼는데 부엌에선 엄마가 밥 짓는 냄새가 나고, 비 온 뒤 적막하고 깨끗한 마당에 낙숫물이 뚝뚝 떨어지던 풍경. 그게 기억에 선명한 '행복'의 이미지입니다. 행복이 내게는 '평화'의 이미지인 거죠. 반면 내 친구는 행복을 먼 곳으로의 여행처럼 흥분되고 새로운 경험의 이미지로 떠올려요. 그렇게 계속 스스로에게 물어보면서 남들과 다른 '나만의 행복'이 뭔지를 찾는 게 중요합니다."

그는 '세이브 더 칠드런'으로 옮긴 뒤 가장 좋은 일 중의 하나가 얼굴이 편해졌다는 덕담을 듣는 거라고 했다. 2004년 봉사활동을 하러 간 교회에서 얼굴이 어둡다는 이유로 부엌으로 쫓겨나기까지 했으니 그럴 만도 했다. 이전엔 아무리 웃어도 표정이 5백 겹은 되어 보인다는 충격적인 말까지 들었는데, 이젠 곧잘 표정이 담백하고 평온해졌다는 말을 듣는다. 여기에 덧붙여 그는 인생의 먼지가 다 가라앉고 나면 무엇이 남는지 지켜보기 위해 혼자 가만히 틀어박혀 보는 시간을 갖는 것도 좋다고 했다.

"회사를 그만둘 무렵 '시체 놀이'를 두 달 동안 한 적도 있어요. 광고 회사는 스피디하고 말을 너무 많이 했으니까 이제 말하지 말고 지내보자 생각한 거죠. 그렇게 해보니 마음속에 들끓던 질문에 대한 답을 얻기보다 질문이 없어지더군요. 대체로 질문을 '내가 ~하면 어떻게 하지?'와 같은 가정법으로 해왔는데 그 '~하면'이 사라지는 경험이었지요."

그의 말을 듣던 도중 내 마음 한편에서 슬금슬금 어깃장을 놓는 소리가 들려왔다. 기준점을 정하고, 나만의 행복을 떠올리고, 먼지를 가라앉힌다고 해서 구체적인 이정표를 만나게 되는 것은 아니지 않을까? 그 모든 성찰 끝에도 하고 싶은 일이 '구체적'으로 떠오르지 않는다면? 주변을 둘러보아도 자기가 하고 싶은 일이 무엇인지 모르겠다고 말하는 사람들이 상당히 많지 않은가? 그러나 그는 "뭘 하고 싶은지가 단번에 명료하게 떠오르지 않아도 괜찮지 않아요? 처음부터 목표가 뚜렷한 사람이 그리 많을까요?" 하고 반문했다.

"점프 대신 징검다리를 건너듯 연결하면서 살아도 되잖아요. 두서없이 여러 생각이 든다면 조금씩 맛을 보고 내게 맞지 않는 걸 지워나가는 과정도 필요하고요. 뭘 하다가 그만두면 그만큼 인생과 시간의 낭비일까요? 저는 그렇지 않다고 봅니다. 언젠가는 경험들이 연결되어 쓰이게 되지요. 인생의 중반에 길을 바꿀 때는 이십대 때 평생직장을 고르듯 선택하지 않아도 된다고 생각해요. 나 역시 어디로 가는지 뚜렷하지 않은 징검다리들을 건너왔습니다. 소명이나 계시 같은 것도 없었고 자연스럽게 연결되는 일을 따라서 늘 '이 정도만큼은 해보자'는 생각이었지요. 저는 늘 '어디로 가든 크게 보면 내 길이겠지' 하는 생각이 있었어요. 최혜정이 갑자기 유관순처럼 영판 다른 사람이 되어 살아가진 않을 테니까요."

평생 배우는 사람의 태도로 살아가기

NGO에서 일하면서 수입은 이전보다 절반 이하로 줄었고 출장지는 파리, 뉴욕에서 아프리카로 바뀌었다. 하지만 그는 더 큰 보상을 얻는다고 했다. '세이브 더 칠드런'에서 저체온증으로 사망하는 아프리카의 신생아들을 살리기 위해 진행하는 모자 뜨기 캠페인은 해마다 참여자 수가 두 배씩 성장하는 간판 캠페인이다. 그는 하루에도 몇 백 통씩 도착하는 모자와 편지를 볼 때마다 눈물이 나고, 사는 게 우울하다는 친구들에게 편지를 복사해서 보내준다고 했다. 세상에 참 좋은 사람들이 많다는 것을 알게 되어 긍정적 에너지를 받을 수 있다는 것도 다른 데서 얻기 어려운 보상이다. 그는 자신이 무엇을 하고 있는지 구체적으로 보이는 일, 혜택 받는 아이들과 돈의 쓰임새를 알고 기뻐하는 후원자들 사이에서 에이전트의 역할을 하는 것이 즐겁다고 했다. 일의 본질이 단순해진 것도 기쁜 일 가운데 하나다.

"예컨대 구구단을 외워야 한다고 치면 광고 회사에 있을 땐 구구단을 외우는 목적과 전략, 시간과 장소, 이런 것들부터 먼저 토론하는데 이곳에선 왜 해야 하는지에 공감만 할 수 있으면 다른 것 따지지 않고 그냥 다 외워요. 우리는 본질을 잊어버리고 살 때가 많잖아요. 구구단 외우기 전략을 따지고 분석하며 더 크고 복잡하고 멋진 목표를 찾아내려 애를 쓰지만, 정작 구구단을 외워야 하는 이유는 그저 시장에서 바가지 쓰지 말자는 단순한 목표 때문일 수도 있는 건데 말이죠."

요즘 그는 인생의 그 어느 때보다 공부를 많이 하고 있다. 공부는 책상 앞에 앉아서만 하는 게 아니었다. 2009년 가을, 분쟁 지역 아이들의 교육 수요를 조사하기 위해 한 달간 다녀온 아프리카 코트디부아르에서 자신이 뭘 모르고 있는지를 통렬하게 배우는 경험을 했다.

"광고 회사에서 오래 일했기 때문에 내게 전문가적인 소통 능력이 있다고 생각했는데 그게 아니었어요. 난민촌 꼬마를 만나서 '남는 시간에 뭐하니?', '주말엔 뭐하니?' 하고 물었는데 아이가 웃기만 하기에 '아이가 수줍어한다'고 보고서를 썼지요. 그랬더니 스웨덴 지부에서 온 앤이 그곳 아이들에겐 남는 시간, 주중과 주말의 개념이 아예 없다고 알려주더라고요. 21세기 서울의 기준으로 물어봐 놓고 아이가 수줍어한다고 보고를 했으니 얼마나 한심한 일이에요."

그에게 현장의 경험은 자신의 서투름에 대한 반성과 배움의 연속이었다. 날씨가 더워 그늘 아래 서서 아이를 내려다보면서 이야기하다가 왜 아이가 올려다보면서 말하게 하느냐고 또 혼이 났다. 라이베리아 난민 마을에서는 자신의 내공이 약한 것에 절망한 적도 있다. 국가로부터 버림받은 상태로 8년 넘게 살아온 주민들과 면담하는 자리였는데, 그들의 울분을 마주하기가 무섭고 심리적으로 부담스러웠다. 그런 마음을 감추려고 수시로 자리에서 일어나 현장 조사에 필요한 일이라도 하는 양 카메라로 괜히 주변의 닭이나 병아리 사진을 찍곤 했다. 공포와 혼란을 상대방 앞에서 드러내는 일은 현장의 활동가에게 금기시되는 일이기 때문이다. 그가 그러는 동안 스웨덴 출신인 이십대의 앤은 감당할 수 없는 약속은 절대로 하지 않으면서도 함께할 수 있는 일에 대한 아주 분명한 이야기를 지치지도 않고 반복하고 있었다. 스스로 아직 많이 모자라고 더 배워야 한다는 자각에 'NGO에 와서 내가 써야 하는 것은 반성문'이라는 생각까지 들 정도였다고 한다.

"비교하거나 판단하지 않고 상대방을 있는 그대로 보는 게 가장 중요하단 걸 배웠어요. '이건 어둠이야' 하고 전제한 뒤 확 플래시를 들이대고 겨우 비치는 흐릿한 모습만 바라보며 '무섭게 생겼네……' 이러면 안 된다는 거죠. 나와 다른 상대방이 살아가는 문화적 맥락을 늘 염두에 두어야 합니다. 게다가 비교를 전제하고 바라보며 눈물을 흘리고 화를 내면, 그다음 수순은 분노로 인한 무력감에 빠지게 되어 있어요. 현장에서 보니 NGO에서 일하는 사람들은 갈등과 고민을 안은 채 구체적으로 일하는 사람들이지 선동가, 투쟁가는 아니에요. 분노와 싸움의 의지보다는 오히려 휴머니즘이 필요한 일이지요."

'세이브 더 칠드런'에서 그가 가장 흥분을 느끼며 하는 일은 교육의 기회를 갖지 못한 아이들에게 그 장을 마련해주는 일이라고 했다. 대재앙이 닥친 아이티에 학교를 세우는 사업을 추진할 예정이며, 올해는 캠페인을 여섯 개쯤 해야 한다고 말할 때 그의 눈이 다시 반짝였다. 10년쯤 뒤에도 계속 이렇게 사람들 속에서 살아가고 치유를 겸한 대안학교 프로그램을 만들어보는 것이 그의 꿈이다.

"계획이나 결심만으로는 알 수 없는 것이 미래 아닌가요? 나는 여기서 계속 성장하고 싶어요. 그 마음에 진정성만 있다면 제 꿈도 이뤄질 거라고 생각합니다."

피터 드러커는 《프로페셔널의 조건》에서 스스로 거듭나기를 계속할 수 있는 가장 평범하면서도 강력한 방법 세 가지를 권했다. 가르치는 것, 조직 밖으로 나가보는 것, 낮은 직급에서 봉사해보는 것이 그것이다. 주제넘을지 몰라도 나는 여기에 한 가지를 추가하고 싶다. 그것은 평생 배우는 사람의 태도로 살아가는 것이다. 최혜정 씨를 만나고 난 뒤 하게 된 생각이다. 실행의 시기를 가늠하기 혼란스러울 때 그를 만나 '어떻게'를 묻던 나는 계속 성장하는 사람으로 살아가고자 한다면 방법은 스스로 찾아낼 수 있을 거라는 작은 믿음 같은 걸 얻었다. 그가 스스로 거듭나는 과정을 지속할 수 있었던 바탕에는 계속 성장하고자 하는 의지, 배우기를 멈추지 않는 태도가 있었기 때문이다.

의사

43

결단 _
늦지 않았다

신문기자

이영이

전환 이전 │ 동아일보 기자
전환 이후 │ 이화여대 의과전문대학원 재학 중
전환 시기 │ 마흔셋

길을 바꾸고 싶다는 소망이 강해져갈 즈음, 나를 사로잡은 또 하나의 불안은 너무 늦은 것은 아닐까 하는 거였다. 다르게 살고 싶다면 진작 그렇게 할 것이지 내내 주저앉아 있다가 이렇게 늦은 나이에 엉뚱한 궁리나 하다니. 한여름 밤의 꿈이라 여기고 내 자리로 돌아가 하던 일이나 잘하는 게 낫지 않을까……

모든 사회에 있기 마련인 일반적 생애 시간표를 떠올려보면 그런 불안은 더 증폭된다. 생애 시간표는 대다수의 사람들에게 언제 무엇을 해야할지를 알려준다. 언제 학교를 졸업하고, 운전을 하기 시작하며, 취직을해야 할지, 또 언제 결혼해서 아이를 낳고, 언제 은퇴해야 할지 인생의경로를 제시해주는 것이다. 때로 이 시간표는 폭력적이다. 시간표를 벗어나 '적령기'에도 미혼이거나 아이를 낳지 않으면 개인적 사정과 맥락은 고려하지 않은 채 저출산의 주범이라 손가락질거나 여전히 건강하고 꿈 많은 은퇴자에게 뒷방 노인네로 물러앉아야 할 때가 되었다고 옆구리를 찔러대는 식이다.

중년기에 길을 바꾸는 선택은 그 사회적 시간표와 다른 개인의 시간표를 새로 짜는 것이다. 모두가 따르는 길을 가지 않고 주류의 흐름에서 한발 밖으로 내딛는 선택이다. 마음 설레면서도 불안한 그 선택을 기꺼이내렸던 사람이 나의 다음 여행지였다.

이영이 씨는 나의 전 직장 선배다. 〈동아일보〉 주말 섹션인 위크엔드 팀장으로 일하던 그가 2005년 의과전문대학원에 가겠다고 사표를 낸 '사건'은 사내에서 많은 이들을 놀라게 했던 뉴스였다. 멀쩡히 잘 다니던 회사를 마흔세 살에 그만두고 그 힘들다는 의대 시험을 보겠다니. 놀랍고 장하다고 격려하면서도 한편에선 '과연……' 하는 시선도 없지 않았다.

그리고 2년 뒤, 이번엔 그가 이화여대 의과전문대학원 신입생이 되었다는 소식이 전해졌다. 많은 이들이 제각각의 이유로 감탄하고 부러워했다. 나이에 구애받지 않는 도전 정신에 감탄하는 사람들, 새로운 인생을 시작하는 용기를 칭찬하는 사람들, 기자보다 훨씬 안정적으로 보이는 의사가 되는 길에 들어선 것을 부러워하는 사람들……. 나 역시 부러워하고 감탄하던 사람에 속했는데, 그가 이제 자기 꿈을 향해 '직진'하고 있다는 설렘 때문이었다. 같은 부서에서 일하던 시절 둘이서 저녁을 먹을 때 그가 들려준 말이 떠올랐다. 불투명한 미래를 두고 이런저런 이야기를 나누다가 그는 문득 "나는 기자로 정년퇴직할 때까지 일하고 그다음엔 해외 봉사활동을 하면서 살고 싶다"고 했다. 다른 사람을 지속적으로 돕고 보람 있는 일을 하면서 사는 것이 궁극적으로 살아보고 싶은 삶이라고 했던 말이 인상 깊었다.

만만치 않은 나이에 직장을 그만두고, 힘든 시험을 통과해 대학을 다시 다니고, 기나긴 수련 기간을 거쳐야 하는 길에 들어서는 것은 쉬운 결정이 아니다. 삶의 풍성함을 위해 여행을 다니고 새로운 취미를 배우는 것과는 차원이 다르다. 그만큼의 절박함이 없었더라면 엄두도 내기 어려 웠을 터이다. 그가 말한 다른 사람을 돕는 삶, 봉사하는 삶이 그저 착하 게 살겠다는 다짐 정도가 아니라 정년퇴직까지 기자로 일하겠다던 계획 을 변경하고 새로운 출발선에 서게 만들 만큼 간절한 꿈이었구나 하는 생각에 나는 괜히 혼자 감격스러웠다.

2010년 초에 만났을 때 그는 4학년 진학을 앞두고 이화여대 대학병원 과 자매결연을 한 일본 병원에 실습을 하러 가기 직전이었다. 나이 때문 인지 금방 외운 것도 돌아서면 잊어버린다고 짐짓 푸념하면서도 연신 공 부가 정말 재미있다고 했다. 같은 공간에서 오래 함께 일하면서 낯익었 던 표정보다 훨씬 편안하고 자연스러워 보였다.

"운명적이었다고까지 말할 순 없을지 몰라도 이 길이 원래 내가 가야 할 길이었다는 생각은 들어. 멀리 돌아왔는데 돌아온 것조차도 의미 있 는 길이었다고 생각해."

그의 이야기를 들으면서 나는 꿈을 좇아 삶의 방향을 튼 사람들에게서 종종 드러나는 어떤 공통점을 그에게서도 발견할 수 있었다. 첫째는 꿈 을 향해 좋은 뜻을 품고 일을 저지르면 마치 자신이 다가오기를 기다리 던 보이지 않는 손이라도 있는 것처럼 주변에서 도와주게 되어 있다는 것. 둘째는 남의 눈에 파격적으로 비치는 인생 전환도 들여다보면 결국 은 자기 안에 있는, 때로는 스스로도 있는지조차 몰랐던 씨앗에서 싹이 터 이루어진 결과라는 것이다. 어떤 분야에 도전을 하건 한 사람이 지금 까지 살아오면서 겪었던 경험들이 다 쓰이고 결국에는 도움이 되었다.

두 가지 다 인생 전환을 결심하는 시점에서 예상하고 계획할 수 없는 조건이지만, 그들은 그렇게 어떤 일이 벌어질지도 모르는 상태에서 가지 않은 길을 골라 걷기 시작했다.

너무 늦었다고?
왜?

그에게 길을 바꿔볼까 하는 생각이 처음으로 꿈틀대기 시작한 때는 일본에서 특파원으로 일하던 2001년이었다. 내전으로 피폐해진 아프가니스탄 사람들의 삶을 그린 다큐멘터리 영화 〈칸다하르〉를 우연히 보았는데 분쟁 지역에서 구호 활동을 하는 의사의 모습이 눈에 쏙 들어와 박히더니 잊히지 않았다. '나도 저렇게 살고 싶다'는 소망이 열병처럼 들끓기 시작했다.

기자로 오래 일해왔지만 몸에 잘 맞지 않는 옷을 입은 듯 불편하게 느끼던 시절이었다. 어느 정도는 흑백을 갈라야 기사를 쓸 수 있는데, 너무 많은 생각이 들어서 결론이 늘 불가지론으로 맥 빠지게 흐르곤 했다. 인간이 한 사건을 다 아는 것은 불가능하다는 회의에 시달렸고 기사를 쓰는 것도, 사람을 만나는 일도 쉽지 않았다.

"이해관계가 상충되는 취재원들의 말을 곧이곧대로 믿고 기사를 쓸 수는 없기 때문에 누가 무슨 말을 해도 '저게 다는 아닐 것'이라고 의심하는 직업적 태도가 몸에 배어버린 거야. 취재원을 만날 때면 '저들이 나를 어디까지 속일 것인가' 하는 불안이 사라지지 않았고, 용기를 보여줘야 나를 함부로 하지 않을 거라는 생각에 실제보다 더 과장되게 용감하고 사납게 보이려 애를 썼지……."

그가 신참 기자일 때 만났던 최우석 전 삼성경제연구소장은 그에게 "처음 봤을 때 싸움꾼 같았다"고 말했다고 한다. 덕담으로 한 말이었다. 상대를 '조지는' 기사를 잘 쓰는 '싸움꾼 기자'는 동료들 사이에서도 부러움의 대상이 되는 경우가 많다. 한창 물이 오를 때 그도 '싸움꾼 기자'였지만, 내심 이렇게 살다간 사람이 더 그악스러워지겠구나 싶어서 불안했다고 한다. 너무 많은 가면을 쓰고 살아야 하는 직업인 탓에 사람을 순수하게 사귈 수가 없고, 남에게 대충 접어주지 못하고 자꾸 꼬치꼬치 따지는 직업적 태도 때문에 삶이 피폐해진다는 생각이 사라지지 않았다.

열병처럼 다른 삶을 살고 싶다고 꿈꾸던 그는 그해 겨울 설날 연휴 때 집에 와서 아버지에게 회사를 그만두고 수능 시험을 다시 봐서 의대에 가면 어떻겠느냐고 조언을 청했다. 정작 그가 고교 시절 의대에 가기를 간절히 바랐던 아버지는 사회를 위해 일하고 싶은 마음은 알겠지만 지금은 기자로서 할 수 있는 일이 더 많다며 그를 만류했다. 듣고 보니 아버지 말씀이 맞는 것 같기도 해서 충동적인 꿈인가 보다 하고 당시엔 쉽게 포기했다고 한다. 의대에 가려면 십대 고교생들과 함께 수능 시험을 봐야한다는 부담감도 컸다. 게다가 전국 상위 1퍼센트 이내에 들어야만 갈 수 있다는 의대를 사십대 중반에? 스스로도 너무 비현실적으로 느껴져서 그냥 하던 일이나 잘하자 생각하고 마음을 접었다. 2003년 특파원 임무를 마치고 귀국한 뒤에도 아버지의 말씀대로 시간을 버티는 일도 중요하니 묵묵히 일하자고 다짐했다. 그가 내게 정년퇴직 이후 봉사활동을 하겠다고 말한 시점도 그즈음이었다. 그러나 다른 삶에 대한 꿈이 사라지지 않고 마음 한구석에 오래 머물러 있었다는 것을 그 자신도 뒤늦게 알게 되었다.

귀국 이후 예기치 않게 신문사 입사 동기와 결혼을 하고, 늦은 사내 결혼이 센세이셔널한 이슈가 되는 바람에 마음이 약간 불편해진 무렵이었다. 결혼 직후인 2005년 2월 남편과 함께 떠난 장기근속 휴가 여행이 그의 삶을 바꾸어놓았다. 이 여행은 이화여대 의대 이근후 박사가 해마다 가는 네팔 의료 봉사 캠프를 따라간 것이었다. '봉사 캠프' 같은 여행을 싫어하는 남편도 이번엔 어쩐 일인지 순순히 가겠다고 했다. 그렇게 의사와 일반인이 어울려가는 캠프를 따라가 의사들의 봉사를 부러움 섞인 심정으로 지켜보았다. 네팔의 포카라에서 캠프파이어를 하던 날 저녁, 그는 남편에게 이렇게 말했다고 한다.

"어디서든 몸만 있으면 누군가에게 도움을 줄 수 있는 게 의사 같아. 내 인생의 남은 절반도 저렇게 살 수 있으면 너무 좋을 텐데. 지금이라도 의과대학에 가서 공부할 수만 있다면 얼마나 좋을까?"

그의 말을 듣던 남편이 이상하다는 듯 반문했다.

"왜 안 돼?"

나이가 마흔도 넘었는데 이제 너무 늦지 않았느냐는 그의 말에 갑자기 남편이 모닥불 주변에 모여 앉아 있던 의사들을 향해 "선생님들!" 하고 소리쳤다.

"이 사람이 지금이라도 의과대학에 가고 싶다고 하는데 괜찮겠습니까? 안 될까요?"

난데없는 질문에 의사들은 왜 안 되겠느냐, 늦지 않았다 하면서 박수를 쳤다. 얼떨결에 '그래? 그럼 한번 생각해볼까?' 하는 마음이 생기기 시작했다. 마침 일행 중에 서강대 경제학과를 졸업한 뒤 그해 신설된 의과전문대학원 1기에 합격한 여학생이 있었다. 그에게 시험에 대해 이것저것 물어보다가 문과 출신도 비교적 어렵지 않다는 말을 듣고서 귀가 번쩍 뜨였다. 자기도 할 수 있겠다는 생각이 들었고, 귀국할 무렵에는 직장을 그만두고 시험을 보겠다는 생각을 거의 굳혔다. 사표를 내고 퇴사한 날은 두 달 뒤인 2005년 4월 20일. 만 17년간 기자 생활을 했고 마흔세 살이었다. 그의 쉽지 않은 결심에 "그 시험 어렵다던데, 네가 되겠어?" 하며 대놓고 빈정거리던 상관도 있었지만, 대체로는 격려해주는 분위기였다. 배수진을 쳤으니 이제 번복할 수도, 물러설 수도 없고 앞으로 가는 일만 남았다고 그는 마음을 다잡았다.

공부를 하던 첫해엔 시험을 통과하리라는 기대조차 하지 않았다고 한다. 한 번도 해보지 않은 이

빠져나올 수 없는 길에 들어서다

과 공부를 해야 하는 상황이라 언어추론 정도만 어떻게 볼 수 있을 거라고 생각했는데 점수가 기대 이상으로 좋았다. 건국대 의과전문대학원 시험에서 예비 합격까지 갔다가 떨어졌다. 낙방했지만 실망하는 대신 짧은 기간에 예비 합격까지 갔으니 조금만 더 하면 되겠다는 자신감이 생겼다

고 한다. 이듬해에는 20점쯤 점수를 더 올렸고 이화여대 의과전문대학원에 합격할 수 있었다.

입시 공부가 즐겁기야 할까. 직장에서 내가 알고 지낸 그는 근성 좋게 버티는 힘이 있는 사람이었으니 공부가 힘들고 지루해도 그 힘으로 버텨냈으리라 생각했다. 그런데 그는 공부가 정말 재미있었다고 했다. 의학이 단순한 '이과' 공부가 아니라 종합적 이해력이 필요한 학문이라는 생각이 들었다고 한다.

"난생처음 생물을 공부하면서 《생명 생물의 과학》이라는 책을 통독했는데 너무 훌륭한 철학서처럼 느껴졌어. 예컨대 죽음의 사회적 의미를 설명하는 대목 같은 것. 한 개체의 자식이 자라 성인이 되면 자신과 같은 서식처에서 같은 유전자를 지니고 경쟁해야 하는 상대가 된대. 자신이 계속 살아남으면 자식이 불리해지니까 자식이 왕성하게 살아가야 할 때가 되면 자신이 그 먹이 경쟁에서 사라져주는 게 죽음이라는 거야. 물론 이와 다르게 해석하는 학설도 있지만, 내게 크게 다가온 것은 생물을 이과 공부라고만 생각했는데 그렇지 않다는 거였어. 생물 전체를 들여다보았더니 감동적이고, 어쩌면 사회과학이기도 하다는 생각까지 들더라고."

문과에다 기자 출신 만학도로서 공부에 가장 크게 도움이 된 것은 실생활과 밀접히 연관된 호기심이었다. 오랜 사회생활에서 보고 익힌 것이 공부에 유용하게 쓰였다. 갓 대학을 마친 이십대 수험생에 비해 전공 지식은 부족할지 몰라도 세상 돌아가는 이치를 생각하면 처음 듣는 이론도 쉽게 이해가 되었다고 한다. 주변에 질병을 앓는 친지나 지인들도 그에겐 공부에 흥미를 더해주는 훌륭한 도우미였다. 생물 시간엔 늘 주변의 사례를 떠올리며 질병의 메커니즘을 더듬었다. 물만 하더라도 단순한 'H₂O'가 아니라 원자 단위에서부터 우주까지 이어지는 스토리를 아우르고 있다는 게 너무 재미있었다고 한다.

주말이면 언니네 가족과 함께 자주 1박 2일 여행을 갔는데 여행지를 오가는 동안 차 안에서 그는 물, 세포, 암의 발생, 노화를 주제로 정해 몇 시간 동안 떠들어대곤 했다. 생활에 가까운 이야기라서 식구들도 재미있어하며 그의 공부를 지지해주었다. 지금 생각하면 터무니없이 무식한 설명도 많았지만 그때만 해도 새로운 걸 알아간다는 게 너무 기뻤고, 자신이 단편적으로 알던 사실에 심오한 생명의 원리가 깃들어 있다는 것이 경이로웠다고 했다. 어쩌면 처음 하는 공부이기 때문에 더 그랬을지도 몰랐다. 문과 출신이 불리하다지만 그의 경우 다른 이과 출신 수험생들처럼 이미 다 알아서 심드렁한 내용이 아니라 백지 위에 새로운 과학의 세계를 채우는 것이라 머리에 쏙쏙 들어왔다. 엉뚱하게도 입학시험에서 가장 점수가 낮았던 과목은 기자 출신인 그가 가장 만만하게 대한 언어추론이었고, 되레 생물 과목의 점수가 좋았다.

그래도 수험 공부가 늘 재미있기만 한 사람이 있겠는가. 그는 슬럼프를 겪을 때마다 마음을 다잡으려고 색색의 포스트잇에 다음과 같은 글귀를 써서 부엌 벽에 붙여두었다고 한다.

"나는 큰일을 하려는 사람이다. 사소한 일 때문에 고민하지 말자."

"의전원, 붙을 때까지 공부한다. 내게 돌아갈 직장은 없다. 올해 안 되면 내년이 있다. 그래도 안 되면 언젠가는 붙을 것이다."

그는 언제든지 여기서 달아날 수 있다, 이것 말고도 내게 할 일이 있다고 생각했더라면 아마 그 시간을 버티지 못했을 거라면서 "한번 들어섰으니 이제 빠져나올 수 없는 길이라고 생각했다. 그런 생각이 주변을 두리번거리거나 주저하지 않게 한 동력이 되었던 듯하다"고 했다.

입학 이후에도 의학의 새로운 세계는 그에게 경이로웠다. 기자를 했던 경험이 의과전문대학원에서 공부를 할 때도 도움이 되었다. 학생으로 실습할 때 가장 많이 하는 일은 입원 환자를 만나 어떤 증상을 겪고 있는지를 듣고 정리한 뒤 병의 진행 경과를 의사에게 보고하는 일이다. 대체로 학생들은 선배들이 만들어놓은 '족보'를 근거로 작성된 매뉴얼에 따라 질문하곤 하는데, 그는 '족보' 대신 스스로 필요하다고 생각하는 질문을 던졌고 질병의 경과나 환자가 겪는 어려움의 핵심을 남들보다 더 빨리 알아냈다. 뜬구름 잡는 남의 생각, 의견을 묻는 대신 항문에 손을 넣어보고, 배를 눌러봐서 얻는 앎이라 기자로 살아갈 때보다 마음이 편해졌다.

포기하지 않고
끝까지 갈 수 있는가

돌이켜 생각하면 그는 자신의 인생 전환이 혼자 힘으로 이뤄진 것이 아니라 오래된 인연이 함께 만들어낸 것이라는 생각에 소름이 끼칠 때도 있다고 한다. 그의 인생을 바꾼 2005년의 여행은 기자와 취재원으로 처음 만나 오래 알고 지내온 원불교 김지정 교무의 소개로 가게 된 것이었다. 그는 1980년대 후반 수습기자 생활을 막 마치고 어린이 청소년 관련 기사를 담당하는 '초 짜 기자' 시절 김 교무를 처음 만났다. 원불교에서 하는 난민 돕기 바자 회를 취재하러 갔던 그가 김 교무에게 "저도 나중에 이런 일을 하고 싶 습니다. 지금은 안 되지만 이다음에 꼭 하겠습니다"라고 말했다고 한다. 그는 자신이 이 말을 했는지조차 잘 기억하지 못하지만 어린 기자의 다 짐을 인상적으로 받아들인 김 교무는 그 이후 계속 엄마처럼 그를 챙겨 주었다. 일본 특파원을 마치고 귀국한 뒤에도 이근후 박사가 운영하는 가족 아카데미와 네팔 의료 봉사 캠프 이야기를 들려주면서 언제 시간을 맞춰 같이 가보자고도 권했다. 그가 2005년 장기근속 휴가 여행에서 인 생 전환의 계기를 만나게 된 것도 마침 김 교무가 의료 봉사 캠프 일정이 있다고 알려준 덕분이었다.

또 그의 인생에서 줄곧 큰 나무였던 아버지의 영향도 컸다. 그는 아버 지가 여성이 제대로 살아가려면 전문직이 필요하다면서 의대에 가라고 내내 권유하던 고교 시절, 공부할 자신도 없고 돈만 밝히는 의사로 살기 싫다며 끝까지 안 가겠다고 버틴 전력이 있다. 이과에 진학하라는 아버 지의 뜻을 어기고 몰래 서명을 위조해 문과로 옮긴 다음, 고3 담임의 힘 을 빌려 아버지를 설득한 끝에 겨우 자신의 뜻대로 연세대 영문과에 진 학했다. 하지만 1학년 때 개인 지도를 맡아준 대학원생이 두꺼운 안경을 쓴 채 학교와 도서관만 오가는 것을 보고 일찌감치 교수가 되겠다는 생 각은 접은 채 내리 놀기만 했다고 한다.

대신 그가 집중했던 일은 봉사활동이었다. 그는 스스로도 자신이 아직도 학교에서 배우던 '남을 돕는 삶이 훌륭하다'는 유아기적 사고에 머물러 있는 게 아닌가 하고 의심할 만큼 남을 도우며 보람 있는 삶을 살고 싶다는 열망이 강했다. 그런 열망을 누구보다도 잘 이해해준 사람이 아버지였다. 대학 시절 3년 내리 YMCA의 정신박약아 봉사 서클에 참여했던 그는 아버지의 도움을 얻어 자기 동네인 수색에 검정고시 야학을 차렸다. 아버지와 함께 수색 가구 공장 사무실의 지하를 빌리고, 안내 벽보를 붙이고, 초등학교 동창들을 선생으로 불러서 2년간 검정고시 야학을 운영했다. 대여섯 명 안팎, 많을 때는 열 명 남짓했던 학생들이 검정고시에 모두 합격하고 나니 그 자신도 졸업하고 취직을 해야 하는 상황이 되었다. 계속 운영할 사람을 찾지 못해 야학의 문을 닫을 때 그는 '내 갈 길이 있는데 언제까지 여기에 붙들려 있을 수는 없다'는 생각과 그 일을 지속하지 못한 것에 대한 죄책감 사이에서 심하게 갈등했다고 한다. 이렇게 하다 말 일이라면 아예 시작을 하지 말아야 한다는 생각이 강하게 남았고, 충동적으로 잠깐 봉사활동을 하는 것이 아니라 몸에 익혀 어디를 가든 평생 할 수 있는 일을 해야 한다고 생각했다. 그런 기억들도 의과전문대학원 진학을 결심하게 한 중요한 요인들이었다.

공부를 하면서 그에게 가장 두려웠던 것은 '하다가 중간에 주저앉으면 어쩌나' 하는 생각이었다. 2001년에 의대 진학 이야기를 꺼냈다가 금세 포기한 것도 일을 저지른 뒤 야학처럼 몇 년간은 어떻게 열정으로 한다고 치더라도 도중에 시들해져 그만두게 되는 상황이 두려워서였다. 어찌 보면 저지르는 일은 쉽다. 누가 더 오래 버티고 포기하지 않고 끝까지

가는가가 더 중요하다. 끝도 없는 공부를 혼자 했더라면 금방 지겨워져서 포기했을 텐데 그럴 때마다 옆에서 붙들어준 남편은 그의 든든한 후원자였다.

나에게 솔직해지고 싶다

그는 삶의 방향을 튼 뒤 자신을 속이지 않고 살 수 있다는 점이 가장 기쁘다고 했다.

"기자를 할 때는 자신이 없어도 있는 표정을 지어야 하고, 약간 남이 옳은 것 같아도 내가 더 옳은 것 같은 표정을 지어야 하고, 나조차 속여야 하는 경우가 많은데 지금은 그럴 필요가 없다는 게 편안하고 좋아. 남이 무슨 이야기를 하면 더 캐묻거나 의심하지 않고 그게 다라고 믿어도 되는 것, 그렇게 살아도 되는 게 기뻐."

의과전문대학원을 졸업한 뒤에도 인턴, 레지던트 과정을 어디까지 밟아야 할지, 어떤 전공을 택해야 할지 숱한 선택의 과정이 남아 있다. 처음에 일을 저지를 때는 의사 면허만 따면 인턴, 레지던트 과정을 밟지 않고 곧장 현장에 뛰어들겠다고 생각했는데, 학교를 다니다 보니 인턴 과정을 밟지 않으면 실기를 손에 익히는 체험이 불가능하다는 생각이 들더란다. 어디 가서 무슨 일이든 할 수 있도록 만능이 되었으면 좋겠다는 생각에 가정의학과를 선택하고 싶지만 아직 결정된 것은 없다. 처음에 일을 저지를 때는 의사를 필요로 하는 구석진 곳이 많을 거라고 생각했는데, 막상 의대에 와서 보니 이젠 어지간한 섬마을에도 의사가 없는 곳이 없다. 매일 오전 8시부터 밤 10시까지 공부해야 하고, 선택과 수련의 과정이 첩첩산중으로 남아 있다. 하지만 그는 여전히 처음 방향을 틀 때의 설렘을 간직하고 있는 듯했다. 이런저런 한계와 치열한 경쟁을 인정하면서도 그는 "나를 활용해서 할 수 있는 일이 무궁무진할 거야" 하면서 눈을 반짝거렸다.

"나는 나에게 솔직해지고 싶어. 좋은 일을 하고 싶다고 해서 무슨 일이든 다 할 수 있다고 생각하진 않아. 내가 할 수 있는 일과 하고 싶은 일의 교집합 안에서 찾아야지, 할 수는 있지만 하고 싶지 않은 일, 하고 싶으나 할 수 없는 일에 억지로 나를 꿰맞추고 싶지는 않아. 얼마 전에 《할머니 의사, 청진기를 놓다》라는 책을 봤는데 그 선생님은 홀트아동복지회 부속 의원에서 후임이 없어 정년을 넘기고도 10년을 더 일했더라고. 나도 아무리 못해도 일흔 살까진 일할 수 있지 않을까?"

나는 그와 함께 아는 사람이 많은 터라 그의 선택에 대한 사람들의 반응을 관찰할 기회가 많았다. 내 어설픈 관찰로 보자면 시간 개념의 차이에 따라 반응도 다르게 나타났다. 대체로 시간이 직선으로 흐르며 삶이 한 방향으로 진행된다고 생각하는 사람들, 사회적 시간표에 따라 일정한 나이가 되면 어떤 역할을 해야 하고 어떤 자리에 있는 것이 마땅하다고 생각하는 사람들은 그의 선택을 다소 어처구니없다고 여겼다. 반면 시간이 일직선으로 흐른다기보다는 반복적으로 순환되고, 빠름과 느림처럼 서로 다른 형태의 시간이 하나의 삶 속에 공존할 수 있다고 바라보는 사람들은 그의 선택을 격려했다. 후자의 경우 직선으로 치달아 정점에서 무엇을 이루는 것보다 삶에서 얻는 경험을 더 중요하게 생각했다. 어느 쪽의 시간 개념이 옳을까 하는 질문은 애당초 성립이 불가능할는지도 모른다. 선험적으로 존재하며 우리가 반드시 따라야 하는, 확고부동하고 변하지 않는 객관적 시간 구조란 없기 때문이다. 우리는 스스로 시간 구조를 만들어내며 살고 있다. 또한 소속된 문화나 각자의 경험에 따라 세상엔 하나의 '시간'만 있는 게 아니라 수많은 '시간들'이 있다. 그렇게 본다면, 언제가 되었든 너무 늦은 때라는 건 사실 없는 것이나 마찬가지 아닐까?

현실 인식 _
지금 내가 있는 곳이
밑바닥이다

오시환

전환 이전 | 광고 회사 이사
전환 이후 | 바다 요리 전문점 해장금 사장
전환 시기 | 마흔여덟

48

요리사

요즘이야 내비게이션이 길 찾는 수고를 대신해주지만, 그 전엔 잘 아는 길과 모르는 길을 운전할 때 차이가 꽤 컸다. 목적지와 그에 이르는 경로를 잘 알고 있을 때는 여유롭게 갈 수 있다. 정확하게 길을 찾아 가면서도 주변을 돌아보는 여유가 있다. 반면 잘 모르는 길을 갈 때는 답답하고 불안하다. 두리번거리다 멈추고 잘못된 길로 들어서기 일쑤다. 게다가 시야의 폭이 확연하게 좁아진다.

　도로 전체를 조망하며 달리는 베테랑과 자동차 바로 앞만 겨우 확인하며 운전하는 초보자의 태도는 다를 수밖에 없다. 초보자는 한층 더 신중할 것이고, 경로를 잘 계획해야 한다는 조바심도 클 것이다. 인생 전환을 앞둔 사람도 마찬가지가 아닐까? 너무 꼼꼼히 계획하면 모험을 하기 어렵다지만, 목적지에 이르는 길을 설계하지 않는다면 어디로 가야 할지 어떻게 판단하고 결정할 수 있겠는가. 새로운 길을 찾아 나서는 사람들이 흔히 손에 쥐고 싶어 하는 카드는 상세 경로를 알려주는 지도와 더 나은 곳을 향해 가고 있다는 낙관이다. 그러나 이번 여행지에서 만난 사람은 정반대의 방식으로 자기 길을 찾아갔다. 계획을 세우지 않는 것이 그의 계획이었고, 자신이 하면 더 잘할 수 있을 거라는 기대 대신 밑바닥을 먼저 통과해야 한다는 엄격한 현실 인식이 그를 변화시킨 힘이었다.

서울 종로에서 바다 요리 전문점 '해장금'을 운영하는 오시환 씨는 주변에서 특이한 사람으로 통하는 모양이다. 그가 운영하는 인터넷 카페에 글을 올린 한 후배는 그를 '기인'이라고 불렀다. 글쎄, 20년 넘게 광고 일을 하다가 요리사로 전환한 게 기인 축에 들어갈 만큼 특이한 일일까? 그를 만나 이야기를 듣고 보니 특이한 점은 다른 데 있었다. 마흔여덟에 삶의 방향을 틀기로 결심한 뒤 그는 요리를 배우러 학원에 가는 대신 무작정 미국에 가서 3년간 주방 보조로 일했다. 귀국해서 음식점을 열 때도 고기 요리를 하지 않고, 활어도 잡지 않고, 매운 요리도 하지 않는, 어찌 보면 한국 시장에서 참 현실성 없는 원칙을 세웠다고 한다. 고깃집이야 한 집 걸러 하나씩 있는 판국에 해봤자 승산이 없다 생각할 수 있고 매운 요리야 자신이 없거나 싫어해서일 수도 있는데, 바다 요리 전문점이라면서 활어를 잡지 않는다니? 그 이유는 땅바닥에 패대기쳐진 생선을 칼로 내려칠 강심장이 없어서였단다. 미국에서 주방 보조로 일할 때도 그는 먼 길을 헤쳐 가는 연어의 살이 너무 연약한 것에 마음이 아파 식당에 연어가 배달될 때면 일련번호가 적힌 플라스틱을 남몰래 떼어내 숙소로 가져온 뒤 아침 예불을 올리곤 했다고 한다.

활어도 잡지 못하고 연어의 고단함에 슬퍼하는 마음 여린 사람이 사십 대 후반에 그동안 쌓아놓은 것을 모두 버리고 낯선 나라에 가서 밑바닥부터 출발하겠다는 독한 결정을 하게 된 이유는 무엇이었을까? 그 시기를 버틸 수 있었던 힘은 어디에서 나왔을까?

처음 만났을 때 그는 허허실실 그저 속 좋기만 한 콧수염 아저씨 같았다. 2010년 초 '해장금'에 다시 찾아갔을 때 그는 "원래 내가 노는 걸 좋아하는데 요리를 하면서 '먹고 노니까' 얼마나 좋아요" 하면서 껄껄 웃었다. 전혀 긴장하지 않은 느슨한 태도로 이야기를 하던 도중 그가 앉은 자리 뒤편 기둥 너머로 테이블에서 숟가락이 떨어지는 소리가 희미하게 들렸다. 무슨 소리인지조차 나는 미처 알아차리지 못했는데 그는 뒤를 돌아보지도 않고, 이야기하던 자세를 흐트리지도 않은 채 곧장 목소리만 조금 키워 "아주머니, 저쪽 손님께 숟가락 새로 갖다 드리세요" 하고 말한 뒤 하던 이야기를 계속 이어갔다. 그 테이블에 앉아 있던 사람들이 놀라 돌아볼 정도였다. 그렇다고 내게 들려주던 이야기가 흐트러진 것도 아니었다. '긴장을 푼 여유와 집중하는 상태가 잘 결합돼 있는 사람이구나' 하는 생각에 그가 조금씩 달리 보이기 시작했다.

삶의 방향을 튼 뒤 그는 과거에 꽁지가 잡혀 있는 게 하나도 없어서, 예전에 자신이 광고 회사에서 뭘 했고 따위와 전혀 상관없이 현재에 충실할 수 있어서 좋다고 했다. 성실한 불교 신자인 그는 2009년에 조계종 초대 기초선원 운영위원장을 역임한 무여 스님의 화두 명상집 《쉬고, 쉬고 또 쉬고》를 직접 만들었다. 또 축서사의 사계를 담은 달력 3천 부를 만들어 주변에 나누어주었다. 광고장이 시절 배운 기술로 불교를 위한 일도 하고 글도 쓰면서 요리를 하니 더 바랄 게 없단다. "내가 세운 인생 이모작의 목표는 과거 습성대로 새로운 경쟁에 뛰어들어 성공하는 게 아니라 정말 좋아하는 일을 하면서 나를 되찾는 것이었는데 지금 그렇게 가고 있는 것 같다"고 자평했다.

몸 자체로
전문가가 되고 싶다

그에게 '해장금'이 첫 식당은 아니다. 광고 회사 거손에서 '기아자동차' 광고팀장을 하던 1997년 7월 '기아자동차' 부도 사태가 나자 그는 회사를 나와 우동 가게를 차렸다가 이듬해 4월 문을 닫았다. 칼질도 못 하면서 창업했다가 금방 실패한 것이다. 다시 벤처 광고 회사인 '광연재PR'에 들어가 3년간 이사로 일했다. 이 회사는 게임 회사와 공연 기획사까지 인수하면서 사세를 확장했지만 새로 인수한 사업에서 적자를 면치 못했고, 결국 흑자를 내던 광고 파트까지 영향을 받아 점점 사정이 나빠졌다. 더 갈 것인가 여기서 멈출 것인가. 기로에 서서 그는 심각하게 고민하기 시작했다. 결국 광고 일을 완전히 그만두기로 결심했는데 그 이유가 자신이 없어서였다고 한다.

"그렇게 말하면 남들이 의아해하지만 사실 그랬어요. 20년 넘게 광고 일을 했지만 도사가 못 되었어요. 자동차 정비를 20년 하면 정비소에 들어오는 차만 봐도 어디가 문제인지 척 안다는데, 나는 여전히 작은 광고 하나도 쉽지가 않았으니까요."

속으로 누군들 안 그럴까 생각하는데 그는 일종의 열등감도 있었을 거라고 아무렇지도 않게 덧붙였다. 경쟁적인 환경에서 그보다 잘하는 천재 같은 사람들은 꼭 있기 마련이라 늘 모차르트 옆의 살리에리가 된 기분이었다고 한다. 직급이 높아질수록 조직 운용 능력이 중요해지는데 그런 역할이 자신과 맞는지에 대해서도 회의가 일었다.

"광고는 시스템입니다. 시스템에 적응하지 못하면 20년 세월은 무의미하지요. 내 스타일을 관찰해보니 나는 시스템과 잘 어울리는 조직형 인간이 아니었어요. 게다가 광고는 회사와 더불어 있을 때만 전문가가 될 수 있고 회사를 떠나면 전문가가 아니죠. 혼자서도 할 수 있는 직업을 갖고 싶었어요. 몸 자체로 전문가가 되고 싶다는 열망이 강했죠."

오랜 고민 끝에 21년간 해온 광고 일에서 손을 뗄 때 그는 막연하게 요리를 해보자는 생각 말고는 아무 계획이 없었다고 한다. 광고 말고는 관심이 쏠리던 일이 요리뿐이라 우동 가게도 창업해봤던 것이다. 또 달리 할 줄 아는 게 없기도 했다. 그런데 왜 하필 미국까지 날아가 요리 학원도 아니고 주방 보조로 일할 생각을 했던 걸까?

"낯선 곳에서 기초부터 시작하고 싶었어요. 우동 가게가 실패한 것도 내가 직접 일을 할 줄 모르고, 분식집 아주머니를 고용해서 운영했기 때문이거든요. 우동 가게에 나가서 종일 서 있어보면 말도 못 하게 피곤하더라고요. 그래서 특정 요리를 배우는 것보다 하루에 13시간씩 꼬박 서서 일할 수 있는 체력을 만드는 일이 더 중요하다고 생각했지요. 광고 일은 앉아서 하는 거였지만 요리는 그렇지 않잖아요. 요리하는 사람의 기초는 '칼 다루기'와 '서 있기'인데 하루 종일 서서 백 접시씩 만드는 기초 체력이 필요하다고 생각했어요."

기초 체력은 스스로 다지지 않으면 만들 수 없는 것이고, 하루에 하나씩 천천히 배우기엔 나이도 많아서 학원에 다닐 생각은 아예 해보지도 않았다고 한다. 게다가 무슨 일을 하건 몸으로 배우는 야전군 스타일을 선호하는 성향도 한몫했다.

"어떤 직업이든 일하는 스타일을 이론가와 실천가 유형으로 분류할 수 있을 것 같아요. 요리사도 마찬가지지요. 나는 몸으로 배우는 실천가 유형입니다. 광고장이로 살 때에도 밤을 새우면서 일하고 보병처럼 몸을 굴리는 야전군 스타일이었어요. 그게 내 몸에 더 맞으니 요리도 그렇게 시작하자고 생각했지요."

그렇게 기초부터 배우자는 생각 하나로 그는 가족의 반대를 무릅쓴 채 몇 다리 건너 아는 사람의 소개로 미국 플로리다의 일식당에 주방 보조로 취업했다. 무슨 요리를 할지, 돌아오면 어떤 종류의 음식점을 열지에 대해서도 아무 생각이 없었다고 한다. 20년 넘도록 광고 회사에서 계획과 전략을 앞세우면서 살아온 사람답지 않게 계획도, 전략도 없는 생활에 스스로를 던진 것이다.

나는 지금 밑바닥에 있다는 인식

미국 생활 초반엔 너무 고단하고 힘이 들어 후회를 많이 했다고 한다. 쉬운 일이 하나도 없었다. 날카로운 칼에 손을 베이는 건 예사였다. 평소 껍질 까기를 지독하게 싫어해 밤, 잣, 은행은 물론 꽃게도 먹지 않았는데 주방 보조를 하면서는 하루에 몇 박스씩 새우 껍질을 까야 했다. 비프 롤을 만들기 위해 네모나게 저민 쇠고기 수십 덩어리를 종일 서서 망치로 두들길 때면 발바닥에 불이 나는 것 같고 허리도 끊어질 듯 아팠다. 늘 뜨거운 것을 잡느라 손끝에 화상을 입는 통에 머리를 감을 때도 머릿속을 제대로 문지를 수가 없을 정도였다. 그 고생을 하는데도 손이 느리고 일을 못한다고 주방 안에서 자주 구박을 받았다. 주급이 깎이기도 했고, 타박하는 사장 앞에서 울어버린 적도 있다고 했다. 배운 대로 하지 않는다면서 앞으로 요리에 손도 대지 말라고 호통을 치는 사장을 바라볼 땐 예전에 광고 회사에서 자신이 후배들을 혼내던 장면이 씁쓸하게 떠올랐다. 한번 해보자고 덤빈 일에서조차 재주가 없는 게 아닌지, 길을 잘못 들어선 게 아닌지, 이것조차 못하면 도대체 앞으로 뭘 하고 살아야 하는지 불안해서 늘 마음을 졸였다고 한다.

그 캄캄한 시절에 힘이 들 때마다 되뇐 말, 포기하지 않도록 그를 붙들어준 말은 불교 경전의 한 구절 "땅에 넘어진 자, 그 땅을 짚고 일어서라"였다.

"넘어졌는데 허공을 붙들고 일어설 순 없잖아요. 밑바닥부터 기어야죠. 그걸 잊지 않으려고 애를 썼어요. 늦은 나이에 다른 분야에 뛰어든 사람이 처음부터 잘할 수 있을 거라고 기대하면 안 되죠. 새로 출발하는 사람은 새로운 일의 밑바닥을 빨리 돌파하는 것만이 유일한 길이라고 생각하고 마음을 다잡았어요. '내가 20년 넘게 광고를 한 사람인데 이런 일을 어떻게 해' 같은 생각을 하면 아무것도 못 해요. 밑바닥에 있는 사람은 밑바닥을 인식해야 해요. 사람들이 은근히 내가 하면 남들보다는 잘할 거라고 생각하는데 그건 허상입니다. 다른 사람은 안 되는데 왜 나만 잘할 거라고 생각하나요? 나도 마찬가지로 잘 안 되고 어려우니까 밑바닥에서 출발하는 과정을 거치는 수밖에 없지요."

고단한 과정을 달래기 위해 스스로 원대한 목표를 향해 가고 있다는

'큰 생각' 같은 건 애초부터 품지도 않았다. 그는 처음부터 자신이 요리사가 되는 거라고 생각하지 않았다고 한다.

"나는 조리사가 되려고 했어요. 요리사는 음식을 맛있게 만들기 위해 연구하고 개발하는 사람인 반면 조리사는 빠른 시간 안에 음식을 상품으로 만들어내는 사람이죠. 요리사는 머리를 쓰고 조리사는 몸을 씁니다. 요리사는 음식을 만들고 조리사는 상품을 만들지요. 고객이 당장 돈을 내고 사먹을 수 있는 상품을 만드는 조리사가 되는 게 내 목표였어요."

서툰 솜씨가 나아지지 않는 것 같아 절망의 연속이었지만 그래도 우직하게 견뎌낸 시간에 비례해 주어지는 보상이 있었다. 매일 '이 길이 아닌가 봐' 하는 회의에 시달리고 실수를 연발하면서도 꾸역꾸역 출근해서 틈이 나도 일부러 앉지 않고, 하루에 10시간 넘게 서서 일하다 보니 차츰 일이 손에 붙기 시작하더란다. 오래 못 갈 줄 알았는데 그렇게 버티는 그를 보며 사장의 태도도 변하기 시작했다. 칼질도 못 하던 사람이 제법 칼을 다룰 줄 알게 되고, 일이 익숙해지기 시작하니 조금씩 자신감도 생겼다. 그렇게 3년간 플로리다와 뉴욕의 식당 주방에서 보조 생활을 끝내고 2003년에 귀국할 때는 어디 가서 무슨 요리를 해도 괜찮게 할 수는 있을 것 같다는 마음이었다.

계획의 노예가 되지 말고 현재에 충실하라

문제는 돈이었다. 귀국했을 때 그의 수중에는 음식점을 열 만한 종자돈이 한 푼도 없었다. 겨우 대학 동창의 신용보증과 은행에 다니는 후배를 통해 천만 원을 대출받고 친구들과 후배들에게 십시일반 돈을 빌려 5백만 원을 만들었다. 동업을 하기로 한 선배가 1천 5백만 원을 보태 3천만 원을 만들고, 인사동과 안국동 일대의 가게 자리를 보러 다녔다. 그 지역에서 3천만 원으로 얻을 수 있는 자리는 없었다.

"이번에도 여전히 계획이 없었어요. 아니, 계획을 세울 수가 없었어요. 정석대로 하자면 분야를 먼저 정한 뒤 그다음 세분화된 전략을 짜야겠지만 돈이 워낙 없었기 때문에 주어진 여건에 맞추는 수밖에 없었죠. 그저 이 돈으로 시장 바닥의 가게가 얻어지면 거기에 맞는 식당, 학교 앞 가게가 얻어지면 거기에 맞는 분식집을 하자고 생각했지요."

어느 날 한 부동산 중개업소에 갔다가 여전히 마땅한 가게 자리가 없어 힘없이 돌아서는데 중개업자가 그의 뒤에 대고 "2층도 괜찮겠어요?" 하고 물어보았다. 사무실로 쓰이던 공간인데 권리금도 없다고 했다. 무엇을 가릴 계제가 아니어서 무조건 괜찮다고 하고 실평수 7평의 작은 공간을 얻고 보니 현대 본사 근처였다. 달랑 테이블 네 개를 들여놓고 아는 사람 위주로 한 달간 시험 운영을 해보다가 2004년 여름 메뉴를 완성해 간판을 달고 영업을 시작했다. 광고로 잔뼈가 굵은 그였지만 과거의 기술을 발휘해 마케팅을 할 생각은 하지도 않았다고 한다.

"광고장이들은 새 일을 하면 이름 잘 만들고, 카탈로그 만들고, 마케팅할 생각을 먼저 하기 마련인데 나는 안 해본 일을 하고 싶었어요. 광고 일을 하면서 커뮤니케이션은 해봤지만 직접 상품을 만들어보진 않았잖아요. 광고장이가 아니라 광고주가 하는 일, 즉 상품을 만드는 일을 하고 싶었죠. 내게 그건 음식을 만드는 일이었고요."

고심 끝에 간판 메뉴인 해물 누룽지탕을 만들었는데, 고객의 반응이 꽤 좋았던 덕택에 테이블 네 개로 시작한 가게의 규모가 지금은 제법 커졌다. 그는 "돌이켜보면 계획 없이 흘러왔지만, 현재에 충실하다 보니 마치 계획이라도 세운 것처럼 일이 진행되었다"고 한다. 미국에서 주방 보조를 할 때부터 그랬다. 플로리다의 일식당에서 일할 때 두 시간 떨어진 곳에 있는 절에 다니면서 엉망인 게시판이 마음에 걸려 액자를 사서 예쁘게 다듬어놓았다. 그게 인연이 되어 일식당을 그만둔 뒤 오갈 곳이 없을 때 절에서 잠깐 머물 수 있었다. 뉴욕의 식당으로 옮겨 가게 된 것도 이 절에서 소개를 받아서다. 광고 인생도 카피라이터로 출발했고 글쓰기를 워낙 좋아하는 터라 미국 생활 내내 고단함을 달랠 겸 꾸준히 일기를 썼는데, 귀국한 뒤 이를 두 권의 책 《마흔여덟에 식칼을 든 남자》(플로리다 편, 뉴욕 편)로 펴냈다. 책이 나오니 점차 이름이 알려져 식당의 주목도도 조금 높아졌다.

"이 모든 일 중에서 미리 계획하고 진행한 건 하나도 없어요. '광고가 아니라 요리', '위가 아니라 밑에서부터' 같은 굵직한 방향이야 있었지만, 몇 년 단위 목표를 세우고 그에 맞춰 일정을 짜는 것과 같은 계획은 없었어요. 무계획을 상쇄해주는 것은 이걸 해서 그다음엔 어디로 어떻게 가야 하는지 걱정하는 대신 지금 이 자리에 충실한 것뿐입니다. 제 철칙은 '오늘 하루를 집중적으로 잘 살자'입니다. 그러면 계획을 세우는 것보다 더 많은 일들이 벌어져요. 계획의 노예가 되면 되레 다른 게 눈에 들어오지 않아서 우연하게 다가오는 좋은 인연도 알아차리지 못할 수가 있죠."

세세한 계획을 세우지 않는 태도의 또 다른 이점은 스스로를 만성적인 불만족의 늪에 빠지지 않게 하는 거라고 했다. 일정표를 짜놓고 성취를 못 하면 항상 뭔가 부족한 것 같고, 불행하고, '나는 왜 이러지?' 같은 열등의식에 시달리는데 무에 그럴 필요가 있느냐는 거다.

나는 '지금 이 순간에 충실하기'가 마음의 평정을 찾기 위한 방법이라고 여겼을 뿐 삶의 방향을 바꾸는 데도 유효하리라고는 생각해보지 않아서 그의 말이 처음엔 좀 생경하게 들렸다. 하지만 타이트한 계획을 세우는 것보다 '오늘 하루를 집중적으로 잘 살자'고 하는 자세가 결과적으로는 더 많은 일을 하게 했다는 그의 경험을 듣고 보니 그럴듯하게 느껴졌다. 현재에 집중하는 훈련을 위해 매일 참선한다는 그가 이해하는 수준에 미치진 못해도 천 리 길도 한 걸음부터라는 말마따나 매일의 성실한 수행 없이 먼 길을 갈 수는 없는 노릇이니까.

"나도 불교에서 하는 말 중에 '과거는 지나갔고 미래는 오지 않은 것이라 없다. 존재하는 것은 바로 이 순간뿐'이라는 말이 무슨 뜻인지 예전엔 몰랐어요. 그런데 내가 삶의 방향을 바꾸고 살다 보니 그 뜻이 어렴풋이 이해되더라고요. 인생 전환이 사실 별겁니까? 왼쪽으로 앉아 있다가 오른쪽으로 돌아앉아 보는 것이죠. 그런데 과거의 '이사님' 어쩌고 하는 호칭, 가슴에 달았던 별을 계속 품고 있으니까 마음에 멍이 드는 거예요. 반면 미래는 아직 오지 않은 일인데 거기에만 시선을 맞추고 있으니까

겁에 질려서 꼼짝도 못 하거나 불안으로 스스로를 들들 볶지요. 과거나 미래 대신 지금 이 순간의 목표만 세우면 결국은 장기적 목표를 이룰 수 있다는 것이 제 생각입니다. 오늘을 잘 살면 목표한 것이 단번에 이뤄지는 건 아니더라도 어느새 하나씩 하나씩 이뤄지고 있음을 알게 될 겁니다. 당장 눈에는 안 보여도 슬슬 이루어집디다."

인터뷰를 할 당시에 그는 동남아 역사 기행에 푹 빠져 있었다. 1년에 두 번씩 앙코르와트를 비롯한 동남아를 여행하며 서민들이 살았던 궤적을 좇아보고 사진을 찍는다. 그래서 광고를 하느라 늘 가까이서 접했지만 문외한이던 사진을 이제야 제대로 배우고 있다. 글쓰기를 좋아하니 사진도 잘 익혀서 앙코르와트에 관한 책을 만들어보는 게 소망이라고 한다. 무엇 하나에 올인하는 방식으로 인생을 던져 넣지 않고, 좋아하는 일을 이것저것 해볼 수 있어서 즐겁다는 그는 한 달에 용돈 백만 원만 있으면 어마어마하게 많이 쓰고 더 이상 쓸 데도 없는 터라 더 숨차게 살고 싶지가 않단다.

"나이가 더 들면 불교 관련 여행 가이드도 해보고 싶어요. 이게 이뤄지면 여한이 하나도 없겠어요. 광고도 한 20년 해봤겠다, 요리사도 해보고, 여행도 하고, 글도 쓰고, 사진도 찍고, 누가 나를 찾아오면 맛있는 요리도 해주고, 얼마나 멋진 인생이에요! 그런데 그걸 내가 처음부터 '광고 회사를 나와서 글을 쓰는 요리사가 되어야지' 하고 생각했으면 되지도 않았을 거예요. 미래에 잘 살고 싶다면 현재의 나를 잘 알고 거기에 충실한 것이 가장 큰 해답이라고 봅니다."

그의 이야기를 들으며 생각해보니 사실이 그랬다. 어느 방향으로 가겠다는 비전은 중요하지만, 세부 계획은 현실에서 별 힘을 발휘하지 못하는 경우가 태반이다. 가령 5년 전만 해도 나는 지금 내가 이렇게 살고 있으리라곤 상상도 하지 못했다. 찰스 핸디의 자서전 《포트폴리오 인생》에는 이런 대목이 있다. 프랑스 인시아드 경영 대학원 허미니아 아이바라 교수가 인생을 획기적으로 바꿔 성공한 사람 서른아홉 명을 조사했다. 교수였다가 주식 중개인이 된 사람이 있는가 하면, 전직 증권업자였던 베스트셀러 소설가도 있었다. 아이바라 교수는 조사 결과 이들이 행동하기 전에 자신이 원하는 바를 알아서 성공한 것이 아니라 오히려 반대라고 주장했다. 일단 행동하고 경험하고 질문하고 다시 행동하는 과정을 통해서만 자신이 어떤 사람인지, 무엇을 할 수 있는지 알게 된다는 것이다. 자신이 원하는 것을 분명히 알고, 그것을 이루기 위한 자세한 계획표가 있어야만 길을 바꿀 수 있는 건 아니라는 뜻이다.

2

나는 아직도

꿈꿀 수 있는

사람인가

디자이너

동경 _
꿈을 꿈으로만
남겨둬야 할까?

보트 제작자

38

최준영

전환 이전 | SADI(삼성디자인학교) 교수
전환 이후 | 올리버 선박 학교 교장
전환 시기 | 서른여덟

내가 제대로 살고 있나 생각하기 시작할 때부터 별로 하고 싶은 게 없다는 것이 마음에 탁탁 걸렸다. 부끄럽게도 나는 어릴 때부터 별다른 꿈이 없었다. 학기 초에 장래희망을 써낼 때면 늘 쓸 말이 궁했다. 기억도 나지 않는 직업을 아무렇게나 써내는 나와 달리 나중에 뭐가 될 테야 하고 거침없이 말하는 친구들을 부러워했다.

삶의 방향을 바꾸고 싶다는 열망이 들끓기 시작할 때도 그랬다. 무엇이 아닌 건 알겠는데 무엇을 향해 가야 할지는 몰랐다. 하기 싫은 건 알겠는데 하고 싶은 게 무엇인지는 몰랐다. 온갖 곳에서 주위들은 조언 중 가장 답답하고 신경질 나는 말은 '네 마음이 원하는 대로 하라' 따위였다. 누가 그걸 모르나? 문제는 내 마음이 원하는 게 뭔지, 뭘 하고 싶은지를 나도 모르겠다는 거다. 오죽하면 심리학자 에이브러햄 머슬로가 이렇게 말했겠는가. "우리가 무엇을 원하는지 아는 것은 정상이 아니다. 그것은 보기 드물고 얻기 힘든 심리학적 성과다."

하고 싶은 것 혹은 꿈과 관련하여 인생 전환을 바라볼 때 맞닥뜨리는 장애는 두 가지다. 꿈이 없거나 있어도 실행하지 못하거나. 그렇다면 꿈도 뚜렷한 데다 그걸 실행에 옮기기까지 한 사람들은 무엇이 남다를까? 그들은 자신이 무엇을 원하는지 어떻게 알았을까? 그리고 그걸 어떻게 현실로 만들 수 있었을까? 다음 여행지로 발길을 옮길 때 품었던 질문이었다.

다시 만나자고 전화를 했을 때 그는 들뜬 목소리로 이렇게 말했다.

"저, 말씀드린 대로 선박 학교 열게 돼서 서울을 떠났어요. 강원도 문막에 있어요."

SADI 교수, 이노 디자인 그래픽 총괄 이사로 일하다 2005년 직장을 그만두고 전업 보트 제작자(boat builder)로 전향한 최준영 씨. 2009년 3월에 만났을 때 예정대로라면 1년 뒤 선박 학교가 문을 연다고 했는데, 그 말대로 된 거였다. 2010년 초, 문막을 향해 가는 길에 궁금증이 일었다. 배 만드는 학교를 왜 산속에 지었을까? 하긴, 이전에도 그의 작업실이 서울 대학로에 있었다는 점을 생각하면 별로 이상한 일도 아니다.

대학로에 있던 그의 작업실에 찾아갔을 때의 낯설고 신기한 느낌은 지금도 생생하다. 갑자기 순간 이동을 해서 다른 시공간에 들어서는 듯했다. 번잡한 도심 한복판, 시치미를 뚝 떼고 서 있던 낡은 주택의 지하 공방엔 미완성의 배들이 목재의 맨살을 드러낸 채 누워 허공에 매달려 있는 완성된 배를 바라보고 있었다. 목조로 된 2층의 사무실에 걸린 카약 두 척은 금방이라도 날아갈 듯 날렵했다. 그곳에서 최준영 씨가 나지막한 목소리로 '배 만드는 일의 쾌감'을 들려줄 때 나는 은밀한 꿈을 품은 연금술사의 이미지를 떠올렸다.

"죽은 나무를 정성을 들여 물고기로 만들었더니 다시 살아서 바다로 헤엄쳐 나가는 장면을 한번 상상해보세요. 반듯하게 켜놓은 목재는 시체지만 배는 생물이에요. 죽은 목재에 비틀리고 휘어지는 고통을 가해 생명을 불어넣은 다음 바다로 돌려보내는 거죠……."

죽은 나무로 생명을 만들어낸다니. 자기 직업이 천직이라고 생각하는 사람만이 가질 수 있는 기쁨이 아닐까 싶었다.

문막의 올리버 선박 학교는 3백 평의 한적하고 널찍한 공간에 자리 잡고 있다. 배 만드는 교육장의 입장에선 바닷가보다 도로변이 우선이라서 강원도까지 오게 되었다고 한다. 원래는 서해안에서 하려고 보령에 땅도 조금 사두었던 터였다. 법적으로 문제없는 교육 시설을 만들기 위해 지방자치단체와 협의를 했는데, 상대는 여기서 연수원, 훈련원 한다고 온 외지인들이 결국은 다 펜션을 하더라면서 그의 말에 귀를 기울이지 않았다. 아무리 아니라고 해도 계속 펜션은 이미 포화 상태라는 말만 듣다가 기운이 빠져 아내와 드라이브를 하러 나선 길에 우연히 지금의 자리를 발견하게 되었다고 한다. 대학로에 선박 쇼룸이라도 남겨두고 싶었지만, 아랫돌 빼서 윗돌 괴는 형국이라 엄두도 내지 못한 채 가족이 모두 문막으로 옮겨왔다. 내가 찾아갔을 때는 학교 문을 열기 전이었는데도 벌써 세 명의 교육생이 찾아와 배 만드는 일을 배우고 있었다.

그를 따라 작업장을 한 바퀴 돌아보았다. '생물로서의 배'를 만드는 일에 대한 그의 설명은 다시 들어도 매혹적이었다.

"배에 붙일 때 끈질기게 반항하고 버티는 나무들이 있어요. 나무 종류에 따라 한 달을 버티기도 하고 한 계절씩 버티는 나무도 있어요. 그러다가 어느 순간 딱 포기하고 야생마가 존 웨인에게 굴복하듯 배의 일부가 되려는 모습을 보이죠."

그래서 배를 만들 때면 나무의 저항을 살펴보기 위해 바닥에 테이프를 붙여놓고 같은 자리, 같은 각도에서 계속 배를 지켜본다고 한다. 한 달 내리 저항하던 나무들이 '포기를 하고 나면' 하룻밤 사이에 모습이 편안한 상태로 바뀐다. 못이나 본드의 힘으로 붙어 있는 것과 나무가 긴장을 풀고 배에 자연스럽게 감긴 것은 확연하게 다르다고 했다. 이 사실을 알고 난 뒤부터 그는 나무가 포기하기 전까지는 다 만든 배의 외부에 칠을 하지 않는다.

어릴 때부터 그는 부모를 따라 해수욕장에 놀러가서도 물놀이 대신 근처 포구에서 배 구경하기를 즐겼다. 그에게 배는 물고기였다. 작은 배는 꽁치, 큰 배는 고래였다. 그 '물고기'를 만드는 일이 언젠가는 자신의 일이 될지도 모르겠다고 어렴풋하게 예감했다. 그 운명을 실현하기 위해 약간의 우회로를 걸어야 했지만.

10년 전부터 준비를 시작하라

그래픽, 패키지 디자이너로 사회생활을 시작한 그는 일찌감치 배를 만들기 시작하는 시점을 마흔 살로 정해두었다고 한다. 어린 시절부터의 매혹을 좇아간다고 해도 혼자 꿈꾸다 제 풀에 시들해질 법도 하건만, 그에겐 준비를 결심하게 한 만남이 있었다.

1996년 그가 런던의 광고 회사에서 일할 때였다. 우연히 예순이 넘은 원로 파트너와 이야기를 하던 도중 '네가 꿈꾸는 디자인을 본격적으로 시작하게 된다면 몇 살 때 하고 싶으냐'는 질문을 받았다.

"저도 모르게 '마흔'이라는 대답이 나왔는데, 그분이 '그렇다면 10년 전부터 준비를 시작하라'고 조언하시더라고요. 그 말을 아주 심각하게 받아들였어요. 사람이 첫 직장을 갖기까지 열 살 이전을 빼고 생각해도 15년 넘게 준비하는데 두 번째 인생을 아무런 준비 없이 맞으면 안 된다고 생각했지요. 지금 생각해보면 그 할아버지를 만난 것이 제겐 행운이었어요."

1997년 한국에 돌아와 삼성에 입사할 때, 심지어 출근 첫날 자신의 방 책장에 책을 꽂으면서 그는 '마흔 살 이전에 배 만드는 노하우를 확보해야지. 혼자 공부도 하고 서른일곱 살 무렵부터는 배 만드는 일과 관련해 구체적 이력이 남는 일을 시작해봐야겠다' 하고 생각했단다. 직장에 다니면서도 혼자 목선 제작 관련 자료를 모으고 습작을 거듭했다. 언제 쓰일지도 모르면서 무작정 만들어둔 자료 앨범이 나중에 티켓이 되었다. 2005년 산업자원부가 모집한 '차세대 디자인 리더'에 그가 제출한 중소형 선박 디자인이 선정된 것이다. 주저 없이 사표를 내고 산업자원부의 지원을 받아 미국 워싱턴 주의 노스웨스트 보트 빌딩 스쿨(School of Northwest Wooden Boat Building)로 떠났다. 서른여덟 살 때의 일이었다.

오래 꿈꿔온 길에 마침내 들어섰을 땐 어떤 기분일까. 정작 그는 별 감흥이 없었다고 했다.

"뭔가 결단할 때는 스스로 대단한 용기라도 낸 양 생각하지만, 시간이 조금 지나고 나면 '아, 그때 내가 그냥 운이 좋았구나' 하고 깨닫게 되잖아요. 마찬가지죠. 인생의 전환 자체는 사건일 수 있지만 그 뒤에 어떻게 하는지가 더 중요한 것 같아요."

스스로 배 만드는 일이 운명과도 같다고 생각하면서도 불안은 여전했다. 아내와 가족 모두 그의 결정을 지지해주었는데 괜히 혼자 '내가 이래도 되나' 하는 고민을 끌어안고 괴로워했다고 한다. 저축해놓은 돈을 계산해가며 '이 정도 총알이면 몇 달쯤 버티겠구나' 하고 막막해한 적도 한두 번이 아니었다.

2006년 10월 한국에 돌아와 대학로의 부모님 소유 주택 지하에 무작정 배 만드는 공방을 열었지만 주문이 들어올 리 없었다. 그의 결정에 반대한 적이 없던 아내가 이번엔 너무 불안해하는 게 보여서 마음이라도 편하게 해주자는 생각으로 건강 위생 용품을 만드는 대기업의 이노베이션 센터에 잠깐 취직도 했다. 회사에 다니면서 낮에 일하고 밤마다 배를 만들었는데 그런 생활도 넉 달 만에 그만두었다. 더 이상 안 되겠다고 자각하게 된 '사건'이 발생해서였다.

"여성 생리대 디자인을 위해 경쟁 회사와 일본, 북미의 제품을 모아놓고 팀원들과 회의를 하던 때였어요. 회의 테이블에 생리대를 죽 늘어놓았는데 그게 전부 배로 보이는 거예요. 디자인 총괄이랍시고 앉아서는 속으로 테이블이 물이고 그 위에 배들이 떠 있는데 '저쪽 배가 움직이려면 이 배가 나가야 되나' 뭐 그런 생각을 하고 있었어요. 그때 미국에서 온 디렉터가 나한테 어떤 측면에서 접근하는 게 좋다고 생각하느냐고 물었는데 나도 모르게 '저 배를 빼고 이 배를 넣어야겠어요'라는 말이 불쑥 튀어나온 거예요."

남들은 물론 스스로도 화들짝 놀랐다. 남의 돈을 백 원이라도 받는다면 이렇게 일해서는 안 된다는 생각에 곧장 회사를 그만두었다. 돈벌이는 허무하게 놓아버렸지만, 대신 무슨 일이 생겨도 배 만드는 일은 끝까지 한다는 확신을 얻었다.

공방에 돌아가 유일하게 할 수 있는 일인 배 만드는 작업을 혼자 하고 있었는데 신기하게도 보이지 않는 손이 도와주는 듯한 느낌이 계속 들더라고 했다. 해양 레저 시설, 마리나(marina, 요트나 레저용 보트의 정박 시설과 계류장)가 속속 들어서고 2008년 경기도가 제1회 보트 쇼를 열었다. 준비운동 마치고 나니 갑자기 대회 일정이 잡히듯 그가 일을 이어갈 수 있는 계기가 계속 생겼다.

대학로에서 일할 때 그의 주요 수입원은 카약 제작이었지만 사실 카약은 그의 전공 분야가 아니다. 미국에서 배 만드는 일을 배울 때 오후 5시 반에 퇴근한 뒤 저녁 시간이 아까워 마침 근처에 살던 전설적인 카약 빌더에게 제작 기술을 배웠다. 한국에 돌아와서도 카약을 계속 만들게 되리라고는 생각도 못 했는데 우연한 방식으로 일이 풀렸다.

"작업장이 대학로에 있다 보니까 카페인 줄 잘못 알고 들어오는 사람들이 간혹 있었어요. 그중의 몇 명이 제가 만들어놓은 카약을 보고 감탄하더니 어떤 사람이 주문을 하는 거예요. 그게 한두 대씩 팔리다 보니 어느새 수입원이 되어버렸어요."

제대로 만든 카약 한 대는 천만 원에 육박한다. 그는 주문을 받고 배를 만들어주다가 직접 배를 만들고 싶어 하는 애호가들을 위해 2백만 원 중반대의 카약 키트를 개발했고, 주말마다 약 8주의 일정으로 사람들에게 카약 제작을 가르쳤다. 인터넷에 애호가들을 위한 카페도 만들고 알음알음 진행해온 일들이 축적되면서 직접 선박 학교를 세우는 데까지 이른 것이다.

중요한 것 한두 개를 버리면 결정이 쉬워진다

돌이켜 생각하면 그는 자신의 삶이 크고 낯선 방향 전환이라기보다 문을 단계별로 하나씩 열고 나오면서 지속적으로 '업(業)'을 넓혀온 기분이라고 했다. 어릴 때부터 종이에 디자인을 했고, 커서는 전자제품을 디자인했고, 배를 만드는 지금은 주머니에 안 들어가는 큰 물건을 디자인하는 차이밖에 없다는 느낌이란다. 디자인 교수로 일하다 지금은 선박 학교를 세워 배 만드는 일을 전수하니 '가르치는 일'은 여전한 데다, 배를 만드는 데에도 이전에 했던 그래픽, 패키지 디자인의 경험이 유용하게 쓰인다고 한다.

"아마 과거에 디자인을 하지 않았더라면 지금 이 일을 못 했을지도 몰라요. 물 안 새는 바가지야 만들 수 있겠지만요. 배를 만들 때 굳이 데이터로 확인하지 않아도 선이 이렇게 가는 게 아름다울 수밖에 없다는 감각은 디자인을 하면서 배운 것이거든요. 여기에 오기까지 꽤 돌아온 것처럼 보여도 사실은 백 보 갈 거리를 백다섯 보 간 것일 뿐 많이 돌아온 건 아니라고 생각해요."

우회로조차 큰 계획 안에 아우를 정도로 보트 제작자에 이르기까지 그의 꿈은 차근차근 계획대로 이뤄진 셈이다.

"누군가 어떤 꿈을 갖고 있다면 그걸 계속 꿈으로 남겨둘 필요가 있는지 생각해보라고 권하고 싶어요. 객관화해서 바라보면 틈새가 있을 것이고, 그 틈새의 문을 열고 나가면 꿈이 현실이 될 수 있으니까요."

틈새에 발을 들여놓기가 어렵다고? 가장 중요한 것 한두 개를 버리면 결정이 쉬워진다는 게 그의 조언이다. 버리고 말고 할 대상이 아닌 가족을 제외하고 가장 중요한 것 중 하나였던 월급봉투를 버리고 나니 그에게도 길이 열렸다. 그는 소중한 것을 못 버리고 전부 다 그대로 가진 상태에서 배도 만들고 예전처럼 안정성도 추구하는 건 불가능하다고 말했다. 마음에 품은 꿈을 실현하려면 사람이 좀 독할 필요가 있다고도 했다. 그가 말한 '독함'은 잊지 않고 사는 것이다. 무슨 일을 하든지 '그런데 배는 어떻게 하나' 같은 생각을 줄곧 품고 사는 것이다.

"뭐든지 같은 짓을 꾸준히 하면 그 사람이 되는 거잖아요. 한 번 도둑질하면 우발적 절도가 되겠지만 밤마다 도둑질하면 도둑이 되는 것처럼요. 나도 배를 꾸준히 만들고 계속 학생들에게 배 만드는 기술을 전수하려 노력하면 수입과 상관없이 배 만드는 사람이 되겠지요. 지금까지도 그래왔고요. 그러다 보면 최소한의 생계 유지는 자연스럽게 해결되지 않을까 생각해요. 문막에 학교를 지은 것도 배 만들고 가르치는 일을 안정적인 환경에서 꾸준히 하고 싶다는 바람 때문이에요."

그의 이야기를 들으면서 생각했다. 어릴 때부터 그렇게 하나의 운명을 받아 안은 사람들, 신 내림을 받듯 어떤 꿈 하나에 홀려 걸어가는 사람들은 얼마나 좋을까? 두리번거릴 필요도, 저울질 할 필요도 없이 자기만의 길을 걸어갈 수 있는 그 명료함이 부러웠다. 하지만 그는 절대 아니라고 손을 내저었다. 자신 역시 수도 없이 저울질을 하다가 궁지에 몰려서 한 선택이라는 거다. 궁지에 몰렸다고? 이건 또 무슨 소리인가.

"삶의 방향 전환은 대체로 궁지에 몰렸을 때 결심하게 되지 않나요? 나도 마찬가지예요. 내겐 계획을 세울 때 시간을 역산하는 버릇이 있어요. 65세 때 어떤 모습으로 살고 싶으면 그 전에 준비하는 시간은 얼마, 이렇게 역으로 계산해서 마흔을 전환점으로 생각하고 치밀하게 준비해왔어요. 뭐든 준비는 10년 전부터 해야 하잖아요. 그런데 기점으로 생각해둔 시기가 다가왔으니 궁지에 몰린 거지요. 산업자원부 공모전 당선이 제겐 구원의 밧줄이었지만, 그게 없었더라도 자비로 유학을 갔을 거예요."

오래된 매혹은 있었지만 배 만드는 일이 외곬수의 꿈은 아니었다고 했다. 어렸을 때 피겨스케이트 선수 생활을 했고 운동선수로 사는 길을 비롯해 조각가, 소설가, 해양생물학자 등 '하고 싶지만 안 하는 게 좋은 일'을 수도 없이 걸러내고 남은 선택이 이 길이었다.

"하고 싶은 일을 찾을 땐 일단 아닌 것부터 걸러내는 방식으로 시도해보는 것도 좋다고 봐요. 아닌 걸 붙들고 계속 아닌 이유와 갈등하면 시간만 죽이는 거니까. 저는 처음부터 하고 싶은 단 하나의 일을 찾으려고 고민하기보다 '하고 싶지만 안 하는 게 좋은 일', '할 수는 있지만 꼭 내가 하지 않아도 될 일' 이렇게 분류하면서 생각의 가지를 쳐냈어요. 그중에서 한두 개를 정한 다음 준비할 시간이 얼마나 걸리는지를 따지다 보면 내게 맞지 않는 대안이 더 떨어져 나가요. 그러다 보면 내가 잘할 수 있을 것 같고, 스스로 지어내서라도 사명감을 가질 수 있을 것 같고, 남들에게 이득도 줄 수 있을 만한 일들이 남는 거죠."

그 길이 크게는 디자인이었고 살아가면서 선박 디자인으로 좁혀졌을 뿐이다. 남들 눈엔 '천직'처럼 보이는 일도 계시처럼 외부에서 주어지는 게 아니라 자기 안에서 탐구하고 찾아내야 하는 대상이었던 거다.

이에 더해 평소 죽음을 자주 생각해보고 준비하는 성향도 삶의 방향을 트는 선택을 비교적 명료하게 하는 데 도움이 됐다고 한다. '죽는 것도 나를 향해 다가오는 일과인데, 그걸 맞기까지 무엇을 하다가 무엇을 주고 가야 하나'를 자주 생각했다. 삼성에 다닐 때도 회사가 붙잡던 영민한 선배들이 마흔다섯 살을 넘기면 본인들이 회사를 붙잡고 살아가는 모습을 유심히 지켜봤다. 그걸 앉아서 기다릴 것인가, 아니면 더 나은 실력을 발휘할 수 있는 일을 찾아 더 큰 혜택을 만들어내고 그것을 주변과 나눠가질 것인가를 생각해보니 두 번 저울질할 필요 없이 바로 놓고 나와야겠다는 생각이 들더란다.

그는 무슨 일이든 준비는 10년 전부터 해야 한다면서 그런 면에서 자신은 이미 은퇴 플랜에 들어섰다고 했다. 누군가가 배턴을 이어받아 계속할 수 있고 스스로 굴러갈 수 있을 만큼 생명력 있는 교육의 그릇을 만들어 다음 세대에게 넘겨주고 싶다는 것이 그의 꿈이다.

새로운 꿈을 꿀 수 있는 능력

올리버 선박 학교에 있는 세 개의 동 가운데 하나는 전시관이다. 그가 상품으로 만든 배나 학생들이 만든 크고 작은 배 그리고 그가 발품을 팔아 모은 목공 관련 도구 등이 이곳에 전시된다. 도구의 변천사를 어린이들에게 체계적으로 보여주고 싶어서다.

"도구는 손이나 팔이나 어깨, 심지어는 허리의 연장이에요. 망치가 나와 별개라고 생각했을 때는 다루기가 영 어색한데, 어느 순간 장갑처럼 손에 딱 붙는 느낌이 오면 그다음 날부터는 잘 다룰 수 있게 돼요. 내가 하고자 하는 기술을 더 잘할 수 있게 해주는 사지육신의 연결체가 도구라고 생각하면 훨씬 사용이 자유롭고 편해지죠. 게다가 작은 물체 하나라도 입장을 바꿔 새로운 시각으로 바라보는 훈련을 하는 데 도구는 좋은 매개체입니다. 아이들에게 도구를 보여주고, 하나씩 들고 뭔가를 만들어보는 기회도 주고 싶어요."

그는 올리버 선박 학교를 국내에서 정식 인증을 받는 학교로 만들고 싶어 관련 정부 기관, 지방자치단체 등과 접촉해보았지만 여의치 않았다고 한다. 그 대안으로 자신이 졸업한 노스웨스트 보트 빌딩 스쿨과 연계해 올리버 선박 학교에서 2학기를 마치면 학점을 인정받고 그쪽으로 유학을 갈 수 있는 방법을 타진해보려고 한다. 교육 환경이 잘 갖추어진다고 해도 사람들이 목조 선박을 별로 타지도 않고, 만들지도 않는 척박한 시장에서 그가 갈 길은 아직 멀다. 하지만 그는 포지션에 별 확신도 없이 연습하다가 안타를 몇 번 치면 자신감을 갖고 타자의 길을 가게 되는 거라면서, 앞으로 자신에게도 안타를 칠 기회가 몇 번은 주어지지 않겠느냐며 씩 웃었다.

"목조 선박은 제품 생산업이긴 해도 문화적 측면이 강해요. 정확한 데이터를 갖고 있진 않지만 해외에서 목조 선박이 삶에 들어와 있고 자녀에게 물려주기도 하는 사람들의 라이프스타일을 관찰해보면, 소득 수준만의 문제는 아닌 것 같아요. 삶의 여유가 각자의 마음속에 자리 잡아야 비로소 목조 선박이 들어설 자리가 생겨요. 그렇기 때문에 다음 세대는 G7, G5에 끌려고 애쓰기보다는 좀 더 여유롭고 조화로운 세상을 맞았으면 좋겠고, 내가 하는 일이 거기에 기여했으면 좋겠어요."

그러고 보니 내 주변에도 배에 대한 로망을 품고 있는 사람들이 좀 있다. 그들의 면면을 떠올려보니 무한경쟁과 속도전으로 밀어붙이는 시대에 떠밀려 남들처럼 살아가는 걸 혐오한다는 공통점이 있다. 그의 카페에 배를 만들어보고 싶다고 문의하는 사람들도 마찬가지라고 했다. 사람은 높이 뛰지도 못하고, 날 수도 없으며, 깊은 곳에서 헤엄을 칠 능력도 모자라지만 미지의 세계에 가고 싶은 욕망만큼은 드높은 존재다. 그것을 가능하게 해주는 매개체, 경쟁하지 않고 여유로운 상태로 낯선 땅에 가도록 해주는 매개체가 배다. 그의 말마따나 '생물'인 배와 함께 먼 바다로 헤엄쳐 나가는 것이다. 그가 요즘 쓰고 있다는 배에 대한 책도 가제가 'Fish Book'이란다. 그는 배를 잘 만들기 위해 필요한 것도 손재주가 아니라 배의 생명력을 볼 수 있는 눈과 '큰 선을 보는 눈'이라고 단언했다.

"전체를 보고 선을 그릴 수 있는 눈이 가장 중요해요. 선을 그리는 눈을 키우려면 논리력이 있어야 해요. 엉뚱할지 몰라도 저는 제자들에게 논리적으로 말하는 훈련을 시킵니다. 논리적으로 말을 하지 못하면 논리적 사고가 안 되고, 논리적 사고가 어려우면 선을 그리고 이를 구체적으로 형상화해내는 게 불가능하죠. 논리적인 사고와 그것의 구현이 보트 제작자가 지향해야 하는 목표입니다."

그의 긴 이야기를 듣고 난 뒤, 스스로에게도 남에게도 잘 하지 않던 질문을 뜬금없이 던져보았다. 요즘 행복하신가요?

"글쎄요. 행복이 뭔지 잘 모르기 때문에 단언할 수는 없어요. 다만 날마다 그날 하다 만 작업을 꿈꾸면서 잠자리에 들고, 목재를 이렇게 잘라 저렇게 붙이고 하는 작업을 마저 하고 싶어서 눈이 떠져요. 그걸 행복이라고 부른다면 전 행복한 것 같네요."

그를 만나고 돌아오던 길, 올리버 선박 학교 건물을 먼발치에서 다시 한 번 바라보았다. "죽은 나무에 생명을 불어넣어 물고기를 만드는" 학교가 한적한 산속에 오롯이 자리 잡고 있는 걸 보니, 둔감하고 두터운 일상의 벽을 통과해야만 만날 수 있는 마법사들의 학교처럼 비현실적으로 느껴졌다. 실제로 이 모든 일은 정말로 꿈같은 가능성에서 비롯되었다. 배에서 꽁치와 고래의 모습을 보던 아이의 상상이 점차 구체적인 계획으로 틀이 잡혀 결국 일상 속에서 결실을 맺은 것이다.

방향키 역할을 했던 그의 꿈 역시 저절로 주어진 게 아니라 하고 싶지만 잘하기 어려운 일 등을 걸러내며 스스로 만들어낸 것이다. 미래도 마찬가지가 아닐까? 미래는 나를 기다리고 있는 미답지가 아니라 스스로 현실로 만들어가야 하는 가능성일 뿐이다. 새로운 꿈을 꿀 수 있는 능력은 인생 전환에서도 필수적이라는 생각이 들었다. 성인이 되어서도 꿈꾸기는 멈추지 않는다. 아니, 어쩌면 우리는 결코 어른이 되지 않을지도 모른다.

한국 문화 콘텐츠
영문 출판사 대표

40

한계 _
나는 어디까지
포기할 수 있는가?

김형근

전환 이전 | 연합뉴스 기자
전환 이후 | 서울셀렉션 대표
전환 시기 | 마흔

기자

십대 때 마흔 전후의 어른을 보면 '저 나이에도 과연 내가 살아 있을까?' 하는 엉뚱한 생각을 하곤 했다. 이십대에는 한 분야에서 오래 일을 하며 마흔 전후의 어른이 되면 젊은 날의 혼란 따위는 말끔히 해결하고 살아가는 일, 아니 적어도 내가 하는 일에서만큼은 도사가 될 수 있을 거라 생각했다. 그러나 웬걸, 기대는 번번이 배신당했고 성인이 되어서도 삶은 여전히 혼란스럽다. 사람마다 편차가 있지만 대개 나이 마흔쯤 되면 프레데릭 M. 허드슨의 말처럼 "자신이 원했던 것은 갖지 못했고, 현재 가진 것은 바라지 않았거나 이해할 수 없는 것"임을 깨닫게 된다.

흔히들 말하는 '중년의 위기'를 겪지 않는 사람도 많고, 위기가 다소 과장된 면도 없지 않다. 하지만 자신이 이룬 권력과 지위, 돈에 도취된 사람이 아니라면 중년에 이른 사람들은 대개 자신에게 허용된 시간이 무한정 많지 않다는 것을 체감하게 된다. 시간의 한계와 필멸의 운명을 자각할 즈음 우리는 정신없이 달리던 걸음을 멈추고 내 삶에서 정말 중요한 것은 무엇인가, 나는 무엇을 해야 하는가와 같은 질문을 하게 된다. 그런 질문은 때로 삶을 뒤흔들지만 섣불리 변화를 결심하기에는 녹록치 않은 현실이 발목을 잡는다. 집안의 생계를 책임져야 하는 가장이면 더욱 갈등이 심할 것이다. 그럴 때 우리는 어떤 선택을 할 수 있을까?

"Buy something, Keep Hank in Business!"

"I did."

2004년 여름, 서울 종로구 사간동 경복궁 맞은편에 있는 서울셀렉션 북카페에 취재를 하러 갔을 때 눈에 띈 메모였다. 외국인들에게 한국 문화를 알리는 이 카페가 생긴 지 2년쯤 지난 시점이었고, 2003년 해외여행 안내 책자《론리 플래닛》에 카페가 소개된 뒤 찾아오는 배낭여행객들이 꽤 늘어나던 때였다. 'Hank'는 카페 운영자인 김형근 씨의 영어 이름이다. 'Hank가 이 일을 계속할 수 있도록 뭐라도 사라'라고 거칠게 휘갈겨 쓴 메모와 그 밑에 얌전한 필체로 '난 샀어' 하고 붙어 있는 메모를 보고 내가 킬킬거리자 김형근 씨는 자기가 망할까 봐 외국인들이 더 걱정해주는 것 같다고 했다.

그로부터 6년이 지난 2010년, Hank가 이 일을 계속해주기를 어느 외국인이 바랐듯 서울셀렉션은 나름대로 순항 중이다. 그가 2002년 봄 주한 외국 대사관 직원들 50명을 대상으로 보내기 시작한 주간 뉴스레터의 구독자 수는 2010년 봄 5500명가량으로 늘었다. 2003년 6월부터 서울시와 공동으로 발행해온 영문 문화 월간지 〈Seoul〉은 발행부수가 2만 부를 넘었고, 2009년에는 한국을 알리는 일본어 잡지 〈도깨비짱의 한국 수첩〉도 창간했다. 그가 가장 역점을 두는 사업인 한국을 알리는 영문판 단행본 출간은 50종을 넘었고 이에 더해 일본어판 1종, 베트남어판 1종도 출간했다. 〈Seoul〉의 편집장이자 한국에 13년째 살고 있는 미국인 로버트 쾰러가 쓴 관광 안내서《Seoul》이 가장 반응이 좋고,《The Korean

Way of Tea》도 생각보다 반응이 좋아 3쇄를 찍었다. 그의 책들은 주로 서울셀렉션 홈페이지와 미국 인터넷 서점 아마존을 통해 판매된다.

한국에서 영문 잡지와 책을 만들어 회사를 운영할 만큼 수익이 날까? 그는 유네스코, 서울국제여성협회, 신한은행 등 단체나 회사의 영문 잡지를 디자인해주는 일로 돈을 벌고, 영문 잡지와 책을 만드는 일은 대체로 돈을 쓰는 일이라고 했다.

"한국 문화를 해외에 알리는 영문 책 출간은 돈 때문에 하는 게 아니고 내 존재 이유나 마찬가지니까 하는 거예요. 저한테 문제는 이 책들이 돈이 되느냐 안 되느냐가 아니라 책을 낼 돈이 있느냐죠. 지금 책을 계속 내고 있으니까 돈을 잘 쓰고 있다고 생각해요. 지금은 미미해 보여도 한국 문화를 알리는 영문 책에 대한 수요가 더 늘어날 거라고 생각합니다."

주식회사를 운영하면서 사명감을 강조하는 사업가는 흔치 않다. 2004년에 그를 취재하러 갔던 것도 그가 사회운동이라도 하듯 한국의 문화 콘텐츠를 외국인들과 해외에 알리는 일에 몰두하던 모습이 인상적이어서였다. 그때 그는 지금은 없어진 종로의 영화관 시네코아에 제안해 〈실미도〉, 〈태극기 휘날리며〉, 〈효자동 이발사〉 등 한국 영화 개봉작들에 영문 자막을 넣어 상영하는 것을 성사시켰다. 서울셀렉션 북카페에서 외국인들이 모여 한국 영화 DVD를 함께 보는 작은 영화제나 감독, 소설가, 화가를 초빙해 외국인들과 작품을 함께 보고 토론하는 세미나를 꽤 오래 지속했던 것도 그의 독특한 사명감에서 비롯된 일이었다. 누군가는 해야 할 일이라서 하는 거라고 말하지만, 오래 일하던 직장을 떠나 이 일을 시작하게 한 동기가 사명감뿐이었을까? 그리고 그게 개인의 삶에서 그렇게 중요했을까? 오래된 의문을 풀기 위해 인터뷰를 꺼리던 그를 졸라 2010년 봄에 다시 만났다.

가슴이 머리를 이기다

그가 15년간 일한 통신사 기자를 그만두고 삶의 방향을 튼 것은 마흔이 됐을 때였다. 전환의 계기가 'from what'이냐, 'for what'이냐고 묻자 그는 둘 다라고 대답했다. 인생의 방향을 틀 때엔 여러 계기가 복합적으로 작용하는 경우가 더 많지 않느냐면서 자신은 "직장이 싫어졌다기보다 새로운 생각이 머릿속에 들어와 그간의 프레임이 답답하게 느껴진 경우"라고 했다.

그에게 들어온 '새로운 생각'은 여러 경험이 누적되고 보태져 싹튼 것이었다. 사회부 기자로 7년간 일하다 1995년에 미국 연수를 가서 저널리즘 석사 학위를 받았는데, 바깥에서 한국을 보는 경험이 좁은 시야를 넓혀주었다고 했다. 연수에서 돌아온 뒤에는 문화부에 배치 받아 영화, 출판 담당 기자를 했다. 당시는 영화인들이 스크린 쿼터 사수 시위로 들끓던 때였는데 그 현장을 취재하면서 문화는 힘이 없으면 지키기 어렵다는 사실을 절감했다. 출판 담당 기자를 할 때는 '우리는 번역서를 많이 보는데 왜 한국 책은 외국으로 나가지 못할까?' 하는 의문이 마음에 남았다.

그 후 영문 뉴스부로 옮겨 한국에 사는 외국인들의 커뮤니티를 취재하던 때였다. 영화 〈타이타닉〉의 흥행 기록을 깨뜨린 〈쉬리〉가 몰고 온 홍

분으로 전국이 들끓던 어느 날, 영국 대사관에 갔는데 직원들 중 〈쉬리〉를 본 사람은 물론, 심지어 〈쉬리〉가 뭔지 아는 사람이 단 한 명도 없다는 것을 알고 그는 충격을 받았다.

"이들은 한국에서 살기만 하지 시선은 본국을 향해 있구나, 한국을 유배지로 여기는 게 아닐까 싶었어요. 이곳에 사는 외국인들이 한국 문화에서 유리된 채 살아가고 있는 걸 보면서 내가 살아온 패러다임 안에서 취재와 기사 쓰기 말고 할 수 있는 일이 있겠다는 생각이 서서히 들기 시작했지요. 그간 해온 경험들이 머릿속에 모아지면서 하나의 아이디어로 틀이 잡혀갔어요. 한국 문화가 힘을 키우려면 해외 진출이 필수적이지만 멀리 가기 전에 먼저 '그물 속의 고기'부터 잡자, 여기 거주하는 외국인들에게 한국 문화를 알리고 판매하는 일부터 시작해보면 어떨까 생각했지요."

싹트기 시작한 새로운 아이디어는 15년간 한 직장에 다니며 '안정화'된 그의 삶을 들쑤셨다. 덕분에 그는 이전과는 다른 시각으로 자신의 삶을 돌아보게 되었다. 직장 생활 초기에 그는 멀리서도 회사를 보면 가슴이 뛸 정도로 회사를 좋아했다고 한다. 하지만 반복하는 걸 끔찍하게 싫어해 집 근처 가게에 라면을 사러 가도 돌아올 때는 다른 길로 온다는 그에게, 쌓여가는 세월은 익숙한 안락함을 주는 대신 요란한 경보음을 울려댔다. 이제 모든 게 비슷해져간다는 느낌이 들어서 답답했고, 여기서는 해볼 만한 일을 다 해봤다, 더 이상 새로운 것을 할 수는 없겠구나 하는 생각이 짙어졌다. 어릴 때부터 학교에 스며들어 있던 권위적인 문화가 싫었는데 조직에서도 연차가 쌓일수록 권위의 그림자가 점점 짙어졌다. 그 구조에서 벗어나고 싶은 마음이 컸다. "어느새 나이 마흔인데, 이제는 내 삶의 주체가 되고 싶다"는 열망도 강렬했다고 한다.

'나이 마흔인데…….'

이 말이 귀에 와 박혔다. 성인의 인생 구간에서 서른, 마흔, 쉰이 되는 시기에 유난히 자신의 삶을 되돌아보는 사람들이 많다. 그중에서도 마흔은 '전환'의 시기로 자주 등장한다. 성경에도 '40'이라는 숫자가 자주 나오는데, 40년은 구세대가 지나가고 새 세대가 시작되는 상징으로 쓰인다. 이 시기에 이르러 삶에 본질적 질문을 던지게 되는 이유를 진화적 시각에서 설명하는 이론도 있다. 수명이 짧은 원시 사회에서 중년기는 없던 개념이었다. 자식을 낳아 번식의 의무를 마친 뒤에도 오랜 기간 생존할 만큼 수명이 연장되고 나서야 중년기가 등장했다. 그러나 원시시대 때 죽음에 직면했던 경험이 무의식에 축적되어 중년기가 되면 자신도 설명할 수 없는 불안, 근원적 흔들림을 겪게 된다는 것이다. 이를 촉발하는 요인은 여러 가지인데 질병이나 사별 같은 충격이 그런 역할을 하기도 하지만, 마음을 사로잡은 새로운 아이디어와 그에 대비되는 반복적인 일상, 자신의 뜻과 상관없이 조직의 필요에 따라 주어진 일을 해야 하는 타율적 환경도 변화의 욕구를 불러일으킨다.

하지만 현실은 녹록치 않았다. 떠나야겠다는 생각을 하면 할수록 오래 좋아했던 직장을 그만두는 데 따르는 갈등, 미래에 대한 두려움이 발목을 잡았다. '내가 회사를 그만둔 뒤에 잘못되면 우리 아이들이 학교를 제대로 마칠 수나 있을까?', '정 안 되면 교사를 했던 경력도 있으니 학원 강사를 하면 그래도 밥벌이는 할 수 있지 않을까?' 등등 온갖 걱정과 불안이 몰려왔다.

그는 통신사 기자를 하기 전 숱한 실패의 경험으로 뼈저리게 아파봤다고 한다. 대학을 졸업할 때까지 하고 싶은 게 딱히 없는 상태로 새한미디어 수출부에 들어갔다가 신용장, 선하증권 등을 공부해야 하는 게 싫어서 한 달 만에 그만뒀다. 대학원에 진학해야겠다 싶어 학비를 벌기 위해 고등학교 영어 교사를 시작했는데 보충수업과 야근, 잔무 처리에 도무지 공부할 짬이 나지 않아 1년 만에 그만뒀다. 그 뒤 대안으로 생각한 것이 글 쓰는 일이었고, 무역 관련 영문 잡지사에 취직해 2년 반 동안 일했다. 그동안에도 제대로 된 언론사에서 일하고 싶어 계속 시험을 봤지만 잇따라 면접에서 떨어졌다. 소위 명문대 출신이 아닌 것이 걸림돌이었다. 1988년 5월 〈연합뉴스〉에 공채로 입사하면서야 비로소 오래 지니고 있던 사회에 대한 원망이 풀렸다고 한다. 그런 회사를 그만두는 게 그로서는 쉬운 일이 아니었다.

가난에 대한 짙은 기억도 창업을 망설이게 한 원인 중 하나였다.

"가난은 불편일 뿐이라고들 말하지만, 그건 가난해보지 않은 사람들이나 하는 말이에요. 가난은 그 정도가 아닙니다. 본인이 어디까지 비참해질지 모르는 게 가난입니다. 가난은 인간의 영혼을 어두워지게 해요. 나는 그만큼 가난해봤어요."

그는 어릴 때 결식아동이었고, 기자로 일할 때도 집안의 빚을 다 떠맡아 빚쟁이에게 멱살 잡힌 채 끌려가 각서를 쓰고 나온 경험도 수차례라고 했다. 서른 살이 될 때까지 주머니에 있는 돈이 만 원이 넘어본 적이 없고, 돈 없다고 얻어먹는 것도 싫어서 친구들과 어울려 술을 마셔본 기억도 별로 없다. 결혼하고 3년쯤 지나서야 겨우 집안의 빚을 다 갚았다고 한다.

"그런 경험을 해본 사람이 안정된 직장을 버리고 전망도 불투명한 사업을 하겠다고? 왜 그랬을 것 같아요?"

그가 자신에게 던진 질문에 스스로 답하기를 기다리는 동안 내 머릿속에선 열망, 열정, 꿈 등의 단어가 빠르게 흘러갔다. 지독한 가난을 겪어봤고, 그 기억 때문에 불투명한 미래가 두려웠다는 사람에게도 그 식상해 보이는 단어들이 힘이 될까? 다소 시니컬한 생각을 하고 있었는데, 곧바로 이어진 그의 대답에 갑자기 당황스러워졌다.

"내 결론은 아, 내가 정말 이기적인 사람이구나 하는 거였어요. 나 이외에 아무 수입원이 없는 노모와 아내, 두 아이의 장래가 나와 동시에 망가질 수 있는데, 내가 겪은 가난을 내 아이들이 겪게 될 가능성이 없지 않은 결정인데, 될지 안 될지도 모르는 도박인데, 그런 결정을 감행하는 나. 돌이켜보면 그만큼 나는 나밖에 모르는 이기적이고 못된 인간이었던 거죠."

합리화가 전혀 없는 싸늘한 자기 평가에 뜨악해진 나를 아랑곳하지 않고 그는 계속 말을 이어갔다. 아내는 그의 계획에 당연히 반대했다. 자신의 계획이 보기보다 사업성이 있고 잘될 거라고 아내를 계속 설득했지만, 그는 이성적으로는 그 일이 가족을 힘들게 할 수도 있다는 걸 잘 알고 있었다고 한다.

"그런데 나는 항상 가슴이 머리를 이기는 사람인 걸 어쩝니까. 발부리의 돌을 뻔히 보면서도 '나는 안 넘어질 거야' 하고 생각하는 사람이고, 기어이 넘어져본 후에야 비로소 '아, 이게 돌이구나' 하고 생각하는 사람이에요, 나란 인간은. 또 이미 활을 떠난 화살처럼 어떤 일을 벌이겠다고 결심한 뒤엔, 이성이 보내는 경고음도 '지금 망설이는 건 내가 약해서 그런 거야' 하고 신념의 문제로 치부해버리는 경향이 있어요. 그렇게 가슴이 머리를 이겨버린 행동의 대가를 지금까지 치르고 있습니다. 아이 유치원 보낼 돈이 없어 쩔쩔매는 어려움도 맛보았고, 돈을 빌리러 다니기도 했어요. 한국 문화를 상품화해서 돈을 번다는 게 수익을 내기 어려운 일이라서 여전히 불안해요. 내 어리석은 행동의 결과를 혹독하게 맛보는 거죠."

잘되고 안 되고 없이 그냥 간다

방향을 튼 뒤 모든 일이 장밋빛으로 펼쳐진 성공담을 듣자는 게 인터뷰의 목적은 아니었으나, 자신의 선택을 어리석은 행동이라고 부르는 사람 앞에선 잠깐 막연해졌다. 하지 말아야 할 일을 했다고 후회하는 것일까? 그는 아니라고 했다. 그땐 그렇게 할 수밖에 없었을 만큼 "이 일을 내가 회피할 수 없다"고 믿었다고 한다. 이성을 이긴 그의 가슴은 평생을 바칠 가치를 발견한

듯 '해야 할 일'에 사로잡혔다. 지금 생각하면 그 강렬한 느낌이 소명의 부름인지 자기 최면인지 헷갈릴 때도 종종 있지만 말이다. 어느 정도로 까지 사로잡힌 줄 아느냐면서 에피소드 하나를 들려주었다. 2001년 미국에서 9·11 테러가 났을 때 영화계 사람들과 술을 마시다가 테러 소식을 들었는데 그 순간 머릿속에 이런 생각이 떠올랐다고 한다.

'이제 더는 미룰 수가 없겠구나.'

미국의 테러 소식을 듣고 자신이 창업을 하느냐 마느냐 하는 문제를 떠올리다니, 과대망상이 아닌가 싶을 수도 있지만 그는 심각했다. 미국이 테러와의 전쟁을 벌이면 북한이 공격받을 가능성이 높아지고, 이어서 한반도 전체가 전화에 휩싸일 수도 있다고 봤기 때문이다. 전쟁이 실제로 일어날 가능성이 있다고 생각하게 된 데는 1995년 미국 연수 중 워싱턴 D. C.의 코리아소사이어티 이사장인 데이비드 김에게서 들은 말의 영향이 컸다. 데이비드 김은 그에게 1994년에 〈CNN〉 한국 지사가 프레스센터 옥상에 위성 장비를 설치했다가 철거한 것을 알고 있느냐고 물었다. 1994년 북한 핵 위기 무렵, 전쟁 발발 일보 직전까지 갔었다는 말이다. 그 기억이 강렬해 9·11 테러 이후에도 한반도가 공격의 타깃이 될 수 있다는 가정이 그에겐 전혀 황당한 상상이 아니었다고 한다.

"그때 내가 더는 미룰 수 없다고 생각한 이유는 한국에서 다시는 전쟁이 일어나지 않아야 한다는 사실을 서방 세계에 좀 더 많이 알려야 한다, 한국 문화를 세계에 알리는 일을 누군가는 해야 한다, 한국 문화가 파괴되면 안 된다는 사실과 북한에도 한국에도 사람이 살고 있다는 것을 누군가 밖에 알려야 한다는 의무감 때문이었어요. 지금 생각하면 황당한 논리적 비약이죠. 하지만 그때 나는 좀 미친 게 아닌가 싶을 정도로 그 일을 꼭 해야 한다는 사명감이 강렬했어요."

나이 마흔이 되도록 계속 뭘 하고 살아야 하나 고민해왔는데 평생을 걸고 할 만한 일을 그때 찾았다는 느낌이었다고 한다. 더 늦으면 움직이기 어려우니 가려면 지금이다, 그렇게 마음을 다잡고 2002년 3월에 사표를 냈다. 친구들에게 출자를 받아 사간동에 서울셀렉션 카페를 열고, 외국인들에게 한국 문화를 알리는 뉴스레터를 발송하기 시작했다. 하지만 사람들이 꽤 올 거라고 예상했던 기대는 보기 좋게 배반당했고 창업한 지 1년이 지난 겨울, 통장 잔고가 달랑 2백만 원인 상황이 되었다. 자판기 커피 사 마실 돈 백 원도 아끼고 살았는데, 결국 돈이 없어 아이를 유치원에 보내기도 어려운 형편이 된 것이다.

"할 수 있는 일이 없으니까 그냥 하늘을 바라보게 되더라고요. 비 오는 날이었어요. 내가 지금 제대로 가고 있는 건가 생각하기 시작했죠. 이를테면 5월이 되면 잘될 거야 생각하고 장미를 심었는데 꽃이 안 피고, 그럼 해바라기라도 잘될 거야 생각했는데 그것도 안 되어버린 상황이었어요. 이럴 땐 어떻게 해야 하나 생각하면서 고개를 들어 비를 바라봤어요. 비가 지붕에 떨어져 홈통으로 흘러 들어가 그 길을 죽 따라 내려가더니 하수구로 사라지대요. 그걸 지켜보다 문득 '아, 나는 해야 할 걸 했나보다' 하는 생각이 들었어요. 비가 지붕에 떨어지면 밑으로 흐르는 게 자연스럽듯 내가 살아온 것도 내 궤도 안에서는 자연스러운 과정이었을 거라는 자각이 왔죠. 비가 해답이었어요. 그럼 앞으로 어떻게 하나? 비가 흐르듯 자연스러워야 한다고 생각했어요. 자연스럽다는 것은 잘되고 안 되고 없이 그냥 가는 거예요. 내가 이걸 왜 하나 생각해봤어요. 돈을 벌려고? 명예를 위해서? 둘 다 아닌 거예요. 초기 투자 자금이 제로가 되는 경험은 굉장히 무서운 일인데 왜 이 일을 접지 않는가 자문해봤어요. 답은 내가 해야 한다고 생각하는 일을 하고 있으니까, 처음부터 돈을 벌자고 한 일이 아니라 옳다고 생각해서 한 일이니까. 그런 일이라면 비가 떨어져 제 갈 길을 가듯 결국 나도 내 길을 가게 될 것이다, 그러니 그냥 가자, 그거 외에 다른 길이 없다 결심했지요."

막다른 골목에서 비를 바라보며 마음 속 갈등에 대한 답을 얻었다지만, 궁한 형편은 여전했다. 마음을 다잡은 그가 내린 결정은 집을 담보로 대출을 받겠다는 것이었다. 서울시가 영문 잡지를 만드는 공동 투자자를 구하는 사업에 응모해 사업을 딴 직후였다. 집을 담보로 잡히는 것만은 마지막까지 하고 싶지 않았지만, 새로 사업을 시작하려면 최소 3천만 원이 필요했다. 그렇게 결심한 다음 날, 카페에서 일을 하고 있는데 신기한 일이 벌어졌다. 카페에 몇 번 와서 안면을 익힌 번역가 한 분이 남편과 함께 들러 그에게 회사 지분 구조가 어떻게 되어 있느냐고 묻더란다. 한국 문학을 영어로 번역하는 일을 하는 사람이었는데 서울셀렉션의 취지에 공감한다면서 마침 여윳돈 3천만 원이 생겼으니 투자를 하고 싶다고 제안해왔다. 직접 그 말을 듣고도 어찌나 놀랐던지 다음 날 통장에 3천만 원이 입금되고 나서야 그게 실제 상황이라는 걸 실감했다고 한다.

그럼에도 불구하고 해야 한다면

갑자기 천사처럼 나타난 사람으로부터 받은 '엔젤 투자'의 경험을 들으며 나는 살짝 흥분했다.

삶의 방향을 튼 사람들을 잇달아 만나면서, 마음이 부르는 소리 하나만을 따라 대책 없이 들어선 길에서 보이지 않는 손의 도움이라도 받는 듯 신기하게 일이 풀린 경험을 몇 차례 들은 뒤였기 때문이다. 대개는 상황이 이롭게 바뀌거나 뜻하지 않은 기회를 만나거나 하는 식이었는데 이렇게 우연히 직접적인 도움을 받은 경험을 듣기는 처음이었다. 보이지 않는 손이 아니라 보이는 손이 나타나기도 하는 모양이라며 호들갑을 떨던 내게 그는 고개를 가로저었다. 그런 경험은 하지 않고 사는 게 낫단다. 이건 또 무슨 소리인가?

"마음이 그렇게까지 비워지는 상태를 경험하면서 사는 게 삶의 방식으로서 썩 좋은 일은 아니라고 봐요. 얼마나 힘들고 고독한 길인데요. 낭만적으로 생각할 일이 아녜요. 남들에게 그런 길 가라고 권하고 싶지 않습니다."

그에게는 그 시기가 바닥을 치는 경험이었다. 그 뒤 비슷한 방식으로 제안 받은 엔젤 투자가 한 번 더 있었고, 지인들의 투자를 받아 주식회사를 출범해 지금까지 더디지만 꾸준히 성장했다. 그때의 경험 이후 그는 일이 막히면 늘 하늘을 본다고 한다. 어떤 일을 할까 말까 망설일 때마다 그 일이 자신에게 자연스러운 것인가를 먼저 생각한다. 그에게 자연스럽다는 것은 그것을 하지 않으면 다른 대안이 없는 상태다. 그렇다는 판단이 들면 돈을 벌 가망이 별로 없는 일도 밀고 나간다.

지금은 처음 일을 시작할 때 가졌던 강렬한 사명감은 많이 엷어졌다고 한다. 지나온 길을 돌이켜보면 허망하기도 하고, 잘 닦인 등산로를 피해 정글을 헤쳐 올라가는 동안 고생한 만큼 배운 것도 있지만 빨리 저 위에 올라가서 다리 펴고 쉬고 싶다는 생각도 자연스럽게 든단다. 한량으로 살고 싶기도 한 자신을 자연스럽게 인정하게 되었다. 어떤 기준에 비추어 반드시 뭘 해야 한다는 마음도 많이 사라졌고, 매사에 무리 없이 간다는 느낌이면 족할 뿐이라고 했다.

모든 열정은 식기 마련이지만, 들끓던 시절을 돌이키다 보면 미련한 줄 알면서도 '우리가 과연 사랑했을까?'를 묻곤 한다. 평생을 바쳐도 좋다고 생각했던 그 순정은 진짜였을까? 삶의 방향을 틀기로 결심한 시절 그를 사로잡았던 강렬한 사명감은 소명의 부름이었을까, 아니면 자기 최면에 지나지 않았던 걸까? 그는 자기도 잘 모르겠다면서 영화 〈잔 다르크〉의 한 장면을 들려주었다.

잔 다르크가 마녀로 몰려 재판을 받는 장면이었는데 왜 그런 짓을 했느냐는 검사의 추궁에 잔 다르크는 "나는 하늘의 계시를 받았다. 풀밭에 넘어졌는데 내 머리 옆에 칼이 있었고, 신의 목소리를 들었다"고 답한다. 검사가 다시 추궁한다.

"칼이 떨어진 건 우연에 불과하고 네가 들었다는 목소리는 환청이 아닌가?"

그 말에 잔 다르크는 복잡한 표정으로 이렇게 답한다.

"그렇게 말씀하시니 그럴지도 모르겠습니다. 어느 것이 진실인지 모르겠어요. 이제는 모든 게 혼란스러워요……."

그는 아마 자신도 그랬을지 모른다고 했다. 듣고 싶은 말만 듣고, 보고 싶은 것만 보면서 그걸 '내가 해야 할 일'이라고 착각했을지도 모른다고……. 그랬을지도 모른다. 모든 결정적 만남, 인생을 바꿨다고 생각하는 결정적 순간은 어쩌면 거대한 착각일지도 모른다. 자기 삶에 의미를 부여하고 싶은 마음은 종종 우연에 불과한 것을 필연이라고 우긴다. 따지고 보면 우연히 같은 동네에 살아서 맺어진 것일 뿐인데도 운명적 사랑이라고 감격하는 것처럼 말이다. 하지만, 그는 이렇게 반문했다.

"그것 말고 인생에 다른 길이 있을까요? 우연이나 착각에 불과했을지라도 그렇게 사로잡힌 경험, 그 뒤의 선택, 그 모든 것이 내게는 자연스러운 일이었을 거예요. 내가 가야만 했던 길을 간 거라고 봐요. 그 계기가 소명의 부름이었든 우연에 불과한 환청이었든 간에."

그러나 그는 누군가가 찾아와 자신처럼 직장을 버리고, 하고 싶은 일을 좇아 사업을 하겠다며 조언을 구한다면 별로 좋은 이야기를 못 해줄 것 같다고 했다.

"혼자서 뭘 해본다거나 하는 건 조금도 말리지 않겠지만 그 일이 사업이라면 이야기가 달라져요. 사업은 자본주의적 행위인 동시에 조직이라는 틀을 만들어 남의 노동력을 갖다 쓰는 사회적 행위이기도 해요. 모든 걸 다 바쳐서 2, 3대까지 하겠다는 결심이 아니라면 다시 생각해보라고 말리고 싶어요. 사업을 하면 모든 일이 자기 생각과 달라져요. 잘 안 될 가능성이 훨씬 더 높죠. 자기가 생각했던 것과 다른 방향으로 가는 경우가 많은데, 그게 능력의 문제라기보다 운일 때가 더 많습니다. 그런 온갖 어려움을 겪을 각오가 되어 있다면 당신의 행운을 시험해보라고 하겠지만, 그게 아니라면 말리고 싶어요. 인생은 자기가 느끼기 나름인데 모든 것을 걸어야 하는 일을 꼭 해봐야 하나요? 그럼에도 불구하고 해야 한다면 뭐, 해야지요. 내가 그랬듯."

내가 만나러 갔을 때, 그는 한국전쟁 때 종군기자가 찍은 컬러 사진집을 만드는 문제를 놓고 씨름하고 있었다. 양장본으로 만들어야 하고 인세만 2500만 원을 줘야 하는 일이라 최소 경비가 7천만 원, 인건비를 합하면 1억 원 이상이 들어가는 프로젝트인데, 그는 사진집 발간뿐 아니라 전시회도 기획 중이었다. 그런 일을 왜 하느냐고 묻자 돌아온 대답은 2002년 그가 사명감에 사로잡혀 회사를 그만둘 때 했다던 생각과 별반 다르지 않았다.

"사명감이 없으면 못 해요. 한국전쟁이 대다수 사람들에게 현실감 없는 과거의 일이 되어버렸는데 이 컬러 사진들을 좀 봐요. 전쟁이 일어나도 사람들은 이렇게 연애를 했고, 노란 저고리에 분홍치마를 차려입고 사진관에 가서 사진을 찍고, 아이들은 이렇게 놀았어요. 바로 어제 있었던 일 같지 않아요? 다시 말하면 내일 일어날 수도 있는 일인 거죠. 이런 평범한 일상에 엄청난 폭력이 비집고 들어올 수 있다는 것, 그게 과거의 일만이 아니라는 것. 나로서는 내 코드를 건드린 작업이에요."

꿈을 좇는 삶에 대한 환상도 없고, 자신의 사명감이 착각에 불과할지도 모른다고 냉정한 얼굴로 말했지만, 그는 자신을 사로잡았던 열망에서 깨어났을까? 아직은 아닌 것 같았다. 그가 '가야만 했던 길'을 계속 갈 수 있는 힘도 아마 이 열렬한 미망(未忘)에서 비롯될 것이다.

의사

가치_
내가 할 수 있는
가장 가치 있는 일은
무엇인가?

34

벤처 기업 대표

양광모

전환 이전 | 비뇨기과 전문의
전환 이후 | 헬스로그 대표
전환 시기 | 서른넷

모든 사람이 1인 미디어인 세상이다 보니 인생 전환의 방법에도 하나를 추가해야 할 듯하다. 블로그나 소셜 미디어가 바로 그것이다. 가정주부가 식품 기업의 매출을 좌우하는 파워 블로거가 되고 인터넷 보부상이 되기도 한다. 회사원이 블로그를 통해 여행 작가가 되고, 개인이 뉴스나 정보의 생산자가 되면서 현실에서는 소수자인 사람도 웹에서는 대중매체나 다수의 발언 못지않은 영향력을 갖게 되었다. 거의 모든 소재에 대해 뭔가를 아는 사람들이 한꺼번에 말을 쏟아내기 시작하면서 어설픈 전문가는 설 땅이 없어졌다.

만인이 정보 발신자가 될 수 있는 새로운 세상에 놀라고 변화가 즐거우면서도 약간의 어지럼증을 함께 느낀다. 인터넷 덕분에 우리는 이전보다 더 현명해지고 더 나은 선택을 내릴 수 있게 되었을까? 좋은 정보만큼이나 검증하기 어렵고 질 낮은 정보도 흘러넘치는 것이 현실이다. 만약 어떤 분야의 전문가가 블로그와 소셜 미디어를 활용한 웹 2.0 시대의 소통 방식을 활용해 그간 소수가 독점해온 전문 지식을 모두에게 개방한다면 어떤 일이 벌어질까? 게다가 그 '개방'과 '공유'를 새로운 직업을 만들어내는 밑천으로 삼았다면? 블로그로 대표되는 새로운 소통 수단을 활용해 이전에는 꿈도 꾸지 못했을 방식으로 삶의 방향을 튼 이가 이번 여행지에서 만날 사람이다.

레지던트까지 마친 전문의가 의사의 길을 가는 대신 벤처 기업을 창업한다고 하면 사람들은 어떤 반응을 보일까? 주변의 몇 사람에게 어떤 느낌이 드느냐고 물었더니 돌아오는 대답들은 이랬다.

"그 좋은 직업을 놔두고 왜?"

"형편이 좋은 모양이지, 뭐……."

생판 모르는 남도 이러니 의사 양광모 씨의 창업이 그리 만만치는 않았을 것 같다. 그러나 뜻밖에도 그는 아내가 동의해주지 않았더라면 불가능했을 거라면서도, "내가 몇 년간 해온 일을 봐서 그런지 가족 중에 강하게 반대하는 사람은 없었다"고 한다. '의사 선생님'에서 '사장님' 혹은 '대표님'이 되었지만 방향 전환 때문에 큰 혼란을 겪는 것 같지도 않았다.

비뇨기과 전문의이자 '양깡'이라는 필명으로 유명한 파워 블로거 양광모 씨는 2009년 4월 공중보건의를 마치고 석 달 뒤 헬스 케어 IT 기업인 '헬스로그'를 창업했다. 그는 의사를 하면서 중요하다고 생각한 두 가지가 온라인 공간에서 의료 소비자들과 올바른 커뮤니케이션을 하는 것, 그리고 임상 연구에 필요한 IT 프로그램을 만드는 것이었는데 두 가지를 다 하는 회사가 없어서 창업을 하게 됐다고 설명했다.

그가 운영하는 웹사이트 '코리아 헬스로그(www.koreahealthlog.com)'는 백여 명의 의사, 건강 관련 전문가들이 알기 쉽게 풀어 쓴 의학 정보를 제공하는 곳이다. 이 웹사이트는 유네스코 한국위원회가 미래 세대를 위해 보존할 가치가 있는 민간 웹사이트를 가려 뽑는 '2009 디지털

유산 어워드'를 수상했다. 또 의사들이 블로거로 나서서 의료 소비자들과 직접 소통하는 메타 블로그인 '닥블(docblog.koreahealthlog.com)'의 관리도 그의 주요 업무다. 국립암센터의 암정보관리과와 함께 소셜 미디어를 활용해 암에 대한 정확한 정보를 전달하는 방법을 연구 중이기도 하다. 회사가 안정되면 비슷한 질병을 앓는 사람들이 서로 경험과 정보를 공유할 수 있도록 웹 커뮤니티도 만들 예정이라고 한다. 도대체 하는 일이 사기업인지, 비영리 단체인지 헷갈린다. 내 느낌을 눈치 챈 듯 그가 덧붙였다.

"사회적 의미를 너무 강조하는 것처럼 들릴 수도 있을 텐데, 비즈니스로도 가능성이 있는 영역이에요. 날로 발달하는 헬스 케어 IT 비즈니스에 정작 제일 중요한 당사자인 의사와 환자가 빠져 있는데 이들이 서로 소통할 수 있는 IT 서비스를 만드는 것이니까요."

대다수의 사람들에게 인생 전환은 결연한 선택이다. 자기 삶을 걸고 새로운 길을 찾아 나서는 것이니 그럴 수밖에. 하지만 양광모 씨는 자신에게 인생 전환이 심각한 결단은 아니었다고 한다. 재미있는 일을 하자는 생각이 컸고, 전국의 고만고만한 의사들 가운데 하나가 되기보다는 자신이 제일 잘할 것 같은 일을 찾은 거였다. 비장한 배수진을 치는 대신 가능성을 찾아 떠난 것이고, '남들보다 잘하는 것'보다 '남들과 다른 것'을 추구한 결과였다. 과거에서 탈출하기가 아니라 새 것을 향해 나아가는 일이 매력적이었고, 넓고 잘 뚫린 길로 가기보다 비좁은 새 길 내기에 흥미를 느껴 내린 선택이었다. 나이가 어리지 않은데도 그가 신세대처럼 느껴지는 이유는 아마 이런 경쾌함에 있는 듯했다.

블로그로
다른 삶을 시작하다

그의 오늘을 만든 '결정적 사건'을 굳이 고른다면, 창녕에서 공중보건의로 일하던 2007년 3월, 건강과 의학을 주제로 블로그를 시작한 일이다.

"블로그 문을 연 건 그보다 훨씬 전인 2004년이었는데 그땐 그저 아이들 사진을 올려놓거나 정보를 스크랩해놓는 정도였어요. 글쓰기를 남달리 좋아했던 것도 아니었고요."

그다지 신경 쓰지 않던 블로그에 주목하기 시작한 것은 두 가지 경험 때문이다. 첫 번째는 보건지소에서 공중보건 교육을 하면서 느꼈던 비효율성이었다.

"하루 종일 혈압 교육 같은 걸 해봐야 대상이 백 명을 넘기지 못하잖아요. 게다가 정확한 의료 정보를 전달할 대상이 사실 노인들만이 아닌데 낮에 사람을 모아놓고 교육하는 방식으로는 젊은 사람들은 아예 만날 수조차 없었고요. 그래서 웹을 기반으로 하면 의료 정보의 확산과 공중보건 교육도 훨씬 효율적으로 할 수 있지 않을까 생각했지요."

두 번째는 인터넷에 넘쳐나는 엉터리 의학 정보에 기겁해서였다. 한번은 포털 사이트의 지식 검색에 "임신 17주에 신장에서 종양을 발견했는데 어떻게 해야 하느냐"는 질문이 올라왔다. 호소하는 증상을 읽어보니 신장암이 의심스러웠는데 거기에 달린 답변의 대부분이 "푹 자고 나면 좋아진다"거나 "양성 혹이니 안심하라"였다고 한다. 인터넷에 가정 폭력에 대한 글을 올리면 초등학생이 "인생 뭐 있나, 참고 살라"는 답변을 단다더니, 의학 관련 정보에서도 정체를 알 수 없는 사람들의 얼토당토 않은 '답'들이 난무하긴 마찬가지였다.

"내용이 틀렸는데도 전문가연하는 정보가 너무 많아서 황당했어요. 이걸 계속 따라다니면서 틀렸다고 지적하느니 차라리 내가 정확한 정보를 만들어 올리는 게 어떨까 생각했지요. 당시 '웰빙'이 유행하면서 건강에 대한 관심이 높아졌지만 국내 뉴스에 '건강' 카테고리는 본격적으로 쓰이지 않던 때였거든요. 상업적이지 않고 정확한 의학 정보를 주제로 블로깅을 해보는 것도 괜찮겠다 싶었어요."

그렇게 시작한 블로그 '헬스로그'에 자는 시간과 진료 시간을 뺀 모든 시간을 쏟아 부었다. 막 둘째를 출산한 아내에게 구박을 받아가며 하루에 두 건 이상씩 글을 올렸다. '비타민 C를 복용하면 감기가 빨리 나을까?', '태반 주사는 얼마나 효과가 있을까?'처럼 일반인들이 궁금해하는 질문을 포착해 글을 쓰는 선별력도 좋았지만, 슈퍼마켓에서 스물아홉 개 아이스크림을 직접 사고 아이스크림 회사에 자료를 요청해 영양 성분을 비교 분석하는 등 직업 기자 이상의 열의로 글을 썼다. 의사가 운영하는 건강 블로그는 포털 사이트의 블로거 뉴스와 링크를 타고 순식간에 알려져 방문자가 수천 명 단위로 폭증했다.

수요와 관심이 혼자서는 감당 못 할 지경이 되자 그는 아는 의사들을 끌어들여 2007년 11월 의사 블로거의 네트워크인 '닥블'을 만들었고,

'헬스로그'도 팀 블로그로 개편했다. 개인 블로그를 만든 지 8개월 만의 일이었다.

나도 블로그를 갖고 있지만 그걸 꾸준히 운영하는 게 말처럼 쉬운 일이 아니다. 돈 되는 일도, 명예가 따르는 일도 아니고, 이름이 알려지면 악플 공격이나 받기 일쑤인데도 개의치 않고 꾸준히 블로그를 운영하는 사람들을 보면 도대체 동력이 뭘까 궁금했다.

그에게 동력은 가치 있는 일을 한다는 자부심이었다. 자신이 블로그에서 제공한 정보가 읽는 이의 삶에 실제로 영향을 준다는 것을 확인할 때면 어떤 보수가 주어지는 것 이상의 보람을 얻는다고 한다. 2008년 1월에 그가 블로그에 올린 요도 협착 관련 글을 읽고 그 전에는 건강 보조 식품을 먹으며 버티던 환자가 병원에 가서 재협착 치료를 받은 일이 그 같은 경우다. 그즈음에 그가 아는 치과 의사를 꼬드겨 제작한 올바른 칫솔질 방법 동영상은 서울시치과협회 홈페이지에 게시되고 교정 시설 교육 영상으로도 쓰였다.

알기 쉬운 의료 정보를 제공한다고 해서 쉽게 풀어 쓴 정보일 거라고 생각했는데, 그가 쓴 글 중에는 논문을 참고 문헌으로 달고 쓴 게 꽤 많다. 그는 자신의 목표는 쉬운 은유를 동원해서 어려운 내용을 풀어 말하는 것이 아니라, 의학 정보를 접하는 사람들이 정보를 걸러내 받아들이고 해독하는 능력인 '헬스 리터러시(health literacy)'를 높이는 것이라고 설명했다.

"그게 가능하겠느냐고 회의적으로 보는 사람도 많지만 저는 의료 소비자들이 과거보다 훨씬 똑똑해졌다고 생각합니다. 스스로 합리적 선택을 하기 위해 고급 정보를 원해요. 고급 정보를 이해할 수 있는 사람들도 많아졌고요. 미국에서 의학자들이 논문을 찾을 때 주로 사용하는 의학 전문 온라인 도서관 '메드라인'에서 논문 검색 비율을 조사해봤더니, 이용자의 30퍼센트가량이 의료인이 아니라 일반 소비자였다는 거예요. 어려운 내용은 덜어내고 쉬운 말만 하자는 게 아니라 고급 정보를 이해하기 쉽게 제공하고 어떻게 이해해야 하는가까지 알려주자는 것이 제 목표입니다."

남들은 이해할 수 없는 꿈이라지만

그의 설명을 듣던 도중, 아는 의사로부터 들었던 불평 한마디가 불쑥 떠올랐다. 가장 싫은 환자는 인터넷에서 찾은 정보를 잔뜩 읽고 와서 '아는 체를 하는 환자'라는 말. 사실 의사가 누리는 신(神)적인 권위도 환자가 자신의 몸 안에서 벌어지는 일들을 이해할 수 없는 당혹스러움을 해결해주는 전문성에서 비롯되는 것 아니던가. 그런데 환자에게 고급 정보를 제공한다니, 의사들이 싫어하지 않을까? 아닌 게 아니라 환자에게 그런 걸 알려준다고 좋을 게 뭐 있느냐고 타박하는 의사들도 있단다. 하지만 그는 자기가 하는 일은 전문가의 권위를 떨어뜨리는 게 아니라 잘못된 권위를 해체하는 것이라면서 반문했다.

"살면서 가장 중요한 일 중 하나가 병원에 가는 일 아닌가요? 그걸 한 번도 교육받지 않고 살아가는 게 말이 되나요?"

그래도 나는 여전히 그가 의사 직을 버리고 창업까지 하게 한 '제대로 된 건강 정보의 제공'이 뭐 그렇게 중요하랴 생각했다. 환자가 아무리 똑똑해진들 최종 판단은 여전히 의사의 몫 아닌가. 그에게는 인생 전환을 결심하게 한 일이 내 눈에는 한계가 너무나 뚜렷해 보였다. 그 일을 하자고 의사를 그만두었다는 게 선뜻 이해되지 않았다. 그의 취지에 공감하게 된 것은 절친한 친구가 병원 신세를 지는 경험을 가까이에서 지켜보고 난 뒤의 일이다.

그를 두 번째로 만나기 전, 내 친구는 0.3센티미터 크기의 갑상선암을 발견해 제거 수술을 받았다. 크기도 작고 순한 암으로 불리는 종양인 데다 지나고 보니 별일도 아니었지만, 처음엔 당사자와 그를 아끼는 주변 사람들에게 '암'이라는 단어가 주는 공포감이 작지 않았다. 양광모 씨를 만나 친구 이야기를 들려주었더니 어떻게 발견했느냐고 물었다. 정기검진에서 발견했는데 더 커지기 전에 찾아내서 다행이었다고 하자 자각 증상이나 가족력이 있어서 정기검진을 받은 거냐고 다시 물었다. 그런 건 아닌 것 같다고 하자 그가 그럴 줄 알았다는 표정을 짓더니 "참 어려운 문제"라면서 스마트폰을 꺼냈다. 검색 대상은 국가암정보센터. 갑상선암을 찾아보니 '증상이 없는 갑상선암 검진은 권장되지 않는다'고 나와 있다.

갑자기 혼란스럽다. 이게 무슨 소리일까? 그러니까 내 친구가 하지 않아도 되는 쓸데없는 짓을 했다는 건가? 갑상선암은 증상이 없는 경우가 더 많다는데, 그런 암은 구태여 찾아내 제거할 필요가 없다는 뜻인가? 그러면 매체에 수시로 나오는 '갑상선암, 정기검진만이 최선의 예방책', '자각 증상 없어 더 위험한 갑상선암' 같은 제목의 기사들은 다 뭐란 말인가?

"갑상선암 조기 검진을 강조하는 기사들의 출처는 대부분 병원에서 내보내는 보도 자료인데 꼼꼼히 읽고 따져서 판단해야 해요. 몇 살 이상이 되면 몇 년마다 한 번씩 암 검진을 받으라고 권하는 가이드라인은 대개 대규모 임상 연구를 통해 정해지죠. 그런데 갑상선암에는 그런 가이드라인이 없어요. 그럴 만한 대상이 아니기 때문이에요. 국내만 그런 게 아니라 다른 나라들에서도 마찬가지예요. 정기검진으로 인한 손해보다 이득이 많다는 증거, 삶의 질이 향상되고 생존율이 오른다는 증거가 부족한 거죠."

얼떨떨한 느낌으로 그의 말을 듣다 보니, 엉뚱하게도 내 머릿속엔 히틀러가 통치하던 시절 나치 독일에서 암 연구가 세계 최첨단을 걸었다던 이야기가 떠올랐다. 건강입국을 목표로 삼은 나치 독일은 집단 검진을 철저하게 실시했으며 예방 의학, 유기 재배를 무척 강조했다고 한다. 물론 나치의 건강입국은 인간을 건강한 병력 또는 노동력으로, 여성은 출산력으로 평가하는 비인간적 실용주의 노선에 근거한 것이지만, 현대의 건강 지향 풍토와 놀랍도록 닮았다. 멀리 나치까지 갈 것도 없다. 20세기 노동 집약 생산의 근간이 된 포디즘을 낳은 헨리 포드의 자동차 회사는 150명의 조사관을 노동자들의 집에 보내 사생활을 꼼꼼히 조사한 뒤

위생적인 생활을 하고 담배와 음주를 피하라고 훈계했다.

오늘날 한국의 유난스러운 건강 염려증과 OECD 최장 노동시간을 자랑하며 죽어라 일만 하는 사회적 환경이 무관해 보이지 않는 것은 순전한 착각일까? 과연 우리가 추구하는 건강하고 행복한 상태란 무엇일까? 모든 위험을 완벽하게 제거해버린 상태일까? 자각 증상을 동반하지 않으며 진행 속도가 더딘 0.3센티미터 크기의 갑상선암이 과연 발본색원해야 할 위험한 대상이었을까? 정기검진으로 점 하나 크기의 갑상선암을 찾아내 두려움 속에서 서둘러 수술을 받은 그 많은 사람들은 사실 불필요한 소란과 고통, 비용을 감당했던 것은 아닐까? 내 친구의 경험 역시 불안만 증폭시키는 '건강 과민 사회'의 한 단면이 아니었을까? 온갖 의문에 혼란스러웠고 뚜렷한 답을 내긴 어려웠지만, 그제야 나는 그가 말하는 '헬스 리터러시'가 왜 중요한지, 병원의 이해관계에 얽매이지 않은 정확한 의학 정보가 왜 대중적으로 보급되어야 하는지를 이해할 수 있을 것 같았다.

그는 다수에게 들어맞는 통계에도 늘 예외가 있을 수밖에 없고 조기검진을 모두 건강 과민증이라고 말하는 것도 정당하지 않다면서 조심스럽게 말했다.

"다만 질병과 관련한 정보와 판단을 전부 의사에게 위탁하고 결정을 기다리는 것이 능사가 아니라는 거죠. 우리는 소위 인증 받은 권위에 너무 약해요. 다수의 건강 보조 식품들이 식약청 인증을 받았다고 선전하는데 식약청 인증이 그저 '먹어도 죽지 않는다'는 정도의 뜻인 경우도 상당히 많아요. 결국은 더디더라도 환자가 바른 판단을 내리기 위해 정확한 정보를 더 많이 알아야 하고, 더 똑똑해지는 수밖에 없죠."

그에게 인생 전환이 '죽느냐 사느냐'의 심각한 ## 내가 할 수 있는
결단은 아니었지만, 그렇다고 병원 대신 창업을 ## 가장 가치 있는 일
선택할 때 고민이 없었던 것은 아니다. 레지던트를 마친 대부분의 전문의들은 대학 병원 전임의가 되어 교수로 일하기를 꿈꾼다. 처음엔 그도 마찬가지였다. 그러나 막상 선택의 순간이 왔을 때 갈등이 시작됐다.

"2008년 10월경 세브란스 병원에서 전임의를 선발할 때 지원자가 넘쳐나는 상황이었어요. 그런 상황이다 보니 남들과 비슷비슷하게 하는 일을 할 것인가, 아니면 조금 남다른 재주를 살려보면 어떨까 고민하기 시작했지요."

냉정하게 말해서 대학 병원에 간다면 자신만큼 할 수 있는 의사는 넘쳐나는 상태이고, 그렇다고 개원을 해서 병원 경영을 위해 비뇨기과 의사가 피부 클리닉까지 운영하는 방식으로 살고 싶진 않았다. 고민을 하다 보니 혼자 블로그로 실험해본 '헬스 커뮤니케이션'이 누군가가 해야 하는 의미 있는 일이고, '내가 비교적 그 일을 잘할 수 있는 축에 들지 않을까?' 하는 생각이 서서히 들더라고 한다.

"하지 않은 일은 후회가 오래 남고 해본 일은 후회하지 않는다고 하잖아요. 나중에 후회를 하더라도, 실패할 위험을 감수하고 일단 의미 있다

고 생각한 일을 해보는 것이 충격이 적을 거라고 판단했어요."

그는 고심 끝에 지도 교수에게 의사 말고 잘할 수 있는 다른 일을 해보고 싶다고 털어놓았고, 깜짝 놀라 몇 번을 만류하던 교수는 결국 정 그렇다면 의사를 한다고 해서 다 행복한 것도 아니니 하고 싶은 일을 열심히 해보라고 동의해주었다고 한다.

그가 벤처 기업 창업에까지 이르게 된 데는 컴퓨터와 인터넷에 대한 남다른 애착도 한몫했다. 초등학교 때부터 애플 컴퓨터를 갖고 놀았고, 대학 시절엔 유니텔에서 홈페이지 제작 동호회 활동을 하면서 교수들의 컴퓨터를 고치러 자주 불려 다녔다. 레지던트를 하던 2003년엔 인터넷을 기반으로 한 임상 연구 프로그램을 직접 만들어 학회에 발표하고 판매도 했다.

"의학에서는 0.0001 같은 수치도 중요한데 그런 걸 모르는 프로그래머들이 짜게 되면 그 수치를 그냥 정수 처리를 해버리는 경우가 많아요. 임상 연구용 프로그램을 만드는 데도 의학적 맥락을 이해하는 게 중요하거든요."

그는 "웹 2.0이 나의 종교"라고 말할 정도로 발전하는 웹, 소셜 미디어를 기반으로 더 나은 의사소통이 가능하다고 믿는다. 내게 '헬스로그'의 아이폰용 애플리케이션을 보여주면서 애플 TV, 구글 TV 등 스마트 TV 활용 방안에 대해 열변을 토하기도 했다.

창업을 하고 난 뒤 그는 '취지는 좋은데, 먹고는 사느냐?'는 질문을 가장 많이 듣는다. 그를 두 번째 만났을 때가 창업한 지 1년이 가까울 무렵이었는데, 다행히 집에 월급은 가져갈 수 있는 상황이라고 했다. 의사들이 만드는 의료 신문인 〈청년의사〉의 투자를 받았으며 〈청년의사〉의 온라인 사업 관리도 맡고 있다. '헬스로그'의 이름이 알려지면서 건강 보조 식품 광고를 문의하는 회사나 광고를 목적으로 한 칼럼을 쓰고 싶다고 제안해 오는 의사들도 있지만, 그는 자신이 의사로서 신뢰할 수 없는 칼럼이나 광고 요청은 모두 거절한다.

"사업하는 방식에서 갑과 을이 바뀐 셈이죠. 상대방은 뭐 이런 게 다 있느냐는 반응이지만, 저로서는 일관된 원칙을 지키는 데서 오는 쾌감이 있어요."

'원칙 고수의 쾌감'을 말할 정도로 그는 옳다고 믿는 일에 꽤나 투철한 편이다. 얼마 전에는 B형 간염 치료 성과를 과잉 선전하는 한 병원과 소송까지 갔다가 그는 무혐의 처분을 받고, 되레 상대 병원이 사기 혐의로 조사를 받는 사건도 겪었다. 개인적 삶에선 남의 잘잘못을 판단하면서 살고 싶지 않지만, '헬스로그'는 부득이 그런 역할을 할 수밖에 없다고 한다.

자신이 어디로 가는지를 잃어버리는 우를 범하지 않으려면 의료인으로서의 정체성을 잃지 않는 것도 중요하다. 정신없는 창업의 와중에도 그는 영등포에 있는 가난한 이들을 위한 자선 의료 기관인 요셉의원에 자원봉사를 나가면서 이주민건강협회 운영위원으로 일한다. 그가 요셉의원에 자원봉사를 가겠다고 아내에게 '통보'하자 아내는 감탄인지 비명인지 모를 한마디를 던졌다고 한다.

"당신은 정말 하고 싶은 대로 하고 사는구나!"

하고 싶은 일이면 일단 하고 보는 방식으로 움직이면서도 그가 미래를 온통 장밋빛으로 상상하는 것은 아니다. 창업하고 1년쯤 되고 보니 들인 고생에 비해 얻는 것이 별로 없을 수도 있겠다는 생각이 든다고 한다. 그래서 내린 결론은? 사업의 타당성을 재검토하는 것이 아니라 "성과에 목숨 걸지 말고 과정을 즐기자"였다.

"제가 병원에 있었더라면 지금처럼 이주 노동자에게 깊은 관심을 갖지도 못했을 것이고 의학 정보도 비즈니스 모델로만 바라봤겠지요. 병원의 진료 업무에 허덕이느라 아들과 함께 저녁을 먹고 시간을 보내지도 못했을 거구요. 그런 조용하고 사소한 평화가 좋아요. 또 병원장들이 소셜 미디어에 대해 알려달라고 연락해 오는 경우가 많은데, 숱한 젊은 의사들 가운데 하나가 아니라 독특하고 가치 있는 일로 인정받으니 그것도 즐겁습니다."

그는 전임의 대신 창업을 선택한 자신의 방향 전환이 이후의 인생을 결정짓는 단 한 번의 선택이라고 생각하지 않는다. 더 나이 들어 또 한 번의 방향 전환을 하게 될 수도 있다. 그게 무엇이 되었든 현재 하는 일이 가지를 치고 종횡으로 이어지고 새로운 인연을 만나 뻗어나가리라 믿을 뿐이다. 앞으로의 구상에 대해 이야기하면서 "나와 뜻을 같이하는 의사들이 많아지면 환자의 요구에 맞춤한 병원들을 연계해주는 사업도 해볼 수 있고, 그렇게 온라인과 오프라인을 연계해보면 재미있을 것 같고……"라고 말하는 그의 눈엔 곧고 탄탄한 길 밖으로 새 길을 내는 사람의 설렘이 가득했다. 마지막으로 그가 생각하는 행복의 기준이 뭐냐고 묻자 "내가 할 수 있는 일 중 가장 가치 있는 일을 하고 있느냐"라고 대답했다. 이 질문에 '그렇다'고 대답할 수 있는 지금, 그는 행복한 사람이다.

내공 _
끝까지 버티면 언젠가 한 번은
찬스가 온다

이인식

전환 이전 | 대성그룹 상무이사
전환 이후 | 과학 칼럼니스트
전환 시기 | 마흔여섯

과학 칼럼니스트

46

대기업 상무

삶을 바꾼 사람들의 이야기를 들으러 다니면서도 내 마음 한 구석엔 평생 한 우물만 판 사람들에 대한 콤플렉스 같은 게 남아 있었다. 하나의 일에 한평생을 바치는 삶. 직업의 종류에 따라 무척 따분한 인생일 수도 있지만, 어딘지 좀 순정한 면모가 있지 않은가?

수명이 늘어나고 직업의 유연성이 증가한 요즘엔 '인생 이모작', '삼모작'이라는 말이 상징하듯 여러 개의 직업과 경력을 갖는 것이 불가피해지기도 했고, 또 바람직한 일로 간주되기도 한다. 하지만 자유연애 시대에 드물어진 순정한 사랑을 은근히 동경하듯 선택과 변화의 부담을 덜고 하나의 일에 평생을 거는 삶, 굳이 새로운 것을 찾아 나설 필요 없이 한 우물만 파도 되는 삶이 내심 부러웠다.

그런데 삶을 바꾼 사람들을 잇달아 만나면서 인생 전환에도 한 우물을 파는 공력이 필요하다는 사실을 알게 되었다. 다양한 선택지 앞에서 최상의 것을 뽑아내는 능력보다 무엇이든 하나를 선택한 뒤 혼란과 불안에도 끈질기게 버텨내는 인내심이 더 중요해 보였다. 긴급구호 활동가 한비야 씨도 "내가 제일 무서워하는 것은 매일매일 어떤 일을 꾸준히 하는 것"이라고 말했을 만큼 한 가지 일을 우직하게 밀고 나가기란 대단히 어려운 일이다. 그렇게 꾸준히 걸어가는 우직함으로 삶을 바꾼 사람이 내가 찾아간 다음 여행지였다.

지금이야 평생직장이 낡은 개념이 되었지만 20년 전만 해도 그렇지 않았다. 평생직장 시대에 대기업에서 최연소 부장이 되며 승승장구하던 사람이 제 발로 걸어 나오기란 쉽지 않았을 것이다.

과학 칼럼니스트 이인식 씨를 인터뷰 대상으로 떠올린 것은 그 때문이다. 금성반도체(이후 LG 전자로 흡수합병됨)에서 최연소 부장이 되었고 대성그룹 상무이사를 지낸 그는 1991년 중년의 절정인 마흔여섯 살에 직장을 그만두고 과학 글쓰기를 업으로 삼았다. 인생 이모작, 삼모작이 낯설지 않은 요즘에도 쉽지 않은 결단이다. 무슨 생각에서였을까?

2009년 서울 강남에 있는 그의 아파트를 방문했을 때 나는 두 번 놀랐다. 널찍한 아파트는 '글쟁이의 삶은 곤궁할 것'이라는 선입견을 깨뜨렸다. 그의 서재에 들어서면서 다시 놀랐다. 책이 빽빽한 서가로 둘러싸인 넓고 튼튼한 책상을 기대했으나 너무 낡아 무늬목이 너덜거릴 지경이 되어버린 작은 책상이 눈에 띄었다. 그의 아내가 옆에서 총각 때부터 쓰던 책상이라고 들려주었다. 이 작은 책상에서 그는 원고지에 글을 쓴다. 매체에 칼럼을 쓸 땐 아내가 아르바이트로 컴퓨터에 글을 입력해주고, 책을 쓸 땐 A4 용지에 깨알같이 써서 출판사에 넘긴다.

왜 컴퓨터를 안 쓰느냐고 묻자 그는 컴퓨터를 안 쓰는 게 아니라 워드 프로그램을 안 쓰는 거라고 정정해줬다. 자동차 설계하는 사람이 운전만 안 하는 것이나 마찬가지라면서 컴퓨터로 인터넷 검색도 하고 메일도 쓰고 소셜 미디어도 이용하지만, 원고는 펜으로 쓰는 게 익숙해 굳이 바꿀 필요를 느끼지 못한다고 했다. 틀리면 지우개로 지우면 되고, 처음부터 제대로 쓰면 손볼 게 별로 없다는 거다. 그는 책을 쓸 때는 각 챕터별 구조를 그린 설계도를 벽에 붙여놓고 작업을 한다. 2008년에 펴낸 472페이지짜리 책《지식의 대융합》도 그렇게 썼다. 펜으로 원고를 써도 시간이 그렇게 오래 걸리지 않아 1년에 책을 서너 권씩 쓴다고 했다. 워드 프로그램으로 이리저리 문장을 옮기고 조합하는 편집에 의존해도 작업 속도가 느린 나 같은 사람에겐 거의 '미션 임파서블'의 경지다.

그가 회사를 그만두고 글쟁이로 전향한 1991년은 지금도 가뭄에 콩 나듯 하는 논픽션 전업 저술가가 전무하다시피 하던 시절이었다. 게다가 전자공학을 전공했다지만 석, 박사 학위도 없는 상태에서 과학 전문 저술가로 살아온 것이다. 2010년은 그가 프리랜서로 살아온 지 19년째 되는 해. 현재 그는 국내에서 과학 관련 교양서적을 가장 많이 펴낸 저술가이자 자기 이름 석 자로 브랜드가 된 작가다. 지금까지 쓴 글만 신문 칼럼 4백 개, 잡지 연재 글 150개, 책 서른 권이 넘는다. 이름이 알려지면서 점점 강연의 비중이 늘어나 2009년에만 30회 이상의 강연을 했다. 2010년 가을학기엔 카이스트 인문사회과학부에서 '지식의 융합'을 주제로 강의를 진행할 예정이다. 5월에는 그가 쓴 '나노 기술'과 '자연 발효 화장실', '인공 창의성'에 대한 세 편의 글이 실린 고등학교 국어 교과서가 교육과학기술부의 심사를 통과했다. 교과서에 글이 실리는 것이 무척 뿌듯했던지 그는 자세히 이야기를 들려주면서 이제 더 이상 여한이 없다고까지 말했다. 19년 전 회사를 그만둘 때 그는 두려웠지만, 그보다는 큰 조직의 소모품 대신 작아도 '내 것'을 생산하고 싶다는 마음이 더 컸다고 했다.

'내 것'을 갈망하던 오래된 꿈은 거의 실현된 셈이다.

한 번뿐인 내 인생, 오직 이 일뿐이다

그는 중년이 될 때까지 하고 싶은 것을 못 하고 살았다고 한다. 소설가 지망생이었지만 가난 때문에 늘 '생존'이 목표였다. 대학 4년 내리 입주 가정교사를 했고 졸업할 때도 취직이 급했다. 금성반도체에 입사한 뒤에도 살아남기 위해 매일 오전 8시에 출근해 1시간 동안 영어를 독학했다. 정신없이 달려 8년 만에 최연소로 부장이 되었으나 기쁘지 않았다고 한다.

"내가 전라도 광주 출신인데 1980년대 초엔 지역 차별이 노골적이었던 분위기라 큰 회사에서 부장 이상으로 승진하는 건 어림도 없다고 생각했어요. 그 설움에 일주일에 나흘씩 술을 마시며 많이 방황했지요."

결국 1982년 일진금속 이사로 옮겼고, 다시 옮긴 대성그룹에서 1987년 상무이사가 되고 보니 마흔세 살이었다. 아파트도 사고, 돈은 남 못지않게 벌었는데도 허망함이 점점 차올랐다. 뛰쳐나가서 소리 한 번 지르고 죽고 싶은데, 내 인생이 이렇게 회사원으로 끝나나 싶어 한숨만 나왔다고 한다.

글쓰기는 그의 은밀한 꿈이었다. 그의 첫 책은 금성반도체에 다닐 때인 1975년 사보에 연재한 콩트 열두 개를 묶어 펴낸 소설집 《환상 귀향》이었다. 사보에 연재하던 콩트를 보고 상관이 책을 내보라고 권유해 펴냈지만 회사 직원들이 사주는 정도에 그쳤고 다시 글을 쓸 일이 있을 거라고는 생각도 못 했다고 한다. 생활에 치여 꿈이 시들해질 무렵, 오늘날의 그를 만든 첫 글을 쓸 계기가 우연히 찾아왔다.

"일진금속에서 대성그룹으로 옮기던 사이, 미국의 컴퓨터 소프트웨어 회사인 '아폴로'의 한국 법인을 맡아 해보겠느냐는 제안을 받았어요. 면접을 보러 '아폴로'의 국제 수출 본부가 있는 제네바에 다녀왔지요. 현지 법인이 아니라 영업 지사 수준의 오피스라서 하지 않기로 결정했지만 간 김에 '아폴로'와 '선마이크로시스템즈'의 자료를 얻어왔어요. 그때가 세계적으로 고성능 컴퓨터(workstation) 바람이 불 때였는데 그 자료를 토대로 글을 써서 잡지 〈컴퓨터 월드〉에 기고했지요."

그 뒤 〈컴퓨터 월드〉에서 기사 기획을 도와달라는 제안을 받았고, 글을 써달라는 요청도 한두 개씩 들어오기 시작했다. 처음엔 '내가 교수도 아니고 박사도 아닌데 이런 걸 써도 되나' 싶은 생각에 기껏 기고한 글도 부끄러워 조마조마했다고 한다. 그런데 매달 미국 과학 잡지를 열 권 이상씩 받아 읽으며 기사 기획을 돕다 보니 글을 계속 쓰는 게 그렇게 어려운 일이 아니겠다는 생각이 슬금슬금 들기 시작했다. 그렇게 연재한 글을 묶은 책이 《하이테크 혁명》, 《사람과 컴퓨터》다.

회사 일보다는 잡지 기획을 돕고 글을 쓰는 쪽으로 마음의 추가 점점 기울자 직접 과학 잡지를 만들고 싶은 욕심이 생겼다. 결국 1991년 가을 회사를 그만두고 퇴직금까지 쏟아 넣어 잡지를 창간했다. 결과는 참패였다.

"잡지를 두 번이나 만들었는데 둘 다 실패했어요. 결국 1994년 여름에 완전히 망했는데 월급을 받지 못한 기자가 컴퓨터를 들고 가고, 돈이 없어서 아들은 군대에 보내고……. 그야말로 밑바닥이었지요."

그의 말에 고개를 끄덕이며 속으로 이제 드라마틱한 반전이 시작될 차례라고 기대했다. 웬걸, 극적 반전은 없었다. 미련하다 싶을 만큼 우직한 전진만 있었을 뿐이다. 1992년 2월 《사람과 컴퓨터》가 출간되고 두 달 뒤부터 〈월간조선〉에 과학 칼럼을 연재하며 과학 잡지 만드는 일을 병행해왔는데, 잡지를 폐간한 뒤로는 고시원에 등록해 수험 공부라도 하듯 과학책을 읽고 글을 썼다. 그렇게 해서 무엇이 이뤄질지 알 수 없었지만 "내 인생 한 번뿐인데 이 일밖에 할 게 없다"고 배수진을 쳤다. 그 과정에서 자신에게 도움의 손길을 내민 사람들을 그는 잊을 수가 없다고 한다. 돌이켜보면 지금까지 올 수 있었던 힘은 인간관계라며 인생 전환도 관계가 뒷받침되어야만 가능한 일 같다고 했다.

그가 〈월간조선〉에 과학 칼럼을 연재하기 시작한 것도 《사람과 컴퓨터》를 출판한 까치출판사 박종만 사장의 소개 덕분이었다. 김영사 박은주 사장으로부터는 "생애 최고의 선물"을 받았다. 박은주 사장은 《사람과 컴퓨터》만 보고 그에게 연락을 하기 시작하더니 그가 통장에 돈이 한 푼도 없고 바닥으로 추락한 1994년 추석 무렵, 그와 출간 계약을 한 것도 아닌데 직원을 통해 추석을 쇠라며 백만 원을 건넸다. 그 뒤 일주일에 3일씩 김영사에 나가 과학 담당 편집자들의 리뷰를 도와주고, 다시 〈컴퓨터 월드〉의 기획 일을 거들면서 바닥에서 재기할 수 있었다.

"결국은 사람이 재산입니다. 돈보다 사람이에요. 일감이 들어오는 것도 결국 사람이 하는 일이고요. 저 역시 판단 착오로 몇 번 신뢰를 그르치고 뼈아프게 반성한 적도 많지만, 일단 관계를 맺으면 끝까지 최선을 다해서 제가 만나는 사람의 인간적 삶에 동참하려 노력하고 있어요."

한 분야 10년 파면 길이 열린다

바닥으로 추락하는 경험은 한 번으로 끝나지 않았다. 형편이 좀 나아지는가 싶더니 이번엔 IMF 외환 위기가 닥쳤다. 1997년에는 쓰던 연재 글도 거의 끊겨 자다가 가위에 눌린 적이 한두 번이 아니었다고 한다. 그때의 절망감 역시 그는 글로 달랬다. 매일 오전 9시부터 오후 6시까지 고시원에 출퇴근하면서 공부하고 글을 썼다. 1996년부터 연재 글을 싣던 월간지 〈과학동아〉의 원고료를 비롯해 그가 1997년 한 해에 번 돈은 6백만 원에 불과했다고 한다. 그의 기업체 입사 동기들은 거의 1억 연봉을 받던 때였다.

"가난하게 자라 그런지 나는 돈을 귀하게 생각해요. 가장으로서 무능한 것은 죄악입니다. 그렇게 생각하는 사람이 돈이 없어 아들을 군대에 보내고, 1년에 천만 원도 못 버니 그 처참함이 이루 말할 수 없었어요. 그래도 얼마가 되었든 매달 25일에 아내에게 월급을 가져다주지 않은 적은 한 번도 없었습니다. '최후의 비상금'이라 생각하고 따로 모아놓은 돈을 깨서 가져다주기도 하고요."

어려웠던 시절의 경험 때문에 그는 지금도 휴대폰이 없다. 휴대폰이 막 보급될 때는 지출을 억제하느라 사지 않았는데 이제는 없어도 전혀 불편하지 않은 상태가 익숙해졌다고 한다. 절약하는 습성이 몸에 배어 서재의 책상 아래엔 이면지를 쟁여놓은 박스를 두고 글을 쓸 때 메모지로 쓴다.

매일 고시원에 출근하며 〈과학동아〉에 쓴 성(性)에 대한 연재물은 학부모의 항의로 몇 차례 중단 위기를 겪기도 했지만 청소년들 사이에서 인기가 대단했다. 2년간 24회의 연재를 마치고 나니 비로소 그에게 원고를 달라고 연락해오는 매체, 출판사가 잇따르기 시작했다. 그해에 〈한겨레21〉을 시작으로 주간지에도 진출했고 일간지에도 과학 칼럼을 쓰는 길이 열렸다.

"어떤 분야든 왕도는 없습니다. 한 분야를 10년 파면 길이 열려요. 자기 분야에서 무조건 경험을 쌓고 기다리면 개안(開眼)의 시기가 옵니다. 그때까지는 목숨을 걸고 가야 해요. 어느 순간이 지나면 눈이 탁 트이고 일이 쉬워지는 때가 오게 되어 있어요."

그의 경우는 그렇게 눈이 트이는 시기가 2002년 무렵이었다. "일희일비하지 않고 재산 쌓는다 생각하고 꾸준히 써왔던 글"들이 밑천이 되어 이때부터는 한 해에 책을 서너 권씩 쓰면서 속도를 낼 수 있었다. 1991년에 삶의 방향을 틀었으니 그 역시 꼬박 10년간 한 우물을 판 뒤에야 '내 세상'을 만난 셈이다.

어떤 이는 그를 '잡학의 대가'라고 부른다. 과학 지식의 온갖 분야를 섭렵하지만 어떤 분야의 석, 박사 학위도 없다. '교수를 할 것도 아니고 글을 쓸 뿐인데 학위가 무슨 소용인가' 하는 생각 때문에 대학원에 가서 학위를 따는 일은 아예 고려해보지도 않았다. 칼럼을 쓸 때 간판이 필요하다고들 해서 1995년에 '과학문화연구소' 간판을 달았지만 연구원이 따로 없는 1인 연구소다. 여러 분야를 넘나드는 그의 글쓰기에 대해 다양한 평가가 있을 수 있으나, 거의 불모지라 할 분야에서 끈질긴 노력으로 이뤄낸 성과라는 점은 분명하다. 글을 쓰는 분야를 넓혀갈 때도, 다음엔 어디로 갈지 모호할 때도 그는 늘 책 속에서 길을 발견했다.

"예컨대 이런 식입니다. 대성그룹에 다닐 때 〈컴퓨터 월드〉 기획을 도와주며 본 미국 잡지에 '앞으로 알아야 할 용어'가 실렸는데 어느 미래학자가 인공 생명(artificial life)을 소개해놨더라고요. 그 내용 중에 토머스 레이라는 사람이 생태계를 본떠 만든 티에라(Tierra)라는 소프트웨어가 인공 생명의 사례로 소개되었어요. 이 소프트웨어는 기생생물과 숙주가 경쟁하면서 진화하는 과정을 보여주었습니다. 기생생물과 숙주의 상호작용에서 섹스가 비롯되었다는 이론도 있어요. 결국 섹스의 기원에 관심이 쏠리게 되었고 관련 책과 해외 논문을 읽으면서 〈과학동아〉에 연재를 하게 된 것이지요. 나는 일부러 잘 모르는 분야를 골라 연재를 하면서 공부합니다. 요는 엉뚱하게 분야를 선정한 게 아니라 뇌를 공부하다 보니 인간의 마음에 대해 알고 싶어지는 식으로 꼬리에 꼬리를 물고 관심사가 확장된 것이죠. 인간사란 다 연결되기 마련이니까요."

책을 볼 때도 그는 색인부터 펼쳐 모르는 단어가 나오면 본문에서 찾아보는 식으로 읽는다. 관심이 끌리는 분야가 생기면 그 분야의 과학 기사나 최신 논문, 책에 실린 참고 문헌을 따라다니며 전체를 훑는다. 미로찾기를 하듯 찾아다니면서 발견하는 자료들은 각 분야별로 분류해 데이터베이스를 구축하고 자료가 모여 저절로 한 덩어리가 되면 구조를 부여해 책의 설계도를 짠다.

"세상에 새로운 건 하나도 없어요. 이미 있는 것을 어떻게 연결시키느냐가 중요해요. 동떨어져 있는 것처럼 보이는 것들의 관계를 찾아내는 것이 관건이죠. 책을 많이 읽다 보면 그런 관계를 보는 눈이 저절로 발달하게 됩니다. 나는 좋게 말하면 융합형, 나쁘게 말하면 잡식성 필자라고 생각해요. 자연과학과 인문학을 섞고 저널리즘과 아카데미즘 사이에서 일하는 거죠."

마지막으로 해야 할 일을 찾았다면 일찍 시작하라

그가 그렇게 써내는 글이 모든 이의 찬사를 얻는 것은 아니다. 전문성이 부족하다는 비판에서부터 외국 자료 짜깁기라는 비난도 받는다. 그의 표현대로라면 '안티 세력'도 많다. '안티'에 대한 그 자신의 반감과 맺힌 마음도 깊어 보였다.

"내가 제도권 교수들로부터 얼마나 극심한 견제를 받았는지 말도 마세요. 일례로 대한민국과학문화상이 해마다 대여섯 명에게 수여되는데 나는 계속 배제당했어요. 과학기술부가 해마다 50~60권의 책을 추천도서로 발표하는데 제 책은 단 한 권도 포함되지 않았습니다. 저서 대부분이 다른 곳에서 높은 평가를 받았는데 몇몇 '안티' 교수들이 권력을 휘두른 결과이지요."

그의 말대로 의도적 거부 때문에 그리되었는지는 확인해보지 않았지만, 그가 국가과학기술자문회의 위원을 역임한 데다 제1회 공학한림원 해동상, 제47회 한국출판문화상을 타고 그의 책이 수차례 문화체육관광부 우수 교양 도서, 책따세(책으로 따뜻한 세상 만드는 교사들) 교양 도서 등에 선정되었던 이력을 감안하면 억울한 심정이 이해되지 않는 바는 아니었다. 맺힌 마음이 깊었던지 그는 자신은 대중을 상대로 글을 쓰는 사람인데 대중 교양서를 놓고 전문성이 얕다는 등의 평가를 하는 것은 웃기는 짓이라고 분개했다.

그는 자신이 예술가는 아니어도 창작자라고 생각한다. 픽션이 아니더라도 글을 만드는 직업은 창작이고 과학 칼럼도 창작이라는 신념으로 매체에 칼럼을 연재할 때는 자기 글을 지키려 담당 기자와 충돌도 불사한다. 원고의 수정을 요구하면 "내 글은 보도 기사가 아니라 칼럼이므로 고칠 수 없다"며 원고 게재를 스스로 취소해버린 적도 있다. 그렇게까지 할 필요는 없지 않느냐고 묻자 곧장 단호한 답이 돌아왔다.

"내가 얼마나 힘들여 쓰는데요! 내 글은 스스로 지켜야지요. 나는 토씨도 고치길 거부합니다. 한 자를 빼면 벽돌을 빼듯 허물어져요. 그래도 완성도에 최선을 다하기 때문에 지금까지 올 수 있었어요. 과학 칼럼이 이렇게 오래 가는 경우는 전무후무합니다."

2010년 초에 만났을 때 그는 〈조선일보〉에 '이인식의 멋진 과학'을 장기 연재하고 있었다. 그의 말마따나 〈한겨레〉에서 〈조선일보〉까지, 〈부산일보〉에서 〈광주일보〉까지 정치적 성향이나 지역을 가리지 않고 거의 모든 매체에 고정칼럼이 실린 필자는 찾아보기 어렵다. 그의 글을 좋아하지 않는 사람도 이름 뒤에 붙는 타이틀, 간판을 중시하는 한국 풍토에서 천대받기 십상인 프리랜서 저술가로서 그가 이룬 성취까지 무시하기는 어려울 것이다. 이견이 발생해도 타협하지 않는 태도 때문에 독선적이라는 평가도 종종 듣지만, 각을 세우고 낯을 붉힐지언정 폄하에 무너지지 않겠다는 결기 어린 태도, 스스로를 지키겠다는 자존심이 그의 오늘을 만드는 동력 가운데 하나였을 것이다.

그는 요즘도 매일 새벽 4시에 일어나 신문을 훑어보고 인터넷을 검색한다. 다시 잠깐 눈을 붙인 뒤 오전 8시에 일어나 9시부터는 아무도 방에 들어오지 못하게 한 채 점심시간을 제외하고는 오후 6시까지 글을 쓰고 공부를 한다.

"책을 많이 읽었는데도 여전히 모르는 게 많고 새로운 것을 발견하면 지금도 흥분이 돼요. 지식 출판과 관련해서 한국은 기회의 땅입니다. 정말로 우리가 모르는 게 많으니까요."

요즘 그의 수입은 인세, 원고료, 강연료, 기획료 등 네 가지 일로 포트폴리오가 짜여 있다. 돌이켜보면 19년 전 별로 가진 게 없으니 잃을 것도 없다는 배짱 하나로 회사를 그만둔 것이 지금껏 살아오면서 한 일 중 가장 잘한 일이라고 한다.

"회사를 더 다녀봤던들 50세에서 60세 사이에 그만두는데, 살면서 마지막으로 해야 할 일을 갖고 있는 사람이라면 일찍 시작하는 게 좋지요. 회사원은 용기가 있건 없건 언젠가는 다 나와서 자기 삶을 시작해야 하는 사람들이에요. 운이 좋아 사장을 한다고 해도 예순에 회사를 나온다

치면 20년을 더 살 텐데 그땐 뭘 할 겁니까?"

그냥 흘려보내는 시간이 얼마나 아까운지를 잘 모르겠거든 아침 8시부터 저녁 8시까지 아무 일 않고 종일 방에 앉아 있어보라고도 했다. 자신이 실제로 해봤는데, 하루가 얼마나 긴 시간인지 절감했다고 한다. 이렇게 긴 시간을 활용해 정말 자기가 잘할 수 있는 일을 찾아 하는 것 말고 인생에 이룰 게 무엇이 있느냐고 했다.

"꼭 1등할 필요 있나요. 다른 사람과 경쟁하려고 하지 말고, 남들과 다른 나만의 것을 찾아야 해요. 조직 밖에서 자기 일을 찾아가려는 사람은 때로 과감한 포기도 필요합니다. 돈도 안정적으로 벌고, '내 것' 생산도 하고 그렇게 너무 욕심내면 안 돼요. 친구들이 연봉 1억 받을 때 나는 쪼들렸지만, 지금 나는 일하는데 연봉 1억 받던 친구들은 은퇴하고 다 놉니다."

그는 삶에도 질량 불변의 법칙이 적용된다고 믿는다. 잃는 것 이면에 얻는 게 있기 마련이고, 결국 세상은 공평하고 결과적으로는 비슷하게 가게 되어 있다는 것이다. 그러니 당장 성공했다고 좋아할 것도 없고, 완전한 실패라고 낙담할 것도 없다. 가진 게 없이 출발했어도 좋아하는 분야에서 꾸준히 내공을 쌓으면 언젠가 한 번은 찬스가 온다는 것. 이것이 그가 자기 삶으로 직접 실험해본 뒤 '참'임을 입증한 그만의 믿음이었다.

진짜 나 _
그동안 나는 가면을 쓰고 살아왔다

민진희

전환 이전 | 미국 공인회계사
전환 이후 | 자이 요가 원장
전환 시기 | 서른둘

32

요가 지도자   미국 공인회계사

나이가 들수록 사람은 웬만해서는 달라지지 않는다는 말을 자주 듣는다. 가만히 생각해보면 이 말이 쓰이는 맥락은 주로 어떤 사람이 별로 바람직하지 않은 태도를 반복적으로 보이거나 자신이 같은 실수를 되풀이하고 있는 것을 자각할 때처럼, 실망을 하거나 정해진 운명을 바꿀 수 없다고 체념하는 상황이다. 호감 가는 태도가 거듭 확인될 때는 '저 사람 참 한결같다'고 하지 달라지지 않는다고 푸념하진 않으니까.

인생 전환을 결심하는 이유는 저마다 다양하지만, 공통된 욕구는 지금까지와는 다르게 살고 싶다는 바람일 것이다. 그런 강렬한 욕구 때문에 직업이나 관계를 바꾸었는데도 이전과 별로 달라진 게 없다고 자각할 때가 있다. 달라진 게 없다면, 내 안의 소소한 힘과 용기를 모두 그러모아 했던 각오, 결연한 선택이 모두 헛소동에 불과했던 게 아닐까?

삶의 외양을 바꾸어도 어떤 문제들은 끈질기게 달라붙는다. 직면하지 않고 덮어둔 과거의 상처들은 특정한 상황에 처할 때마다 문제를 야기했던 행동을 반복하게 하는 인형술사일지도 모른다. 그럴 때 우리가 취할 수 있는 태도는 무엇일까? 낯선 곳으로 여행을 떠나도 결국 만나는 건 자기 자신이라고 했던가. 이번에는 진정한 자기 자신을 만나기 위해 내면을 오래 응시했던 사람을 만났다.

우연히 그의 경력을 알게 되었을 때 처음 떠오른 의문은 '이 사람에게 무슨 일이 있었던 것일까?'였다. 민진희 씨는 10년간 미국 공인회계사와 회계 학원 원장으로 일하다 그만두고 2001년에 요가로 방향을 튼 사람이다. 공인회계사와 요가 지도자의 거리는 미국과 한국만큼이나 멀게 느껴졌다. 그가 운영하는 서울 강남 자이 요가 홈페이지의 소개란에는 "어느 시점에 삶의 전환점이 찾아와 회계 일을 놓아버리고 요가와 명상을 공부하게 되었다"고 적혀 있다. 그저 적성에 맞는 일을 찾으며 치러낸 방향 전환만은 아닌 듯한 느낌이었다. 그가 폭이 큰 삶의 커브를 그리도록 만든 전환점은 무엇이었을까?

2010년 3월 요가 센터에서 만난 그가 건넨 명함엔 이름 옆에 '자예슈와리(Jayeswari)'라고 적혀 있었다. 미국의 요가 스승이 지어준 이름이란다. 직원들도 그를 그 이름의 약칭인 "자야 원장님"이라고 불렀다. 그는 2007년 공저로 쓴 책 《빈야사 요가》에도 지은이 이름을 본명 대신 '자예슈와리'라고만 적어두었다. 이름에 뜻이 있느냐고 묻자 그는 '승리의 여신'이라고 대답했다.

'승리의 여신'이라……. 하긴, 겉으로 드러난 이력만 보아도 그의 삶은 패배보다 승리 쪽에 가까워 보인다. 미국 보스턴 대학에서 회계학, 심리학을 전공한 그는 지금은 '프라이스워터하우스쿠퍼스'로 합병됐으나 이전에 미국 5대 회계법인 중 하나였던 '쿠퍼스 앤드 라이브랜드' 보스턴 지사, 역시 대형 회계 법인인 '언스트 앤드 영' 로스앤젤레스 지사에서 공인회계사로 일했다. 한국에 돌아와서도 '앤더슨컨설팅'에서 잠깐 회계사로 일했고, 이후 강사만 마흔 명에 이를 만큼 제법 규모 있는 회계 학원을 설립해 운영했다.

서른두 살에 급작스럽게 요가 지도자로 방향을 틀긴 했지만 미국에서 4년간 지도자 수련 과정을 거친 뒤 한국에 돌아와 문을 연 요가 센터는 꽤 규모가 크고 이름난 곳이다. 그는 다이내믹하게 움직이면서도 호흡을 통한 연결을 중시하는 수련 방법으로 흔히 '뉴욕 요가'라고 불리는 빈야사(Vinyasa) 요가를 국내에 처음 들여온 사람으로 알려져 있다. 또한 인도에서 비롯되어 160여 개국의 1억 명이 넘는 사람이 거쳐 갔다는 자기계발 프로그램 '원네스 유니버시티(Oneness University)'의 수련 프로그램을 국내에 도입한 '원월드' 코디네이터로도 일하고 있다.

'승리의 여신'이라는 말에 그의 독특하고 화려한 경력을 떠올리고 있었는데, 그의 설명은 좀 달랐다.

"우리가 보통 말하는 승리는 무엇과 경쟁해서 이긴다는 의미로 쓰일 때가 많은데 자예슈와리에서 승리는 성찰을 통해 스스로에게 승리한다는 의미예요. 누구를 이기고 지배하는 게 아니라 포용하고 받아들일 때 얻는 진정한 승리를 뜻하는 거지요."

처음엔 이 말을 대수롭지 않게 들었다. 듣기 좋은 해석 정도려니 여기고 곧 잊어버렸다. 그러나 자신의 삶과 상처, 그로 인한 변화를 솔직하고 담담한 어조로 말해준 그의 이야기를 듣고 돌아오는 길에 "포용하고 받아들여서 얻는 스스로에 대한 승리"라는 말이 다시 떠올랐다. 그랬다. 그에겐 인생 전환이 단순한 커리어 전환 이상의 것이었다. 오랫동안 도

외시해온 자신의 내면을 들여다보며 싸우고 받아들여 스스로를 변화시키는 지난한 과정이었다.

무조건 이 삶에서
벗어나리라

만 열 살 때 엄마와 단둘이서 미국으로 이민을 간 그는 1991년부터 6년간 대형 회계 법인에서 감사, 세무 분야의 전문 회계사로 일했다. 그 일이 적성에 맞지 않아 그만두었던 것이냐고 물으니 그 당시엔 적성에 맞았다고 한다. 대차대조표가 어떻고 자산이 얼마고 하며 숫자로 딱딱 떨어지는 확실성의 세계에 매혹됐던 때였다. 그가 잠깐 말을 멈추더니 그 당시엔 알아차리지 못했지만, 돌이켜 생각해보면 자기가 확실한 세계를 동경했던 건 어릴 때부터 불안정성에 오래 시달렸던 경험 때문이었던 듯하다고 덧붙였다.

그는 여섯 살 때 부모의 이혼을 겪었고, 만 열 살이 될 때까지 이사만 무려 열세 번을 다녔다. 유년 시절부터 삶의 기반이 마구 뒤흔들리는데 그렇다고 자신이 뭘 어떻게 할 수도 없었던 불안정한 상황은 성인이 된 뒤 확실하고 안정적인 일, 스스로 통제할 수 있는 상황을 추구하는 성향을 강화시켰다. 회계도 깊이 들어가면 불확실한 게 많지만 우선은 흑과 백이 나뉘는 분명한 세계, 손에 뭔가 잡히는 느낌을 주는 일이라서 좋았다고 한다.

반면 사람들을 접하는 일은 어려웠다. 감사 분야에서 일할 땐 매번 서로 다른 고객의 회사에 가서 일해야 했는데 다른 조직 문화, 다른 성향의 사람들을 너무 많이 접해야 하는 일이 힘들었다고 한다. 처음 그가 일했던 보스턴의 회계 법인에서 그는 유일한 한국 여성이었다. 아무리 열심히 해도 제대로 인정해주지 않는 차별의 공기가 적잖이 깔려 있었고 남들과 똑같이 인정받기 위해 그는 열 배를 더 일해야 했다. 그렇게 몸이 부서져라 일하며 '이 일을 계속한다면 10년 뒤 나는 어떤 모습으로 살게 될까?'를 떠올리게 되었다. 자연스럽게 자신보다 10년쯤 더 일한 선배들을 관찰하기 시작했는데 '나도 저 사람처럼 되고 싶다'고 소망하게 만드는 롤 모델을 단 한 명도 발견할 수 없었다. 죄다 스트레스에 찌들어 시들어가거나 부하 직원들에게 화풀이를 해대는 모습에 절망스러웠다.

공인회계사로 살아갈 미래가 탐탁지 않아 보였던 것보다 그를 더 갈등하게 만든 요소는 외로움이었다. 이혼 후 도피하듯 그를 데리고 이민 길에 오른 어머니는 그가 고등학교를 졸업한 뒤 한국으로 돌아갔고 그는 내내 혼자서 생활해왔다. 외로움과 가족에 대한 그리움 때문에 오래 속앓이를 하던 그는 1996년 한국에 돌아가 가족 가까이에서 살겠다고 결심했다. 인지도가 높은 미국 회계 법인에서 일했던 경력 덕택에 한국에서 일자리를 구하는 일에 대해선 별 걱정이 없었다.

막상 한국에 돌아와 보니 문제는 일자리 구하기가 아니라 문화적 쇼크였다. 서울에 와서 했던 첫 번째 회계 법인과의 면접이 끝나자마자 그는 밖에 나와 울었다고 한다. "결혼은 했느냐?"로 시작해 "여자인데 야근할 수 있겠느냐?"는 식으로 이어진 질문은 미국 문화에 익숙한 그에겐 인격 침해와 공격처럼 느껴졌기 때문이다. 결국 미국 법인인 '앤더슨컨설팅'

지사에 취직했지만 한국 문화에 대한 이질감은 금방 사라지지 않았다.

그 무렵 그는 주말마다 회계 학원에 가서 미국 공인회계사를 준비하는 수험생을 상대로 강의를 하기 시작했다. '재미있는 일을 하고 싶었는데, 내가 언제 기분이 좋았던가 생각해보니 남에게 내가 아는 것을 알려주고, 그걸 통해 남들이 변화하는 것을 볼 때'라는 생각이 들어서였다. 회계 법인에서 일할 때도 가끔 앞에 나가 자신이 세미나를 진행할 때 기분이 좋았던 기억이 떠올랐고, 여동생이 언뜻 "한국에 미국 공인회계사들을 양성하는 학원이 있는데 언니도 그런 데 가서 가르치면 좋겠다"고 했던 말도 귀에 와 감겼다. 주말에 강의를 하다 보니 커리큘럼의 구성이나 내용에 한계를 느껴 직접 자신의 생각대로 디자인한 학원을 운영해보고 싶다는 열망이 커졌다.

결국 그는 1997년에 회사를 그만두고 회계 학원을 차렸다. 한국 문화에 익숙하지도 않은 상태인데 겁나지 않더냐고 물으니 그는 자신이 좋아하고 열정을 갖고 있는 일에는 겁 없이 잘 뛰어드는 편이라고 한다. 사업자 등록이 뭔지도 몰랐고 서류에서 본적(本籍)이 무슨 뜻인지도 몰랐지만 '맨 땅에 헤딩'하는 수준으로 기본부터 알아가자 마음먹고 은행에서 대출을 받아 학원 문을 열었다. 아무도 안 오면 어쩌나 했는데, 학원은 오픈한 지 2년도 지나지 않아 강사가 수십 명으로 늘 만큼 급속도로 성장했다. 그는 시기가 잘 맞아떨어진 덕택이었다고 했다. IMF 외환 위기가 시작되고 평생직장의 개념이 무너지면서 미국 공인회계사 자격 취득이 일자리 불안을 뛰어넘는 대안 중의 하나로 떠오르던 시기였다.

그렇게 번창하던 학원을 그는 딱 4년간 운영한 뒤 팔아버렸다. 왜 그랬을까? 막판에 가서는 강의를 하다가 쓰러져 응급실에 실려 간 게 한두 번이 아니었기 때문이다.

"하루 13시간을 강의하고 학원 운영을 도맡아 하다가 몸이 고장 나버렸어요. 일의 효율적 배분에 실패한 거죠. 심리 상태도 최악으로 치달았어요. 확실하게 통제할 수 있는 대상을 선호하는 내 성향 때문에 인간관계보다는 노력한 만큼 결과가 나오는 일에 몰두하게 됐는데 그 일이 나를 잡아먹기 시작한 거죠. 일이 좋아서 '이게 내 무기야'라고 생각하고 사용했는데 그 무기로 나 자신을 찌르게 된 거예요."

점점 일 중독자가 되어가면서 식구들과도 멀어졌다. 학원에서 늘 사람들에 둘러싸여 있었지만 진심으로 교류하는 사람은 한 명도 없었다. 점점 외톨이가 되었고 술을 마시지 않으면 밤에 잘 수 없는 상태가 지속됐다. 게다가 급속도로 몸집이 커진 학원에 수시로 들이닥치는 세무서, 교육청의 감사, 돈을 뜯을 궁리로 주변을 맴돌던 사람들, 뜻대로 움직여주지 않는 직원들에 대한 원망으로 늘 화가 들끓던 상태였다. 그런 상황에서 그를 결정적으로 무너뜨린 사건은 아버지와의 관계였다.

"아버지가 알코올중독으로 병원에 입원하셨는데 갑자기 술을 끊으니 조울증이 심해진 상태였어요. 병간호를 할 사람이 없어 내가 다니게 되었는데……. 조울증 환자와 지내본 적 있으세요? 같이 있으면 정말 미쳐버릴 지경이 돼요. 게다가 내 마음도 복잡했던 것이, 한편으론 아버지가 불쌍하면서도 동시에 어릴 때 나를 버린 아버지가 뭐가 좋다고 이 일을 내가 해야 하나 싶은 생각과 끊임없이 싸워야 했지요."

그러던 어느 날 아침, 눈을 떴는데 갑자기 손가락 하나도 움직일 수 없는 상태에 빠져버렸다. 전화 다이얼을 누르는 데만 3시간이 걸렸다. 구급차로 병원에 실려가 3주간 입원을 하면서 그는 그때 처음으로 자기 삶을 돌이켜보았다고 했다.

"그 전까지는 앞으로 가기에만 바빴지 내가 어떻게 사는지 돌이켜보는 시간이 전혀 없었어요. 찬찬히 들여다보니 겉으로는 멀쩡해 보여도 내 삶이 엉망이 되어버린 거예요. 정말 즐거워서 웃은 적이 언제였는지 생각해봐도 기억이 나질 않았어요. 행복이라는 말 근처에 가본 지도 수십 년이 된 기분이고, 내 주변에 누가 있나 생각해보니 아무도 없고……. 내 인생엔 그동안 벌어놓은 돈 이외엔 아무것도 없었어요. 정말 아무것도."

숱한 자문자답의 결과 더 이상 이렇게 불행하게 살지 않기 위해 무조건 이 삶에서 벗어나자고 마음을 굳혔다고 한다. 그러기 위해서 그가 떠올릴 수 있는 유일한 대안은 "전부 처분하고 튀는 것"이었다. 학원을 팔고 모든 것을 놓아버린 뒤 그는 2001년 다시 미국행 비행기를 탔다.

조금도 달라지지 않은 '나'를 발견한다면

그냥 쉬겠다는 마음 하나로 하와이에 갔지만 아무 계획 없는 텅 빈 일정 속에 자신을 두는 게 그에겐 처음 있는 일이라 불안했다. '이 삶을 원치 않는다'는 다급함으로 일단 한국을 떠나왔지만 무엇을 해야 할지는 몰랐다고 한다.

그러던 어느 날 누군가가 지나가는 말로 요가가 몸에 좋다고 하는 소리를 들었다. 아침에 일어나기가 힘들 정도로 몸이 무거웠기 때문에 그저 뭐라도 한번 해보자는 심정으로 요가 학원에 갔다.

수업 첫 날, 한 번도 해보지 않은 동작을 따라 하느라 낑낑대다가 마지막에 매트 위에 누워 정리하는 시간이 되었다. 요가 강사가 이런저런 말을 하는데 그의 귀에 와서 꽂힌 한마디가 있었다.

"자, 이제 자신의 손가락을 한번 느껴보세요."

그 말을 듣고 갑자기 그의 눈에선 주체할 수 없이 눈물이 흘러나왔다고 한다.

"밥도 먹고 펜도 잡고 손을 많이 사용하는 데다가 회계사로 일했으니 손가락으로 계산기를 얼마나 많이 두드렸겠어요. 그런데 수십 년간 내가 손가락을 제대로 느껴본 적이 있던가, 내 존재를 스스로 보살핀 적이 있던가 하는 자각이 밀려왔어요."

그날 이후 그는 본격적으로 요가와 명상에 빠져들었다. 굶주렸던 그의 영혼은 요가와 명상의 가르침을 마른 땅이 물을 먹듯 쭉쭉 빨아들였다. 뉴욕과 로스앤젤레스, 캐나다를 오가며 본격적으로 빈야사 요가 지도자 과정, 비크람 핫 요가, 요가 테라피, 요가 지식 습득에 필요한 해부학 등을 배웠다. 그렇게 요가 공부에 몰두한 지 4년째가 되던 해, 밥을 먹다가도 예전에 회계 학원에서 가르치던 학생들의 얼굴이 눈앞에 아른아른 떠오르기 시작하더라고 했다.

"학원에서 강의뿐 아니라 상담도 진행했는데, 꽤 많은 사람들이 원하

는 대로 회계사가 되어 대형 회계 법인에 들어가고 커리어가 발전하는 과
정을 지켜봤어요. 그런데 6개월쯤 지나 '이게 아닌 것 같다'면서 돌아오더
니 다른 일자리를 찾겠다고 상담을 청하는 사람들이 있는 거예요. 그 당
시엔 '뭐야, 이거' 하는 심정이었는데 요가 공부를 하면서 비로소 그들이
왜 그랬는지 이해하게 되었어요. 어떤 목표를 향해 갈 땐 그걸 얻으면 행
복해질 거라고 생각하지만, 막상 얻고 나면 그로 인한 행복감은 잠시뿐인
거죠. 행복이란 바깥에서 오는 게 아니니까요. 그래서 그들에게 많이 미
안해졌고, 회계 학원에서와는 다른 차원의 배움을 나누고 싶었어요. 한국
에 다시 돌아가 요가를 해야겠다는 생각을 하기 시작했지요."

한국에 돌아가겠다는 계획을 주변에선 모두 말렸다. 미국 문화에 더 익
숙한 젊은 여성이 한국에서 사업하는 일이 쉽지 않다는 것은 그 자신도
경험으로 이미 알고 있었다. 하지만 특별한 이유도 없이 그냥 돌아가야
한다는 생각만 들었다고 한다. 2004년 그가 한국에 돌아와 요가 센터를
열었을 땐 요가 다이어트 붐이 불다 한풀 꺾인 시점이었다. 하지만 그것
이 비즈니스로 가능성이 있나 없나를 계산하기 이전에 그저 해야겠다는
생각밖에 없어서 시장 상황과 주변의 우려도 별로 신경 쓰이지 않았다고
한다. 요가 지도자 양성에 초점을 맞추어 학원을 운영했고, 그 자신도 요
가로 스스로를 다스릴 수 있게 되었다는 자신감에 조금씩 안정되어갔다.

그런데 시간이 지날수록 뭔가 어긋났다는 느낌이 짙어갔다. 점점 회계
학원을 운영할 때와 비슷해져가는 자신을 발견하기 시작했다. 그때처럼
또 일 중독자가 되었고 화를 내고 남을 원망하는 일이 늘어났다. 달라진

거라고는 예전엔 남 탓을 하느라 바빴지만, 이젠 똑같은 상황이 반복되는 건 자신의 탓이라는 걸 알고 있다는 점뿐이었다. 달라졌다고 생각했는데 그렇지 않다는 걸 알게 된 순간, 그는 다시 바닥으로 곤두박질치는 기분이었다고 한다. 요가와 명상 수련을 오래 해도 안 된다면 뭘 어떻게 해야 하나 헤매던 때, 인도에 기반을 둔 자기계발 공동체인 '원네스 유니버시티'를 만났다. 미국 요가 스승의 소개로 알게 된 이곳에서 마음을 다스리는 방법을 배우면서 그는 자신의 밑바닥에 짙게 깔린 증오심을 직면하고 뿌리째 뽑아내는 체험을 했다고 한다.

"사람마다 삶의 패턴이 전부 다르고 '너 이거 붙들고 배워라' 하고 삶이 던져주는 숙제거리가 다른 것 같아요. 나한테는 내동댕이쳐지는 경험이 숙제였어요. 아빠가 날 버렸다, 내 주변엔 아무도 없다는 느낌. 아주 어릴 땐 아빠에 대한 그리움이 컸는데 엄마와 둘이 힘들게 이민 생활을 하면서 그 마음이 증오로 바뀌어버렸어요."

그는 자신이 악착같이 살아왔다고 했다. 사실 회계 학원이든 요가 센터든 사업을 겁 없이 시작해 키워내는 것만 봐도 그는 추진력이 좋고 단단한 사람처럼 보였다. 하지만 정작 자신은 겉으론 자신만만해 보여도 늘 다리가 후들거리는 심정이었다나. 뭐든 죽을힘을 다해서 하는 태도의 바탕에는 "이것 보세요, 아빠. 당신 없이도 잘 산다는 걸 보여주고야 말겠어요 하는 심정이 깔려 있었던 같다"고 한다. 그 증오를 녹여내기까지, 미움의 막을 들춰보면 사실 그 안엔 "나 너무 무서워, 가지 마" 하고 우는 아이가 있다는 사실을 깨닫기까지, 그 아이를 끌어안고 인정하기까지,

그를 떠난 것도 아버지로서는 어쩔 수 없는 일이었다는 것을 인정하고 아버지를 용서하기까지, 그는 지옥 같은 시간을 버텨내야 했다. 아버지를 용서하고, 누군가에 대한 증오 때문이 아니라 스스로가 좋아서 어떤 일을 하는 거라고 생각을 전환하면서 비로소 이유 없이 들끓던 분노에서 놓여날 수 있었다고 한다. 어느 한 지점을 지나야만 그다음으로 갈 수 있는 여행처럼 "내 인생의 이정표 하나를 지나쳐가고 있다"고 느꼈다.

삶이 나에게 준 숙제거리

그러나 마음의 치유 과정은 일직선으로 진행되지 않는다. 롤러코스터를 타듯 기껏 나아졌다 싶으면 다시 나락으로 곤두박질치는 과정이 수없이 반복되기 마련이다.

그가 요가 센터를 운영한 지 만 3년이 지났을 때였다. 너무 힘이 들어서 도저히 안 되겠다는 생각에 센터 문을 닫을 생각을 하기 시작했다. 그가 생각했던 표면적인 이유는 강사들의 능력이 부족해서 자신이 직접 많은 수업을 해야 하는 상황이 힘들었고, 원네스 수련 프로그램의 트레이너로 참가자들을 이끌고 외국을 자주 드나들어야 하는 일을 병행하기가 힘에 부쳤기 때문이다. 그런 궁리를 혼자 하다가 그때까지 요가 센터를 운영해온 기간과 자신이 이전에 회계 학원을 운영했던 기간이 비슷하다는 데 언뜻 생각이 미쳤다. 순간, 너무 놀라 벌떡 일어났다.

"여전히 내가 똑같은 패턴을 반복하면서 살고 있다는 걸 깨닫게 되었어요. 사람에게 고질적인 습(習)이 있다면 내 습은 '뛰는 것'이더라고요.

뭐든 3, 4년을 잘 넘기지 못해요. 열정을 갖고 뭔가에 덤볐다가 이내 잘 안 될 거라는 생각을 하기 시작해 문제 해결을 조금 시도하다 말고 도망쳐버리는 거예요. 사람과의 관계에서도 늘 그랬어요."

왜 번번이 '튀는 것'으로 자신의 상황을 해결해왔는지 곰곰이 생각하기 시작했다. 인정하고 싶지 않지만 그의 머릿속에 떠오른 선명한 진실은 '나는 무능하다'는 생각이었고, 그것을 남에게 들키고 싶지 않아 일과 사람들을 버리며 도망쳐 다녔다는 것이었다. 스스로 무능하다는 느낌을 갖게 된 연원을 추적하다 보니 초등학교 4학년 때의 장면이 떠올랐다.

"시험 문제의 틀린 수만큼 맞는 체벌을 받았는데 그때 내가 시험지의 거의 절반을 틀렸어요. 대나무 매로 엉덩이를 맞아서 아픈 것보다 아이들이 내 점수를 다 안다는 게 너무나 창피했어요. 더 모욕적인 건 선생님이 나를 다 때린 뒤 부모님의 이혼을 언급하면서 나를 '바보'라고 부르더니 할아버지(당시 모 부처의 장관이었다) 이름까지 들먹이며 '그 집안의 자손이 될 자격이 없는 애'라고 비난한 일이었어요."

치욕스러운 체벌 사건 이후 그는 '나는 바보야'라는 은밀한 자기 비난을 떨쳐버릴 수 없었다고 한다. 무능한 걸 들키지 않으려고 안간힘을 쓰다가 안 되겠다 싶을 땐 튀었고, 그러면서도 마음에 들지 않는 직원들에게는 어릴 때 자신을 모욕하던 선생님처럼 공격적인 태도를 취했다는 것이 그의 냉정한 자기진단이었다.

오래된 '습'을 자각하면서 그는 많이 아팠다고 했다. 반복적 패턴을 뼈아프게 자각하며 자신의 습을 바꾸는 힘든 과정을 치러낼 수 있었던 것은 자신보다 훨씬 더 많은 것을 알고 있는 것 같은 삶의 힘 때문이었다.

"삶의 힘을 누구는 종교를 통해 얻고, 누구는 우주와의 연결이라고 부르기도 하고, 명상 공부를 하는 사람들은 높은 자아라고 표현하기도 하지요. 뭐라 표현하든 상관없이 우리를 조건 없이 사랑하고 받아들여주는 삶의 힘, 사랑의 힘이 있는데 내면의 목소리에 귀를 기울이고 그 힘을 만나 스스로를 바꿀 수 있었어요."

내면의 목소리에 귀를 기울이며 자신이 스스로에 대해서조차 이방인이면서 자기를 안다고 착각하면서 살아왔다는 것도 깨달았다. 두려움 때문에, 센 척을 해야 이길 것 같아서 가면을 쓰고 살았는데 나중엔 그 가면이 자신인 줄 알고 스스로 '센 사람'이라고 착각하고 살아왔다는 거였다. 사회에서 살아가려면 가면을 모두 벗어버리는 것은 불가능하겠지만, 그것 자체가 내가 아니라는 사실을 자각하는 게 그에겐 중요했다.

"그 과정을 겪으면서 내가 굳게 믿게 된 사실은 사람은 모두 독특하고, 우리가 인간으로 태어날 때 삶은 우리에게 필요한 것을 다 주었고, 우리가 꽃처럼 피어나기를 바란다는 점입니다. 내 본질은 분명해요. 나는 남들과 배움을 나누고 사람들을 교육하고 거기에서 변화를 일으키는 것에서 만족감을 느끼는 성품을 갖고 태어났어요. 하지만 매 순간순간은 스스로가 만들어가는 것이고 삶이 준 숙제거리를 해결해야지요. 내 숙제는 버림받았다는 느낌, 무능하다는 느낌에서 비롯된 두려움을 다루는 것이었지만, 정반대로 주변에서 필요한 일을 다 처리해주는 통에 부족할 게 없이 자란 사람도 두려움이 많아요. 그런 사람들은 자기 힘으로 뭔가를 해야 하는 시점에서 남을 붙들고 의존하는 경향이 강해요. 그들에게 삶이 던지는 숙제거리는 스스로의 힘으로 뭔가를 해보는 것이지요."

그는 자신의 삶이 시소처럼 첫 30년은 한쪽으로, 요가를 접한 뒤의 약 10년간은 정반대쪽으로 기울었다가 이제 균형을 찾는 과정에 들어선 듯하다고 했다. 지금은 너무 안으로만 침잠하려는 경향을 다스리며 바깥세상과 만나고, 바깥과 내면의 두 세상이 한 세상임을 바라보면서 통합하는 과정을 살고 있다고도 했다.

그가 '삶의 숙제거리'에 대해 말할 때 내 머릿속에는 나치 수용소에서 살아 돌아온 심리학자 빅터 프랭클의 책 《삶의 의미를 찾아서》에서 읽은 한 대목이 떠올랐다. 정말 중요한 것은 "우리가 삶에서 무엇을 기대하고 있느냐 하는 것이 아니라 삶이 우리에게 무엇을 기대하고 있느냐 하는 점"이라던 말.

민진희 씨가 말하던 '삶의 힘'이 구체적으로 무엇인지 나는 잘 모른다. 삶의 위기나 문제에 대한 해결 방법으로 유년 시절로 거슬러 올라가 내면의 상처받은 아이를 찾아 돌보라고 권하는 일반적인 심리치료기법에 대해서도 다소 회의적이다. 하지만 그가 빅터 프랭클의 말마따나 자신을 '삶으로부터 질문을 받는 존재'로 인식하면서 자신에게 던져진 숙제거리를 풀기 위해 오래 노력해왔다는 점은 인정하지 않을 수 없었다. 인생의 방향을 틀었고, 한 번의 전환으로 그치는 것이 아니라 치열하게 고민하면서 먼 길을 걸어왔다. 그 모든 과정에서 질문에 답하기를 포기하지 않았다. 그것 자체가 결국 그를 살게 만든 '삶의 힘'이 아니었을까?

3

이제는 나를 위해

다르게 살기로 했다

자전거 여행가

49

자기 주도_
내 인생이다,
구경하지 말고 뛰어들어라

대기업 상무

차백성

전환 이전 | 대우건설 상무
전환 이후 | 자전거 여행가
전환 시기 | 마흔아홉

미국의 사회적 기업가 마크 프리드먼은 자신의 책 《앙코르》에서 의미 있는 일을 선택하여 제2의 인생을 살아가는 사람들을 다음의 세 가지 유형으로 분류했다. 전문성에 입각하여 삶의 양식만 바꾸는 '커리어 재활용자(career recycler)', 완전히 다른 영역으로 옮겨가는 '커리어 변환자(career changer)', 그리고 오래된 꿈을 인생 후반부에 실현하는 '커리어 생산자(career maker)'.

이번 여행지에서 만난 사람은 오래 품어온 꿈을 실현하기 위해 '조퇴', 즉 조기 은퇴를 선택한 '커리어 생산자'다. 얄궂게도 그의 꿈은 몸이 고된 일이었으나, 그는 일로부터 풀려나 한가로이 꿈을 즐기는 대신 꿈을 새로운 일로 삼아 뛰어들었다. 마크 프리드먼의 말마따나 '일로부터의 자유' 대신 '일을 향한 자유'를 추구했다고 할까?

생물학적 변화를 깡그리 무시해버릴 순 없지만, 나이 드는 것을 쇠퇴로 받아들이면 실제로도 퇴보할 가능성이 더 커진다고 한다. 두뇌가 어떤 학습된 내용을 받아들이면 이를 신경의 나머지 부분에 전달해 우리의 행동에 영향을 끼치기 때문이다. 사람은 나이 듦에 대한 고정관념에 동조하면 더 늙는다. 그런 고정관념을 깨뜨리고 자신만의 기준에 따라 후반부의 삶을 디자인한 사람을 만나는 일은 통쾌한 경험이었다.

"춤추는 바보에 구경하는 바보 / 어차피 바보일 바에는 / 춤이나 추어 보세."

이 짧은 노래는 일본 시코쿠(四國) 섬 도쿠시마(德島)의 전통춤 아와 오도리(阿波踊り)의 가사다. 아와오도리는 도쿠시마 지역에서 4백 년이 넘도록 이어져 내려오는 아주 단순한 동작의 춤이다. 누구나 쉽게 부를 수 있는 이 노래가 자전거 여행가 차백성 씨에게는 마치 자신의 이야기처럼 예사롭지 않게 들린다고 한다.

"어차피 한 세상인데 자기 삶에 대해서조차 방관자로 사느니 꿈의 복판으로 뛰어들어 보라는 권유 같지 않습니까? 가끔 만나는 이전 직장 동료들은 나더러 슬슬 여행이나 다니고 좋겠다고 하는데, 그렇지 않아요. 나는 전장(戰場)에서 물러난 게 아니고 내가 만든 새로운 전장에 뛰어든 겁니다. 구경하는 대신 춤추기로 결정한 거죠."

그는 대우건설에서 35년간 일하다 쉰 살을 앞둔 2000년 12월 회사를 그만두고 전업 자전거 여행가가 되었다. 회사를 그만두던 해 미국 서부 해안 종주를 시작으로 지금까지 20여 개 국가를 자전거로 누볐다. 세 번 다녀온 미국 자전거 여행기를 2008년《아메리카 로드》라는 책으로 펴냈고, 2010년 1월에 만났을 때는 역시 세 번 다녀온 일본 여행기를 쓰는 일에 몰두하고 있었다.

환갑을 눈앞에 둔 장년이라는 사실이 믿기지 않을 정도로 젊어 보이는 그는 사고방식도 그 나이 또래들과는 달랐다. 예컨대 사람들이 꿈을 이루는 것을 가로막는 가장 큰 문화적 장애로 그는 춤지 않은데도 남들이

긴팔 입으면 따라서 긴팔 입는 것처럼 다른 사람의 시선을 지나치게 의식하는 문화를 꼽았다. '남들이 하는 만큼'이 기준이 되다 보니 연봉도 남들만큼, 차나 아파트도 남들만큼, 그렇게 자기 삶을 잊고 살다가 결국 남들처럼 죽게 되는데 그런 인생이면 너무 허탈하지 않느냐고도 했다. 그렇게 자유로운 사고방식 덕분에 "구경하는 대신 춤추기로 하는" 결정을 내릴 수 있었을 것이다.

나이의 규범에 별로 구애받지 않는 그는 어릴 때는 물론 지금까지도 '조물주가 이 세상에 왜 이렇게 재미있는 것을 많이 만들어놨지?' 싶을 정도로 재미있는 게 너무 많다고 한다. 자전거도 그렇고 야구, 테니스 등 스포츠라면 사족을 못 쓴다. 요한 호이징하의 '호모 루덴스(놀이하는 인간)'라는 개념을 처음 들었을 때 "아, 딱 내 이야기네" 했을 정도였다고 하니, '호모 루덴스'를 지향하면서도 문화적 고정관념에 의해 주입된 '호모 라보란스(일하는 인간)'의 습성을 벗어버리지 못하는 나로서는 부러울 따름이다. 하지만 그는 놀이를 '기분 내키는 대로 대충 살기'와 동일시하는 시선에는 단호히 반대했다.

"다 때려치우고 자전거 여행이나 하겠다는 젊은이들을 만나면 만류합니다. 도피, 낭만이 동기라면 하지 않는 게 낫다고. 사람은 누구나 자신만의 치열한 전장에서 싸워보는 경험을 한 번은 해야 해요."

놀긴 놀되 자신의 자전거 여행을 "남이 시켜서 싸우는 게 아니라 내가 만든 새로운 전장에서 싸우는 것"이라고 표현할 만큼 그는 치열하게 논다. 그를 만나기 전에는 이른 은퇴 이후 유유자적하는 복 많은 사람이겠

거니 생각했지만, 만나고 난 뒤에는 그런 생각이 사라졌다. 그는 여전히 전사(戰士)였다. 필생의 꿈에 몰두하는 은륜(銀輪)의 전사.

필생의 꿈에 사로잡힌 순간

1976년 대우건설 공채 1기로 입사할 때부터 그의 계획은 "회사는 10년만 다니고, 다음 10년은 내가 좋아하는 스포츠 용품을 파는 스포츠 숍을 하고, 그다음 10년은 자전거 세계 여행을 하자"였다고 한다. 그런데 중동 특수 덕분에 입사한 이듬해부터 10년간 수단, 나이지리아, 리비아, 영국 등 해외를 전전하게 됐다. 그러다 보니 원래 계획했던 회사 생활 10년을 넘겨버렸고, 가족을 부양하고 직장에 기여하는 책임은 다하자는 생각으로 상무이사가 될 때까지 회사를 다니게 된 것이다.

더 늦기 전에 원하는 일을 하자는 생각으로 2000년 회사를 그만둘 때 주변 사람들은 그더러 '또라이'라고 했단다. 왜 아니겠는가. '열심히 일한 당신, 떠나라'고 유혹하는 어느 광고 카피는 거의 모든 샐러리맨의 은밀한 꿈이리라. 하지만 대개는 생계, 가족 또는 안정성 그 자체 때문에 떠날 엄두를 내지 못한다. 그런 것들보다 '떠나는 것'이 더 중요하다고 결단하는 사람이 다른 이들 눈에 이상하게 보이는 게 어쩌면 당연했을 것이다.

"내겐 돈보다 시간이 더 급했어요. 죽기 전에 자전거 세계 여행을 꼭 해봐야겠는데 더 늙어서 다리에 힘이 빠지면 자전거를 못 탈 테니까요. 저라고 왜 두려움이 없었겠어요. 하지만 하나를 얻으려면 다른 하나는 버려야 하는 것이 세상사의 자명한 이치 아닙니까? 불안할 텐데도 대기업 상무보다 자전거 여행가가 더 멋지다면서 전폭적으로 지원해준 가족에게 고마울 따름이죠."

국내 근무보다 3배 이상의 급여를 받는 해외 근무를 10년가량 해오면서 모아둔 저축이 있고, 가족이 씀씀이를 줄이면 몇 년은 버틸 거라고 계산했다. 토목 기술자인 덕분에 틈틈이 돈을 벌 수단도 있었다. 아이들이 자립하면 집을 처분해 생활비를 충당할 생각이었다. 죽을 때까지 집을 갖고 있을 생각도, 아이들에게 자산을 물려줄 생각도 없었다. 이 나이에 연봉이 어느 정도는 되어야 하고, 자녀들 결혼시킬 때 어느 정도 위치가 되어야 한다는 세간의 기준은 그에겐 중요하지 않았다.

그의 말을 듣다 보니 궁금해졌다. 그렇게까지 할 정도로 자전거 여행이 중요한가? 일하면서 주말에 취미로 자전거 여행을 즐기는 정도로는 만족할 수 없었던 걸까? 내 질문에 그는 자신에게는 자전거 세계 여행이 취미를 넘어서는 필생의 꿈이라고 단언했다. 그 꿈이 싹튼 것은 중학생 때다. 해외여행이 극소수 특권층의 전유물이었던 시절, 그는 한국 최초의 세계 여행가인 고(故) 김찬삼 씨의 여행기에 푹 빠져 세계 여행의 꿈을 키웠다. 그러던 즈음 중학교 3학년 때 자전거 한 대가 생겼다. 한 학교에 자전거를 가진 학생이 열 명도 채 되지 않던 때였다. 친구들의 부러움을 사면서 자전거로 통학하던 어느 날, '김찬삼 아저씨가 여행했던 나라들을 나는 자전거로 가보면 어떨까?' 하는 생각이 떠올랐다고 한다.

그 순간, 갑자기 나쁜 짓을 하다가 들킨 아이처럼 얼굴이 화끈 달아오르고 발끝까지 전율이 퍼져 나갔다. 필생의 꿈이 그를 사로잡은 순간의 전율을 그는 지금도 잊을 수 없다고 한다.

얼마 뒤 여름방학 때 그는 어른들의 만류를 무릅쓰고 서울에서 대구까지 혼자서 장거리 자전거 여행을 나섰다. 싱글 기어에 타이어 펑크 수리 키트나 예비 부속품 따위는 아예 없고, 무게도 상당한 자전거에 커다란 짐 보따리를 매달고 길을 나선 것이다. 전화가 귀하던 시절이라 우편엽서를 써서 집에 안부를 전하고, 여관집 주인 아들의 숙제를 도와주면서 잠자리를 해결했다. 빗속에서 10원짜리 크림빵으로 허기를 때우며 하루 평균 90킬로미터씩 꼬박 나흘을 달려 대구에 도착했을 때, 그는 스스로가 조금 달라진 것을 느꼈다고 한다. 미지의 세계로 발을 내딛는 경험을 치러낸 소년의 성장을 상상하며 나는 오래전에 봤던 어느 영화의 마지막 대사를 떠올렸다. "이것이 내게 무엇인지는 확실치 않았다. 그러나 한 가지는 분명했다. 그해 여름 이후, 나는 더 이상 예전의 내가 아니었다."

이 무모한 생애 첫 자전거 여행 이후 그는 자전거로 낯선 세상에 길을 내리라는 소망을 한시도 잊어본 적이 없다고 한다. 춘천에서 군 복무를 하던 시절에도 첫 월급으로 가장 먼저 자전거를 장만해 주말이면 강촌, 가평, 화천까지 내달렸다. 아프리카에서 근무하던 때도 지독한 땡볕 아래에서 자전거를 탔다. 자전거 세계 여행의 꿈을 그토록 오래 간직해온 데는 그의 '역마살 DNA'도 한몫했다. 바다만 보면 그 너머 미지의 세계를 상상하면서 가슴이 뛰었고, 한때는 선원이 되려고 해양대학 진학을 꿈꾸었다고 한다. 성인이 되어서도 일상이 답답하고 권태로우면 지도를 펼쳐놓고 마음을 달랬다. '여행을 통해 공간을 확장하면서 살아가는 것이 인생을 풍요롭게 하는 유일한 방법이 아닐까?' 생각했다고 한다. 이런 생각을 하게 된 데는 어린 나이에 겪은 아버지의 죽음도 큰 영향을 끼쳤다.

"사람은 누구나 죽는다는 자명한 사실을 자신의 현실로 받아들이기가 쉽지 않은데, 내 경우는 초등학교 6학년 때 아버지가 돌아가셔서 '나도 죽겠구나' 하는 생각을 일찍 한 편이에요. 어른이 되어서도 아버지에 대한 기억이 겹쳐져서 그런지, 인생은 길지 않은데 어떻게 살아야 하나 하는 생각을 많이 했어요. 사람에게 주어진 시공간 중 시간은 어쩔 수 없지만 공간은 여행을 통해 확장할 수 있잖아요. 똑같이 여든 살까지 살아도 여행을 많이 한 사람은 백 살을 산 것이나 마찬가지 아닐까요? 그렇게 삶의 공간을 옮겨보지 못하고, 가보고 싶은 곳을 가보지 못하고 죽으면 후회할 것 같았어요."

그는 대우건설에 다닐 때도 마음이 답답하면 남산에 올라가 대우센터 빌딩을 내려다보면서 당장 세상이 어떻게 될 것처럼 화급하게 느껴지는 일들과 온갖 다툼이 벌어지는 공간이 사실은 저렇게 작은 곳이라고 생각하며 마음을 달랬다고 한다. 직장의 바깥에서 그 안의 자신을 바라보고, 해외에서 근무하며 한국을 바라보고, 죽음의 시점에서 삶을 바라보며 끊임없이 스스로를 객관화하는 작업을 해왔던 것이 그가 어린 시절부터 영글었던 꿈을 잃지 않을 수 있었던 비결인 듯했다.

하나를 향해
매진하라

전업 자전거 여행가로 인생의 방향을 튼 뒤 그가 고른 첫 여행지는 미국 서부 해안이었다. 넓은 땅에서 좋아하는 바다를 원 없이 바라보면서 달리고 싶었고, 오랜 회사 생활의 풍상에 시달린 몸과 마음을 재충전하고 싶어서였다. 30킬로그램이 넘는 짐을 달고 하루 백 킬로미터씩 한 달을 달려 목적지인 멕시코 국경에 섰을 때는 세상을 다 얻은 기분이었다고 한다.

자전거 여행을 통해 그가 이룬 또 하나의 꿈은 책을 쓴 것이다. 대학교 수였던 아버지의 영향으로 어릴 때부터 책을 쓰는 게 꿈이었다던 그는 세 번에 걸친 미국 자전거 여행을 담은 여행기《아메리카 로드》를 내면서 소중한 꿈을 성취했다. 이 책은 발간한 지 석 달 만에 5쇄를 발행할 정도로 반응이 좋았다. 그가 책을 쓰기 위해 엄격하게 준비하는 과정을 듣다 보면 여행 한 번 다녀와서 책을 쓰는 숱한 여행기들이 너무 쉽게 느껴질 정도였다.《아메리카 로드》는 미국 서부 해안, 중서부 지역 및 캐나다 로키 산맥 종단, 하와이 여행 등 세 번에 걸친 여행을 모아서 쓴 책이다. 자전거 월간지에 연재하고 책으로 발간하려는 일본 여행기도 2003년의 쓰시마(對馬島), 큐슈(九州), 2004년의 혼슈(本州), 홋카이도(北海道), 2009년의 오키나와(沖繩), 시코쿠 등 세 번에 걸친 여행을 재료로 삼아 글을 쓰고 있다.

여행하려는 지역과 관련된 책을 스무 권 이상씩 읽어가며 미리 테마를 정해 떠나는 것도 그가 하는 여행의 특징이다. 미국을 여행할 때도 서부 해안을 달린 뒤엔 서부 개척사와 인디언 수난사, 한인의 미국 이주 백 주년 기념을 생각하면서 달렸다. 일본 오키나와를 여행할 때는 그곳이 홍길동이 세웠다는 이상 세계 율도국으로 추정되기도 한다는 점과 2차 대전 당시 억울하게 희생된 선조들의 발자취가 남아 있다는 사실을 미리 공부했다. 시코쿠에서는 그곳에서 태어난 메이지 유신의 영웅으로 지금도 일본인들이 가장 좋아한다는 사카모토 료마(坂本龍馬)에 대해 공부하면서 길을 달렸다.

이제 자전거 세계 여행과 책 쓰기를 결합한 꿈의 프로젝트에서 남은 구간은 유럽과 대양주, 아프리카다. 그렇게 해서 모두 다섯 권의 자전거 세계 여행 전집을 만드는 것이 그의 목표다. 죽기 전에 다 만들 수 있을지 모르겠다고 하지만, 사실 그리 멀지 않은 꿈이다. 이미 2004년에 뉴질랜드 종주를 했고, 2006년 독일 월드컵 때는 대한축구협회 깃발을 꽂고 터키에서 그리스, 이탈리아, 프랑스, 스위스를 거쳐 독일까지 2006킬로미터를 달려 이영무 대한축구협회 기술위원장에게 태극기와 협회 깃발을 전달하는 이벤트를 치러낸 전력이 있다.

"지금까지 자전거 여행에 있어서만큼은 어느 누구에게도 뒤지지 않는다는 생각으로 달려왔어요. 남들이 그깟 자전거 여행이 대수냐고 하면 할 말도 없고, 내가 하는 일의 의미를 과장하고 싶지도 않아요. 하지만 적어도 내게는 이 일이 중요하기 때문에 나는 진지하게 임합니다. 전 직장 동료들이 현업에서 기업과 사회를 위해 일하는 것도 존경합니다. 하지만 어느 쪽이 더 낫다고 말할 수 있을까요? 아무리 보잘것없더라도 각자 자기 분야에서 최선을 다하면 사회 전체적으로 조화를 이루게 되는 것이죠."

그는 스스로가 그랬듯 '제2의 인생'을 꿈꾸는 사람들에게는 하나를 향해 매진하는 태도가 가장 중요하다고 강조했다.

"첫 번째 인생을 사는 동안 두 번째 인생에 할 일을 생각해두고 미리 준비해야 해요. 자전거든 그림이든 뭐든 몰두할 수 있는 일을요. 나는 자전거 여행만 30년 이상 준비했습니다."

몇 살엔 뭘 해야 하고, 어느 정도는 되어야 남 보기에 부끄럽지 않다는 등의 남의 기준 말고 자신의 기준을 세우라는 게 그의 조언이다.

"출생신고를 5년 늦게 했다고 생각해보세요. 실제 나이보다 5년 젊은 마음으로 살고 있을 것 아니겠어요? 정말 나이는 아무것도 아닙니다. 풀빵 장사를 해도 대한민국 최고면 된다는 생각으로 몰두하다 보면 거기서 돈을 벌 가능성도 열리고 새로운 관계도 따라와요. 안정적인 직장을 나왔을 때 혼자 고립되지 않을까 우려하는 경우가 많은데 새로운 분야에서 일가를 이루면 관계가 따라옵니다. 관계는 그 자체에 노력을 기울인다고 해서 이뤄지는 게 아니에요. 내 지향을 좇아가면 관계는 만들어지게 되어 있습니다."

처음에는 돈이 안 되던 일도 몰두하다 보면 거기서 돈을 벌 가능성도 열린다. 책을 낸 뒤 강연 요청과 자전거 여행 협찬이 이어져 자전거 세계 여행으로도 경제활동이 가능하다는 것을 스스로 보여준 것이 그 사례다. 불안정한 미래가 겁나고 낯선 건 누구에게나 당연한 일. 그러나 몰두할 일이 있으면 두려움도 이겨낼 수 있다.

"산악자전거를 타고 산에서 내려올 때 말이죠. 앞에 돌멩이나 나무뿌리 같은 장애물을 보고 덜컥 겁을 내면 반드시 넘어져요. 그럴 땐 과감하게 확 지나가버려야 되레 안전합니다. 두려운 것이야 당연하죠. 죽음도 언제 죽을지 모르니까 두려운 것 아니겠습니까? 그런데 가만 보면 뭘 해보지 않은 사람들이 대체로 겁이 더 많아요. 사실은 뭘 하다 실패하는 것보다 하고 싶은 일조차 없는 인생이 더 무서운 것 아닌가요?"

하지만 하고 싶은 일을 하라고 하면 당장 먹고살기가 급한데 무슨 팔자 좋은 소리냐는 반응이 먼저 튀어나오는 것이 요즘 세태다. 그가 고등학교에 강연을 가면 아이들이 가장 먼저 물어보는 것이 "아저씨는 뭐 먹고 살아요?"란다.

"인생의 1막에서 가장으로서 해야 하는 역할을 하며 경제적 바탕을 마련했고, 자전거 세계 여행을 통해서도 적은 수준이나마 경제활동이 가능하다는 것, 인생이 풍족해서 아무런 욕구가 없다면 이렇게 힘든 자전거 여행은 시작도 하지 않았을 것이라고 설명해주지만 처음엔 잘 납득을 못 하는 것 같아요. 꿈꾸던 일을 하는 것과 먹고사는 것이 대립된다고 생각하기 십상이니까요. 소박한 식사를 하고 조용한 생활을 하면 돈이 그렇게 중요하지 않은데, 언제부터인가 돈이 가장 중요한 요소인 게 당연시되고 있는 것 같습니다. 무조건 벌어서 축적하고 보는 것은 가장 효율이 떨어지는 방식인데도 말이죠."

그는 '시시해 보이는 일'을 멸시하는 듯한 아이들에게는 도요토미 히데요시(豊臣秀吉)의 이야기를 들려준다고 한다.

"도요토미가 오다 노부나가(織田信長)의 휘하에 하급무사로 있을 때 늘 오다의 신발을 가슴에 품어 따뜻하게 해두었다가 신겨주었다는 것 아닙니까? 그를 눈여겨본 오다가 앞으로 뭘 하고 싶으냐고 묻자 도요토미는 '저는 천하에서 제일가는 하인이 되겠습니다'라고 대답했대요. 그 일로 오다의 눈에 들어 계속 승승장구하다가 결국 오다가 급사한 뒤 일본 통일을 하게 된 것이지요. 처음부터 일본을 통일할 인물로 살았던 건 아니지 않겠어요? 신발 심부름꾼 하나만큼은, 아무리 시시해도 이것 하나만큼은 최고가 되겠다는 마음이 길게 가다 보면 결국 뭔가를 하게 만들고, 이를 통해 스스로를 넘어설 수 있는 역량이 커진다고 아이들에게 말해줍니다."

내가 내린 결정이니
타협도 내 안에서

전업 자전거 여행가가 된 뒤 그는 자신이 이전과 다른 사람이 되었다고 느낀다. 마음껏 여행하고, 책도 썼고, 건강도 좋아졌다. 완치가 어렵다고 했던 비활성 B형 간염을 극복한 것도 여행의 부수적 소득이었다.

"아프리카에서 근무할 때 비활성 B형 간염에 걸렸는데 놔두면 간경화, 간암으로 발전할 수 있다고 하더라고요. 그런데 자전거 여행을 하던 중인 2007년에 저절로 항체가 생겼어요. 2008년 10월 20일 '간의 날'에 세브란스 병원에서 자전거 여행으로 간염을 완치했다는 사례 발표를 했을 정도라니까요. 자전거 여행을 시작할 때 의도한 결과가 아니라서 저도 놀랐습니다."

그간 여행한 곳 가운데 자전거 속도가 너무 빠르다고 느낄 정도로 경치가 좋았던 지역을 한 군데만 꼽아달라니 뉴질랜드 남섬이라고 한다. 하지만 경치보다는 사람과의 만남이 가장 진한 기억으로 남는다고 했다. 일본을 여행할 때도 도예가 심수관 씨 집에 찾아갔는데 "숱한 손님 중 자전거를 타고 온 사람은 당신이 처음"이라면서 하룻밤 자고 가라는 환대를 받았다.

"그런 순간들이 모여 의미 있는 체험을 만들지 않겠어요? 전 근본적으로 비관주의자입니다. 인생이 뭘 남기거나 이루라고 사는 게 아니잖아요. 전반전 인생에서도 성취나 업적 같은 것엔 별 관심이 없었어요. 후반전 인생에서도 한 번 태어난 인생, 잘 마무리하는 방법을 고민할 뿐입니다."

아무리 좋아하는 일이라지만 풍찬노숙의 고단한 여행에 후회는 하지 않을까? 당연히 후회 안 한다고 하겠지 넘겨짚고 건성으로 물어봤는데, 의외로 물론 후회할 때도 있다는 대답이 돌아왔다.

"하지만 조금 합니다. 내가 내린 결정이고 나 자신 안에서 타협해야 하니까요. 아이들도 남이 밀어서 넘어지면 주저앉아 오래 울지만, 저 혼자서 넘어지면 잠깐 운 뒤 그냥 일어나고 말잖아요. 아마 회사를 계속 다녔더라면 스트레스로 죽었을지도 몰라요. 간염 때문에 그리 될 수도 있었고요. 지나간 일을 돌아볼 필요는 없으니까 아마 죽었을 거라고 생각하는 게 제일 편하죠. 실제로 암으로 죽은 친구가 몇 명 있어요. 죽지 않고 잘 다녔다면 돈은 좀 더 벌고 더 많이 가졌겠지만 아마 펀드로 다 날리지 않았을까요? 지금의 생활을 통해서는 유형의 자산은 줄었지만 무형의 자산이 늘어났어요. 자전거를 타고 지나가는데 사십대 여자가 '학생' 하고 부르며 길을 물어볼 때도 있다니까요. 이전보다 책도 많이 읽고 풍부해졌지요."

몇 살 때까지 자전거를 탈 거냐고 묻자 그는 지금 하는 일의 정년이 언제일지 자기도 궁금하다고 했다. 다리의 힘이 빠질 때까지라고 생각해왔는데 2009년 6월에 다녀온 일본 자전거 여행에서 다리에 힘이 부치기 시작했다는 걸 느꼈다고 한다. 자전거 여행을 하며 좀처럼 넘어지는 일이 없었는데 집중력과 반사 신경이 떨어져서 그런지 시코쿠 여행 도중 넘어져서 크게 다친 것이다.

"처음엔 굉장히 의기소침했어요. 하지만 그것도 자연스러운 과정이라는 생각이 듭디다. 개체가 시간이 지나면 약해지고 죽듯이 나이 들면서 체력이 쇠하는 것은 자연스러운 과정이니 너무 애석하게 생각할 필요 없지요."

자전거 여행을 언제까지 하게 될지, 그 이후엔 무엇이 기다리고 있을지 알 수 없지만, 그는 지금 하고 있는 자신의 여행이 꿈과 현실 사이에서 고민하는 사람에게 영감을 주어 뭔가를 하게 만든다면 더 바랄 게 없다고 생각한다. 자신에게 큰 영향을 준 김찬삼 씨에게 고맙다는 인사를 못 했는데 대신 다른 사람에게 자기가 받은 것을 되돌려주고 싶다는 것이 그의 바람이다. 스스로 즐거운 것에서 한 발 더 나아가 다른 사람에게도 도움이 됐으면 하는 생각에 자전거 순찰대 자문도 하고, 문화체육관광부의 자전거 홍보 대사 등 자전거 문화 업그레이드를 위해 필요한 사회적 기여도 한다. 그의 말마따나 스스로 즐거운 일을 통해 다른 사람을 돕기까지 한다면, 그 이상 뭘 더 바랄까?

김용규

전환 이전 | 벤처 기업 CEO
전환 이후 | 숲 생태 전문가, 농부
전환 시기 | 서른아홉

벤처 기업 CEO

성장 _
배우고 걷는 게 아니라
걸어가면서 배우는 것이다

숲 생태 전문가

제2의 인생을 꿈꾸면서 귀농을 떠올리는 사람들이 많다. 대도시에 살던 삼사십대 전문직 종사자들의 귀농이 늘면서 '엘리트 귀농 시대'라는 말도 생겼다. 귀농의 이유와 방법은 다양하지만 공통점을 꼽으라면 아마 두 번째 인생을 살기 위한 힘의 원천을 자연에서 구한다는 점일 것이다. 좀 다른 경우지만 주말 등산객 중에 유난히 중년이 많은 것도 그와 비슷한 이유가 아닐까?

하지만 자연의 힘은 감당하기에 만만치 않다. 전원주택을 지어 자연 속으로 떠났다가 도시로 돌아오는 사람을 여럿 보았다. 어쩌면 같은 곳에 살면서 하는 일만 바꾸는 것보다 오래된 생활 터전을 옮겨 도시의 편리를 완전히 뒤로하고 살아가는 것이 더 어려울지도 모르겠다. 터전을 바꿀 용기가 없는 나는 마당이 있는 집에서 텃밭을 가꾸며 사는 풍경 정도나 소심하게 상상하곤 했다. 헨리 데이비드 소로의 《월든》은 비현실적인 동경의 대상일 뿐 그렇게 불편하게 살 배짱은 없었다. 그럴 즈음 《숲에게 길을 묻다》라는 책을 발견했다. 도시에서 오래 살아온 사람이 숲에 들어가 살면서 자연에 했던 질문과 그 대답으로 자연이 들려준 가르침을 기록한 책이었다. 과연 숲은 그에게 어떤 이야기를 들려주었을까?

그의 숲으로 가는 길은 멀고 험했다. 서울에서 충북 괴산행 버스를 타고 내려간 뒤 다시 택시를 타고 숲으로 향했다. 산길에 접어들자 택시 기사는 계속 "어제 세차했는데……" 하고 혼잣말로 중얼거리더니만 차 한 대가 겨우 지나갈 듯한 비포장 길 앞에서 딱 멈추었다.

"여기, 이런 차로는 못 가요."

별 수 없이 내려서 걸어가야 했다. 산속으로 한참 올라가자 멀리 오두막집 한 채가 보였다. 산 위쪽 꽤 높은 지대에 터를 잡았는데도 어떻게 산 밖에서는 전혀 보이지 않는지 희한했다. 저런 곳에 살면 세상 소음이야 들리지 않겠지만, 무섭지 않을까……. 하지만 웬걸, 갑자기 개 두 마리가 컹컹 짖으며 적막을 깨뜨렸고 그 뒤로 여자아이가 웃으며 달려 나왔다. 김용규 씨가 집 밖으로 고개를 내밀었다. 토요일 아침, 늦은 식사를 막 마쳤는지 그의 아내는 달그락달그락 접시를 씻고 있었다. 산속에서 막 기지개를 켠 가족의 일상이 눈앞에 펼쳐졌다.

오두막집이 들어선 곳은 말 그대로 그의 숲이다. 그는 6년 8개월 동안 CEO를 맡아 운영해온 회사를 2006년 그만둔 뒤 뜻을 같이하는 사람 다섯 명과 함께 이곳 숲 7만 5천 평을 샀다. 숲에 공동체 겸 생태 교육 장소를 마련할 계획으로 저지른 일이다. 2008년에는 그가 먼저 숲 속에 집을 지어 자리를 잡았다. 가족들은 아이의 학교 때문에 인근 증평군에 살고, 그는 숲에서 혼자 지내며 농사를 짓고 강연과 세미나를 통해 숲의 가르침을 전파하는 데 열심이다. 2009년에 《숲에게 길을 묻다》라는 제목의 책을 펴내고, TV에도 두어 번 나갔더니 그에게 호기심을 보이는 사람이 부쩍 늘었다. 귀농 방법을 묻거나 땅을 팔라고 연락하는 사람이 있는가 하면, 새벽에 다짜고짜 전화해 "당신 행복해? 나는 힘들어 죽겠는데" 하고 푸념을 늘어놓는 낯선 이들도 있다. 한번은 자칭 '지리산 선녀'가 난데없이 찾아와 "당신은 땅이고 나는 하늘"이라면서 함께 살자고 우기는 통에 당황스러웠던 적도 있다.

2009년 봄 그의 숲에 다녀온 지 1년이 지난 뒤 그에게 다시 연락해 숲 생활 3년차의 소감을 묻자 그는 자신의 달라진 생체리듬을 들려주었다.

"도시에선 사계절 내리 수면 시간이 비슷하잖아요? 숲에선 겨울이 되면 잠이 늘어나요. 해가 길어지니까. 또 요즘처럼 봄이 되면 잠이 점점 줄어들어요. 몸이 숲의 리듬에 적응한 거죠. 나는 가끔 서울에 갈 때 동서울터미널에 내려 30분만 지나도 눈이 따가워요. 내 몸이 숲의 공기에 적응한 대신 도시 공기에는 부적응 상태가 되어버렸어요. 도시의 콘크리트 건물 안에 들어가면 목이 건조하고 몸이 힘들어요. 습도가 잘 유지되는 산방의 흙집에 어서 돌아가고 싶은 생각만 나고……."

사람들이 그에게 가장 자주 하는 질문은 불편하지 않느냐는 것이다.

"불편함이 왜 없겠어요. 도시 생활과 비교하면 더욱 그렇지요. 하지만 서양이 지난 2백 년간, 한국은 지난 50여 년간 과거 어떤 시대보다 더 놀라운 발전을 이루었다는 걸 생각해보면, 이 생활이 아무리 불편하다고 해도 내가 나폴레옹이나 세종대왕보다는 훨씬 편리하게 살고 있다는 점은 분명하잖아요."

2010년 초 폭설이 내렸을 때는 보름간 산속에 고립된 적도 있다. 쌀과

기름이 떨어지는 통에 할 수 없이 지게를 지고 마을에 내려가 식량과 연료를 짊어지고 올라왔는데 서툰 지게질에도 몸이 이기심에서 깨어나는 묘한 즐거움에 혼자 재미있었다고 했다.

4, 5년 전까지만 해도 서울에서 승용차를 몰고 다니고 아파트에서 살던 사람이 깊은 숲 속에서 혼자 벌을 키우고 농사를 지으며 지게질을 하게 된, 이 간단치 않은 전환의 씨앗이 뿌려진 건 언제였을까?

배우고 걷는 게 아니라 걸어가면서 배운다

변화는 곧잘 낯선 손님처럼 예기치 않게 찾아온다. 그에게는 2004년경 한창 회사를 운영할 때 있었던 우연한 만남이 변화를 예고하는 메신저와도 같았다. "한 잡지사 기자와 인터뷰를 할 때였어요. 인터뷰 도중 기자가 꿈이 뭐냐고 물었는데 갑자기 말문이 턱 막히는 거예요. 한 3분가량 멍하니 있었어요. 내 꿈이 뭔지 아무리 생각해도 떠오르지가 않더라고요. '아, 내가 꿈을 잃어버렸구나' 하고 자각하는 계기가 됐지요."

당시는 그가 다니던 이동통신 회사가 1999년 벤처 붐을 타고 설립한 ERP 솔루션 개발 회사에서 CEO를 맡아 일하던 때였다. 가족도 미국에 보내놓고 회사를 키우려고 몸이 부서져라 일했다. 영업을 위해 사람을 만나는 게 불편하고, 스트레스를 많이 받으면서도 그러려니 하던 그에게 갑자기 던져진 꿈이 뭐냐는 질문은 쉽게 잊히지 않았다.

주말만 되면 산악자전거를 타고 남산을 오르내리거나 등산을 다니면서 '내 꿈이 어디 갔지?' 고민하기 시작했다. 한때 유학을 다녀와 학자가 되겠노라 꿈꾸던 그 청년은 어디로 갔는가. 나는 어떤 사람으로 살고 싶은가. 외환위기 때 근무하던 이동통신 회사에서 '살생부'를 만들어야 했던 뼈아픈 경험도 다시 떠올랐다. 꼭 회사를 그만두고 나만의 길을 찾겠다고 결심했는데 지금의 나는 그때와 얼마나 다르게 살고 있는가. 스스로에게 쏟아 붓던 질문들에 당장 답을 할 순 없었지만, 이전에는 잘 몰랐던 숲이 차츰 눈에 들어오기 시작했다. 산에 다니는 횟수가 늘어나면서 저 소나무는 어떻게 바위를 뚫고 자랄 수 있었는지, 질경이 풀은 왜 하필 하고많은 땅 가운데 척박한 곳에서 자라는지 같은 것들이 점점 궁금해졌다. 혼자 숲에 대한 책을 찾아 읽을 때만 해도 그게 인생을 바꾸는 계기가 될 줄은 몰랐다고 한다.

꿈을 고민하다가 인터넷 검색으로 알게 된 구본형변화경영연구소의 '나를 찾아 떠나는 꿈 여행' 프로그램에도 참여했다. 숲에 열정을 품은 그를 눈여겨본 구 소장이 이메일 뉴스레터인 '마음을 나누는 편지' 필진으로 참여해보라고 제안했고, 그는 산에 다니면서 눈에 들어온 식물, 자연을 주제로 칼럼을 쓰기 시작했다. 내친 김에 사단법인 숲 연구소에서 전문가 과정도 수료했다.

그렇게 자신에게 말을 걸어온 숲을 향해 다가가며 그에게도 꿈 하나가 생겼다. 지상에 하나밖에 없는 아름다운 숲을 만들고 싶다는 꿈.

"상상해보세요. 숲에서 생태 교육 프로그램을 진행하면서 나무를 하나씩 심는 거예요. 자신만의 소망 나무를 심고, 거기에 자기의 꿈을 적은 메모를 붙여요. 이게 쌓이면 그 숲은 세계에 하나밖에 없는 '이야기 숲 (storytelling forest)'이 되는 거예요. 제가 계속 나무를 보살피고 '당신 나무에 꽃이 피었어요' 같은 소식을 홈페이지에 업데이트해주는 거죠. 멋지지 않아요?'

꿈은 멋있었지만 늘 그렇듯 생활이 문제였다. 당장 아내는 아이 교육 문제 등을 들어 그의 계획에 거세게 반대했다. 아내와 수목원에 함께 다니며 숲의 가능성을 설득하고, 흔히들 '사오정'이라고 하는데 더 나이 들기 전에 내게 맞는 일을 찾는 게 낫지 않느냐고 아내를 '협박'하기도 했지만, 그가 숲 생활을 시작하고 한참이 지난 뒤까지 아내는 그의 방향 전환에 동의하지 못했다고 한다.

가족을 설득하는 일뿐 아니라 꿈에 공감하는 사람과 자본을 구하는 일도 급했다. 구본형 소장의 주선으로 사람들을 모아놓고 자신의 계획을 설명하는 프레젠테이션을 열었지만 무참히 깨지는 경험만 하고 설득에 실패했다. 절망적인 상황에서 그는 프레젠테이션 기회를 다시 물색하는 대신 혼자서라도 하자고 결심하고 2006년 직장을 그만둔 뒤 집을 팔았다. 그렇게까지 하는 그를 지켜보며 진정성을 믿게 된 사람들이 알음알음 모이기 시작했고, 마침내 다섯 명이 모여 '행복숲 공동체'를 만들자는 장기적 목표를 세우고 괴산의 숲을 샀다고 한다. 그에게 숲은 사업 부지가 아니라 생활공간이어야 했으므로 숲에 들어와 살기 위해 2008년 여름 넉 달간 집을 직접 지었다.

직접 집을 짓다니. 그것도 마흔이 될 때까지 사무실 안에서만 살아온 사람이……. 갑자기 아득하게 느껴져 "집을 어떻게 지어요?" 하고 묻자 그가 그럴 줄 알았다는 듯한 표정으로 웃었다.

"머리로만 생각하니까 그게 엄청 어려워 보이는 거예요. 집을 어떻게 짓긴요. 그냥 짓는 거죠. 집 잘 짓는 사람 모셔서 자문도 구하고요. 배우고 걷는 게 아니라, 걸어가면서 배우는 거잖아요."

그는 집으로서의 역할이 끝났을 때 자연으로 돌아가지 못하는 재료는 일체 쓰지 말자는 원칙을 정하고 흙 건축 전문가의 자문을 받아 열세 평 반 크기의 오두막을 지었다. 그의 집을 받쳐주는 주된 구조물은 여덟 개의 흙벽이다. 시멘트를 쓰지 않고 밭의 흙을 다져 40센티미터 두께의 흙벽을 세울 땐 흙이 집을 떠받치는 단단한 구조물 역할을 할지 그 자신도 의심스러웠다고 한다. 하지만 집을 짓고 살아보니 흙은 돌덩이처럼 단단했다. 그의 딸은 이 오두막에서 잘 때가 가장 편안하다고 하더란다. 직접 집을 지은 경험은 그가 머리로만 생각하는 대신 머리, 가슴, 배로 느끼고 몸으로 사고하는 전인(全人)적 인간을 향해 가는 출발점과도 같았다.

숲에서 꾸는 꿈, '이야기 숲'을 향해서

숲에서 그는 벌을 키우고 농사를 지으며 마을 주민들과 함께 숲 생태 프로그램을 궁리하느라 분주하다. 2009년에는 농약을 쓰지 않는 자칭 '내버려둠 농법'을 직접 실험해보았다. 숲 생태의 핵심인 순환과 관계를 가로막는 비료와 농약을 쓰지 않고, 밭에 자라는 풀도 뽑지 않은 채 땅과 하늘이 허락하는 만큼만 거두고 먹으리라 작정한 것이다. 쌈 채소들과 가지, 참외, 오이, 고추, 옥수수 등의 씨를 뿌린 뒤 말 그대로 내버려두었다. 동네 주민들은 그렇게 하면 열매도 안 맺히고 벌레가 다 먹을 거라며 농약을 쓰라고 권했지만 그는 그저 내버려두고 지켜보았다.

결과는 나쁘지 않았다. 쌈 채소 중 두어 종은 한 장의 잎도 먹지 못했지만 가지와 참외, 오이, 고추는 괜찮았다. 옥수수는 비료를 쓰지 않아 크기가 보통 옥수수의 3분의 1 이하였으나 벌레는 거의 먹지 않았다. 주민들은 벌레를 먹지 않은 이유를 궁금해했는데 그는 그 이유를 숲 근처의 밭이라 가능했던 종의 다양성 때문이라고 본다. 다양한 곤충들이 천적 관계를 유지하니까 해충이 밭을 쓸어버리지 않을 수 있었던 것이다. 게다가 그의 작은 옥수수는 비료를 쓴 것보다 훨씬 맛이 있어 옥수수 농사를 짓는 주민들조차 그의 옥수수를 더 좋아했다고 한다. 그로서는 농약을 쓰지 말자고 백 마디 말로 설득하느니 자연 농법의 가능성과 장점을 주민들에게 직접 보여준 계기가 되었던 셈이다. 반면 그 자신이 배운 점도 있다. 옥수수 종자 자체가 비료를 요구하도록 품질이 개량된 다비성 종자라서 그저 내버려둔다고 되는 일이 아니라는 걸 깨달았고 좀 더 알아보자는 생각에 충북 농업 마이스터 대학에 다니기 시작했다.

"학교에서 퇴비를 가르치는 선생에게 답을 얻었어요. 토양 속의 유기물이 해방 직후엔 4.5퍼센트가량 있었는데 지금은 3분의 1 수준으로 줄었다고 해요. 예전엔 두엄과 퇴비를 넣어주는 순환 농법을 했는데 그게 화학 농법으로 대체되면서 생긴 결과죠. 내 밭의 흙도 분석해보았더니 유기물이 1.2~1.6퍼센트 나왔어요. 이 비율이 4퍼센트 이상으로 올라가면 농약과 비료를 쓰지 않아도 곡식의 크기가 그대로 자랄 수 있답니다. 내 옥수수가 3분의 1로 줄어든 것도 결국 퇴비가 없어서예요. 그래서 2010년에는 퇴비 만드는 일에 주력할 겁니다. 3년만 꾸준히 하면 예전의 땅으로 되돌려놓을 수가 있다는군요."

아마 숲의 땅은 유기물 함량이 더 높지 않을까? 그는 숲의 '땅심'을 실험해보려고 2010년에 산마늘과 더덕을 심었다. 울릉도에서는 사람의 목숨을 살리는 풀이라는 뜻으로 '멩(命)'이라고 불리는 산마늘을 우연한 기회에 얻어 숲에 7만 포기가량을 심었다. 숲의 땅에는 산채 위주의 청정 농산물을 심고, 밭은 퇴비를 만들어 유기농이 가능한 토양으로 돌려놓는 것이 그의 계획이다.

"나중에 숲 체험 프로그램을 본격적으로 하게 되면 도시인들이 숲만 보고 가는 게 아니라 직접 산채를 채취하는 경험을 하면서 조상들이 하던 농법도 배우고, 숲에서는 뭔가를 뿌려두면 특별히 관리를 하지 않아도 잘 자란다는 것, 숲이 자산이라는 것을 느끼는 프로그램으로도 연결하고 싶어요. 주민들에게도 그런 제안을 해두었구요."

그는 2009년 9월부터 마을 이장, 주민들과 함께 한 달에 한 번씩 숲 세미나를 하고 있다. 숲의 힘을 찾아내고 활용하는 일이 자기만의 일로 그치는 게 아니라 마을 사람과 소통하고 지역에 새로운 대안을 여는 일로 이어지도록 하기 위해서다. 마침 그의 숲 주변 마을 네 곳이 농촌마을 종합개발사업 대상지로 선정돼 이미 이장과 몇몇 사람은 충북숲해설가

협회에서 숲 공부를 하는 등 관심도 높아져 있던 터였다. 처음엔 주민 세 명으로 시작한 세미나 참가자가 매달 한 명씩 늘더니 2010년 3월 현재는 도시민들도 참가해 모두 아홉 명이 되었다. 이들은 이후 마을 단위의 숲 체험 프로그램을 만들면 해설가, 진행자로서 활동할 수 있는 수준을 염두에 두고 숲의 생태를 함께 공부하고 있다.

그는 또한 4월부터 괴산의 충청북도자연학습원에서 초중고생을 대상으로 하는 생태 교육 강의를 맡았고, 지방자치단체에도 마을의 숲 체험 행사와 연계한 숲 학교를 만들자고 제안해둔 상태다. 숲 학교 프로그램을 하면 여러 사람이 숲에서 묵을 수 있는 공간이 필요하다고 생각해 2010년에는 숲에 몇 개의 방을 더 지을 계획도 세워두고 있다. 숲 속의 방들은 프로그램뿐 아니라 문화, 교육, 창작이 결합된 공간이 되었으면 좋겠다는 게 그의 소망이다.

숲과 관련된 그의 활동은 자신의 숲에만 그치는 것이 아니다. 2010년 초에는 완도군 청산도 주민들을 대상으로 생태문화관광해설사 교육을 진행했고, 섬의 생태를 조사해 가이드북으로 만드는 프로젝트도 맡았다. 지방자치단체, 귀농을 원하는 사람들을 대상으로 강의를 하느라 한 달에 네 번가량은 숲 밖에 나간다.

다양한 활동을 통해 그가 장기적으로 지향하는 목표는 처음에 꿈꾸었듯 '이야기 숲'을 만드는 것이다. 처음 숲을 살 때 투자했던 다섯 명도 아직 도시를 떠나지 않았지만 그 꿈 아래 느슨하게 연결된 공동체로 남아 먼저 시작한 그의 행보를 지켜보고 있다고 했다.

꾸준히 가고 있지만 아직 다 현실화되지 않은 **두려움을 끌어안고**
그의 계획을 듣다가 문득 의문이 떠올랐다. 삶 **사는 법**
의 방향을 틀어 부지런히 가봤는데 결국 이 길이 자신의 길이 아니라는
걸 발견하면, 다 실패하면 어떻게 하나? 그런 공포는 없을까?

"왜 없겠어요. 길을 잃을지도 모른다는 두려움은 계속 있어요. 그걸 끌
어안고 가는 거죠. 두려움은 죽을 때까지 동행하는 것이라는 걸 인정하
는 순간부터 되레 쉬워져요. 또 이 길이 내 길인지 아닌지는 길을 잃어보
기 전엔 모른다고 생각해요."

숲에 처음 들어와 혼자 살기 시작했을 땐 자연에 대한 두려움도 컸다
고 했다. 고라니 울음소리를 멧돼지 소리로 착각해서 무서웠고, 부엉이
노랫소리가 음산해서 뒤숭숭했다. 지금은 부엉이가 울면 '아, 짝짓기를
하고 싶다는 소리구나' 하고 알아차리고 산이 윙윙 울어대는 소리를 내
면 바람이 길을 바꾸며 나는 소리라는 걸 안다. 그렇게 자연에 대한 두려
움은 사라졌지만 삶에 대한 두려움은 여전하다고 했다. 가장으로서 가족
의 고생을 덜어주지 못하는 것도 늘 마음에 걸리고, 초등학교 6학년인
아이가 대학에 갈 때까지 6년 남았는데 그동안 경제적 안정을 이룰 수
있을지도 불안하다. 하지만 그는 두려움을 껴안고 살아가는 원리도 자연
속에서 찾는다.

"저한테는 '다 때가 있다'는 말이 두려움을 이기는 힘이었어요. 씨앗
을 뿌릴 때가 있는 거고, 새싹이 나오는 때가 있는 거고, 겨울이어야 할
때도 있는 거라고. 이미 도시를 떠날 때 '앞으로 수년간 겨울이겠구나'

생각하면서 왔어요. 도시 생활을 접고 자연으로 가면서 도시 수준의 편리를 포기하지 않겠다고 생각하면 매 순간이 불편하고 두렵겠지만 내가 선택한 때라는 것, 내가 견뎌야 할 겨울인 것을 알고 있으니 그 힘으로 두려움을 껴안고 가는 것이죠. 그러다가 때가 되면 새싹이 올라와 적극적으로 나를 돕게 되겠지요."

경제적 안정을 잃는 불안함 속에서도 삶의 다른 가능성을 배우는 사람은 그 혼자만이 아니었다. 2010년 3월에 연락했을 때, 그는 딸과 함께 《어린이를 위한 숲 이야기》(가제)라는 책을 쓰고 있었다. 숲의 생태에 대해 아버지와 딸이 묻고 답하고 함께 실험해보는 형식의 책이었다. 그가 딸에게 숲의 온도가 여름엔 외부보다 낮고 겨울엔 외부보다 높다고 설명해주면, 딸이 직접 숲과 도시의 온도를 재고 실험을 해본 뒤 그 이유를 질문한다. 그가 종의 다양성 때문에 그렇다고 설명해주면 딸은 종의 다양성을 직접 확인하기 위해 학교 뜰의 나무를 세어보고 숲의 나무와 비교해본다. 그러면서 숲에는 셀 수 없을 만큼 많은 종이 서식하고 있다는 사실을 깨우치며 숲이 아니면 어디서도 배울 수 없는 내용을 직접 글로 쓴다. 작가를 꿈꾼다는 딸에게 이보다 더 좋은 교육이 또 있을까 싶었다.

그는 미래의 불안에 대처하는 방법도 농민들을 따라 바뀌었다고 했다.

"농민들 중에 '내일의 할 일'을 일일이 계획하고 사는 사람은 거의 없어요. 올해 무슨 농사를 지어야지 하는 큰 그림만 갖고 자연의 흐름에 따라 삽니다. 우수가 되면 마지막 동네 놀음을 할 때라는 걸 알고 모여서 고스톱을 치며 한판 논 뒤 다음 날부터 거름을 나르며 힘들게 일을 시작하는 식이지요."

그도 예전에는 메모의 기술을 공부하고 치밀한 계획에 따라 하루를 조직했던 사람이었지만 그런 습성은 숲에서 생활하고 농사를 지으며 사라졌다. 산마늘도 몇 년 전부터 연구해왔지만 언제 심어야 한다는 생각은 해본 적도 없었다고 한다. 관심이 무르익다가 이제 심을 때가 되었구나 하고 알게 되어 심게 된 것이다.

2009년에 1년 내내 농사를 지으며 깨달은 것은 '나는 게으른 사람'이라는 자각이라고 했다. 게으른 사람이 지을 수 있는 농사를 짓자는 생각으로 선택한 것이 토종벌 치기다. 토종벌은 1년에 보름, 길게는 한 달가량만 일하면 30통을 관리할 수 있다. 게다가 벌들은 해마다 뭘 해줄 필요도 없이 겨울을 나면 기특하게도 알아서 세력이 늘어난다. 떠나는 여왕벌을 받아 새 벌통에 앉히는 분봉만 해주면 잘 살기 때문이다. 그렇게 토종벌 30통가량을 쳐서 나오는 소득은 1500만 원가량 된다고 했다. '게으른 농부'가 얻은 또 하나의 답은 산마늘이다. 한 번 심으면 40년을 산다고 하니까 자기 나이를 생각하면 딱 한 번만 심으면 되는 식물이어서 '게으른 농부'인 그에겐 안성맞춤이란다. 나무도 감나무와 매실나무 1300그루를 심었는데 4년쯤 지나 감나무에 감이 열리면 곶감도 만들고 수십 년간 너끈히 함께 살아갈 수 있을 거라고 했다.

"내가 게으르니까 내가 할 수 있는 농사를 하는 거예요. 속성상 디테일한 계획이 필요한 일들까지 부정하는 건 아닙니다. 그러나 인생에서 자잘한 계획대로 되는 게 과연 몇 퍼센트나 될까요? 개인의 삶은 세밀한 계획대로 되는 게 아닌 것 같아요. 물론 몇 년 뒤에 어떤 모습으로 살고 싶은지 미래에 대한 그림 하나 품고 사는 것은 중요하지만요."

그는 새로운 길 위에 서면서 중심에 대한 선망을 버렸다고 한다. 그 대신 거친 길을 즐겁게 걷는 자신만의 방식을 찾아내고, 자기 길을 걸어야 할 이유들을 스스로 찾아냈다.

"자기 길이 아니면 옆을 많이 보게 되잖아요. 자기 길을 걷는 사람은 시류에 휩쓸리지 않아요. 자기 길이라 생각하고 걸어도 목적지에 닿을 수나 있을까 하는 두려움은 여전합니다. 그러나 지금은 닿든 닿지 않든 그게 중요한 것 같진 않아요. 잃어보고 넘어지기도 하면서 가보는 '무식한' 태도가 중요할 뿐이지요. 인생은 목적지에 도착해서가 아니라 걸으면서 완성되는 것이 아닌가 싶습니다."

숲을 보여주겠다는 그를 따라 오두막 뒤의 제법 가파른 숲에 들어섰다. 사람들이 찾아와 함께 숲에 갈 때 그는 종종 당신을 닮은 나무를 찾아보라고 권한다. 어떤 사람은 뒤틀린 나무, 또 어떤 사람은 가시 많은 나무를 고른다. 그는 자신을 닮은 나무로 흔히들 '엄나무'라고 부르는 음나무를 꼽았다. 잔가지에 억센 가시가 잔뜩 들어찬 음나무처럼 그도 이십대, 삼십대엔 가시가 많은 사람이었다고 한다. 숲을 만난 뒤 스스로를 지킬 힘이 생긴 나무들만이 가시를 버리는 것을 보고, 변화의 힘이 자기 안에 있다는 것을 비로소 믿게 되었다. 그 뒤로 이전과 다른 사람이 된 것 같다고 했다. 인정받고 싶은 과잉 친절 베풀기를 그만두었고, 거침없고 당당해졌다. 세상 흐름에 휘둘리지 않으며 혼자 있으면 우주와 연결돼 있다는 느낌이 들어 저 홀로 충만해진다. 차가 트럭으로 바뀌고 편리를 잃었지만 덕분에 대중교통을 이용하고, 불편하게 사는 것이 생태적 삶이라는 것을 깨달았다. 도시에 살 땐 침묵을 잘 견디지 못했는데 지금은 그 자체가 편안하게 느껴지고 침묵 속에서도 자연과 대화하는 법을 배우고 있다.

숲의 구석구석을 설명해주던 그가 "여기는 제가 숙연해지는 장소"라면서 걸음을 멈추었다. 저 높은 곳 바위 위에 심하게 휜 느티나무 한 그루가 서 있었다. 나무의 성장 배경을 들려주던 그의 말이 내 귀에는 그 자신의 삶에 대한 은유처럼 들렸다.

"잘 보세요. 저기 느티나무의 뿌리가 바위를 끌어안은 모양새로 뻗어 있잖아요. 어느 날 바위 위에 떨어진 느티나무 씨앗이 점점 자라면서 제 살 길을 저렇게 찾은 거예요. 소나무처럼 바위를 뚫을 힘이 없는 느티나무 뿌리가 선택한 방법은 바위를 옆으로 끌어안는 것이었어요. 저렇게 바위를 안으면서 자신의 뒤로 신갈나무가 자랄 공간까지 만들어줬잖아요. 어려운 조건에도 불평하지 않고 자기 길을 내는 삶처럼 보이지 않나요?"

그가 지은 오두막집의 이름은 '백오산방'이다. 흰 까마귀〔白烏〕가 사는 집. 처음에 이 설명을 들을 땐 머릿속에 숲을 지키는 새의 이미지가 떠올랐는데 그를 만나고 돌아오는 길에는 까마귀가 전부 까맣다는 상식을 깨뜨리는 흰 까마귀가 떠올랐다. 그는 흰 까마귀였다.

장악력 _
자신의 가능성을 모두 끌어내
삶을 장악하라

최해숙

전환 이전 | LG화학 인테리어 소재 디자이너
전환 이후 | 소믈리에
전환 시기 | 서른다섯

"사람의 정체성이 완성되는 것은 직접 부딪쳐 많은 가능성을 탐험해 본 이후의 일이다. 우리가 스스로에게나 타인에게나 감춰진 영역이 없는 온전한 정체성을 구현하는 것은 생을 마감할 즈음에나 가능한 일일지도 모른다. 나는 아직도 '내가 누구인지' 알지 못하며 앞으로 나타날 새로운 나도 있을 것이다."

찰스 핸디의 자서전에서 이런 구절이 눈에 띄었을 때 '그래, 당연한 소리지 뭐' 하고 대수롭지 않게 책장을 넘기다가 멈칫했다. 가만, 표지를 보니 상당히 연로하신 듯한데 이 책을 쓸 때 나이가 얼마나 되었을까? 찾아보니 일흔이었다.

일흔이 된 사람이 여전히 새로운 자기 자신, 온전한 정체성의 구현을 기다린다는 게 예사롭지 않게 들렸다. 그 나이에도 스스로를 다 알지 못한다 말하고, 여전히 '새로운 나'가 나타날 가능성을 믿고 있다니. 생뚱맞을지 몰라도 나는 일흔의 사상가가 내비친 혼란과 기대를 읽으며 묘한 안도감을 느꼈다. 우리는 언제까지고 달라질 수 있다는 뜻이니까. 이번에 찾은 여행지는 사람의 정체성이 고정되는 것이 아니라 경험과 세월에 따라 달라질 수 있다는 깨달음을 인생 전환의 가장 큰 소득으로 꼽은 사람이다.

나이가 들면 사람은 잘 안 변한다고 했던가. 그러나 최해숙 씨는 인생의 행로를 바꾼 뒤 얻은 가장 큰 소득 중 하나로 이전과 달라진 자기 자신을 발견한 것을 꼽았다. 거침없이 자신만만해 보이는 인상인데, 그는 예전엔 안 그랬다며 손사래를 쳤다.

"별로 끈기도 없고 우유부단했어요. 강하거나 악착같은 사람을 보면 늘 나와는 다른 종류의 사람이라고 생각했죠. 그런데 길을 바꿔보니 내게도 강한 면이 있더라고요. 육체적으로 힘든 일처럼 내가 도저히 할 수 없을 거라고 상상하던 일을 해냈다는 충족감도 커요."

그에게 인생 전환은 지금까지 속해 있던 상자 밖으로 나가는 일이었다. 두렵고 불안했지만 바깥으로 한 발짝 내딛고, 낯선 세계에서 전혀 다른 사람들과 뒤섞여 지내다 보니 이번엔 달라진 자기 자신이 보이더라고 했다. 만약 길을 바꾸지 않았더라면 지금쯤 뭘 하고 있을 것 같냐고 물으니 그는 "글쎄요, 들끓는 마음을 가라앉히고 자신의 처지에 만족하며 살아가는 사람도 많겠지만 내 경우는 열의 없이 일을 하면서 '이것 말고 다른 세계가 있을 텐데……' 하는 공상으로 답답해하고 있을 것 같아요"라고 했다.

LG화학에서 인테리어 소재 디자이너로 일하던 그는 서른다섯 살에 길을 바꿔 이탈리아 유학을 떠났고, 그곳에서 요리사를 거쳐 소믈리에로 변신했다. 현재 건국대 와인학 석사 과정 겸임교수로 일하며 소믈리에를 꿈꾸는 사람들을 가르친다. 2010년 초에 만났을 때 그는 전통주 양조 과정을 배우러 가는 길이었다. 2010년은 '배우는 해'로 정했다면서 전통주 양조뿐 아니라 일본 술인 사케 소믈리에 과정도 수강해서 술은 죄다 섭렵해둘 생각이란다.

"관심사가 달라진 것은 아니고, 하나의 테마로 서로 다른 것들을 연결 해보고 싶은 생각인 거죠. 2009년 가을 국세청의 전통주 품질 인증제 실 시를 위한 평가에 심사위원으로 참여했는데, 하루에 전통주 50종씩 블 라인드 테스트를 하면서 한국에도 참 좋은 술이 많다는 걸 깨달았어요. 우리 전통주에도 포도를 재료로 쓰기도 하니까 와인과 그리 동떨어진 것 도 아니에요. 과실주, 막걸리 등을 폭넓게 공부해서 제가 배웠던 지식과 한국적인 요소를 결합해 일할 수 있으면 좋겠다는 생각입니다."

배우느라 바쁘지만 가르치는 일정은 더 빡빡하다. 그가 고정적으로 강 의를 맡은 곳만 추려봐도 대학교 두 곳, 학원 두 곳, 요리 학원 한 곳, 동 호회 한 곳 등 모두 여섯 곳이다. 그런데도 배우려는 영역은 전통주와 사 케에 머물지 않는다. 호텔관광경영학 석사 과정에 도전하는가 하면, 와 인 여행을 좀 더 능동적으로 기획하기 위해 영어도 배우러 다닌다. 똑같 이 바빠도 어떤 일은 힘을 소진시키는가 하면, 또 어떤 일은 에너지 공급 원이 된다. 그에게 전환 이후의 세계는 후자처럼 보였다.

대학에서 조소를 전공한 뒤 디자인 학원 강사를 거 **꿈과 판타지를 구별하라** 쳐 LG화학에서 인테리어 소재 디자이너로 일하던 그는 일이 익숙해지기 시작하면서부터 늘 '내 것'과 '창의적인 일'에 목이 말랐다고 한다. 하는 일이 시장과 자재의 트렌드에 크게 제한을 받는 터라 창의성을 발휘하는 분야도 아니었고, 디자이너라기보다는 장사하는 일에 가까웠기 때문이다. 전문직이라 하기도 어렵고, 일하면서 부족한 전문성을 채워나갈 길도 불투명한데 언제까지 이렇게 살 수 있을까를 생각하면 막막했다고 한다. IMF 외환 위기 때 여자 선배들이 줄줄이 자의 반 타의 반으로 회사를 떠나는 것을 보고 '내 것'이 없으면 안 된다는 조바심도 커졌다. 주로 싱글인 여자 선배들이 먼저 회사를 떠나는 것을 지켜보며 '더 큰 위기가 오면 그땐 내 차례겠구나' 하는 생각이 들었다고 한다. 더 늦기 전에 잘할 수 있는 일을 찾고 싶은 마음은 굴뚝같았는데 그게 뭔지, 하고 싶은 일이 무엇인지도 막막했다.

답답한 마음에 막연하게 디자인과 관련된 유학을 꿈꾸었다. 대학 졸업 후 전공을 바꾸어 섬유 디자인 대학원에 가려다 떨어졌던 기억도 마음 한구석에 남아 공부에 미련을 품게 했다. 한때 2천만 원을 주고 샀던 우리 사주 주식이 1억 원까지 치솟자 회사를 그만두고 유학 갈 준비를 하겠다는 생각으로 마음 설렜던 적도 있다. 어영부영하는 사이 주식이 다시 원금 상태로 떨어져버리는 바람에 기회를 놓쳤다고 오래도록 분하게 생각했지만 돌이켜보면 그때 가지 않기를 잘 했다고 한다. 자신이 어느 쪽에 재능이 있고 마음이 끌리는지를 고려하지 않은 채 막연하게 생각하던 유학이었고, 그 정도 이유로 주저앉을 거면 그만큼 간절하지 않았다는 뜻이기 때문이다.

그렇게 마음의 갈피를 잡지 못하고 방황하던 무렵, 바람이 딴 데서 불어오듯 기회가 우연히 찾아왔다. 2000년, 잡지에서 일하던 아는 이가 그에게 요리 코디네이터를 찾는다는 말을 꺼냈다.

"내가 디자이너니까 요리 코디네이터도 좀 알 거라고 생각했던 모양이에요. 평소에 요리 잡지에서 코디네이션을 즐겨 보던 터라 불쑥 '내가 한번 해볼까?' 하고 제안했지요."

그저 재미있겠다는 생각 하나로 외국 잡지를 보며 독학하고, 남대문 시장을 뒤져 접시를 찾아내 꾸민 요리가 잡지에 실리고 나니 너무나 흡족했다. 이전까지 한 번도 하겠다고 생각해본 적이 없는 일인데도 그 분야를 제대로 파보고 싶다는 생각이 들었다고 한다. '어쩌면 요리와 미(美)를 결합하는 일이 내가 찾던 나만의 일이 될 수도 있지 않을까?' 하는 생각도 점점 커져갔다. 매사에 자신감이 넘치던 사람도 아니고 많이 위축되어 있던 시절인데 묘하게 요리는 잘할 수 있을 것 같다는 생각이 들더란다. 백지에 그림을 그리듯 뭔가를 만들어내는 요리의 창작 과정이 '창의적인 일'에 목마르던 그에게 맞춤하게 느껴졌다.

그의 말을 듣다가 문득 궁금해졌다. 이전에 한 번도 생각해보지 못한 일을 접했을 때, 그 일이 '내 일'이라는 것을 어떻게 알아볼 수 있었을까? 우리가 다른 일에 매혹될 때는 '마침내 내 것'인 일을 뒤늦게 만나서일 수도 있지만 전혀 다른 이유일 때도 많지 않을까? 예컨대 '다른 삶을 살았더라면……' 하는 소망 때문에 판타지와 꿈을 구별하지 못할 수도 있다. 자신의 잠재력과 연결되지 않는 판타지를 현실에서 실현 가능한 일로 바라보기 시작하면 문제가 복잡해진다. 꿈 없이는 아무런 변화를 만들어낼 수 없지만, 판타지를 꿈으로 착각하면 길을 잃기 십상이다. 내가 꿈과 판타지를 헷갈렸던 경험이 있어서 갖는 의문일지도 몰랐다. 나도 한때 요리사를 동경해 일본의 요리 학교에 유학을 가려고 자료를 수집했던 적이 있다. 들뜬 마음으로 이것저것 알아보던 내게 어느 날 동생이 좀 이상하다는 듯한 표정으로 물었다. "근데 언니, 요리하는 거 좋아해? 별로 본 적이 없는데……"

내가 요리사를 꿈꾸었던 건 전문성이 몸에 밴 달인의 경지를 선망했기 때문이었고 날 것의 재료로 예술품을 만드는 창의성, 요리를 해서 사람을 먹인다는 구체적인 기여를 동경하기 때문이었다. 요리사가 될 만한 관심도, 잠재력도 없고 현실적 조건, 고단한 노동 환경 등을 고려하지 않은 채 멋진 겉모습에만 꽂혀서 품은 판타지였던 것이다.

판타지를 갖는 건 '다른 삶을 살았더라면……' 하고 생각하는 '소망 사고' 때문이다. 하지만 그처럼 멋진 일이 일어나 마법과도 같이 다른 삶을 살기 시작하는 전환은 가능하지도 않거니와 과학적으로도 실현되기 어려운 일이다. 우리의 두뇌는 수억 개로 연결된 뉴런의 활동으로 이뤄지는데 생각과 느낌, 행동의 기본 패턴을 바꾸려면 수억 개의 새로운 뉴런의 연결이 형성되어야 한다고 한다. 누구나 갑작스러운 변화에는 적응하기 어렵다는 뜻이다. 그러므로 마음만 먹으면 무엇이든 다 할 수 있다는 환상에서 빠져나와 자신의 능력과 열망 사이에 적절한 관계를 구축할 필요가 있다.

다행히 최해숙 씨는 나처럼 요리에 맹탕인 사람이 아니었고 '마법 같은 전환'을 꿈꾼 것도 아니었다. 평소에 요리에 소질이 있다는 말을 자주 듣던 그였다. 이전부터 맛있는 음식을 먹으면 무슨 재료를 썼는지 잘 맞추었고, 집에 돌아와 비슷하게 흉내를 내어 만들기도 잘했다. 회사 야유회에서 요리 대회를 했을 때 그가 속한 팀이 1등을 했던 적도 있다.

하지만 길을 바꾸는 데는 '내 안에 가능성이 있다'는 판단만으로는 모자랐다. 사람이 늘 자기 자신을 정확하게 파악할 수는 없다는 생각에 그는 주변에 귀찮을 정도로 자신이 뭘 하면 잘할 것 같은지를 물어보았다고 한다. 친구들 중엔 "넌 요리를 잘하니까 그런 건 어때?" 했던 사람도 있었고, 성격이 외향적이니 사람 대하는 일을 하라는 친구도 있었다. 요리와 창의적인 일을 권하는 사람이 많았는데 특정 항목이 많이 중복되면 그게 맞을 확률이 높다고 생각했단다.

꿈과 판타지를 구별하는 가장 중요한 방법으로 그는 자신의 길이 맞는지 맛보기 위해 퇴근 후 이탈리아 요리 학원에 다니기 시작했다. 딸이 그저 취미로 요리를 배우는 게 아니란 걸 알았던 어머니는 그가 요리 학원에서 실습할 때 입는 옷을 세탁할 때마다 "창피하게 이게 뭐냐?"고 타박을 주었다고 한다. 가보지 않은 저 너머를 꿈꾸며 멀쩡한 일자리를 버리려고 하는 딸이 불안하고 미덥지 않았을 것이다. 요리 학원을 다니면서 해볼 만하다고 마음을 굳힌 그는 2001년 회사를 그만둔 뒤 이탈리아 피에몬테 주의 '외국인을 위한 이탈리아 요리 학교(ICIF)'에 입학하기 위해 비행기에 올랐다. 겁도 나고 경제적인 부담도 컸지만 기왕이면 좋은 쪽으로 생각하려고 '이건 내게 좋은 일이야' 하고 무수히 속삭였다고 한다.

우연의 여지를
열어두면 기회가
기회를 낳는다

1년 과정의 요리 학교를 마치고 이탈리아 북부 지역 코모의 한 레스토랑에서 견습 생활을 시작할 때 그는 어느 정도 예상은 했지만 요리사의 노동 강도가 그렇게까지 센 줄은 몰랐다고 한다. 그때까지 그에게 요리의 정의는 '재미+창의'였는데 실전 상황에서 만난 요리는 힘들고 위험한 일이었다. 오전 9시부터 밤 10시 반까지 오후의 단 2시간을 빼곤 종일 서서 일해야 했다. 두 달 동안은 요리 접시엔 손도 대지 못한 채 냉동 새우를 까고 밀가루를 반죽했다. 새우의 신선도를 유지하기 위해 찬물에서 껍질을 까느라 손가락에 동상이 걸렸다. 뜨거운 불에서 음식을 꺼낼 때 장갑을 끼는 것은 호사였다. 무서웠지만 익숙해지기 위해 일과가 끝난 뒤 혼자서 뜨거운 것을 맨손으로 집는 연습도 해보곤 했다.

잘할 수 있을 것 같고 무척이나 하고 싶었던 일이라 시작했는데, 일이 너무 힘이 들어서 절망한 적도 한두 번이 아니었다. 창의적인 일을 꿈꾸며 요리의 세계에 들어섰는데, 그 기술을 몸에 스며들게 하는 과정 자체는 전혀 창의적이지 않았다. 중노동과 모욕을 묵묵히 견디며 어깨 너머로 틈틈이 배우는 인내심과 끈기가 더 필요한 자질이 아닌가 하는 회의가 수시로 찾아왔다.

다행히 그는 비교적 일을 빨리 배우는 편이어서 석 달이 지난 뒤 생선 요리를 맡았다. 혹독한 셰프 밑에서 3년을 일해도 생선 요리를 배당받지 못했다는 튀니지 출신 요리사도 있던 터라 요리를 만질 수 있을 거라는 기대조차 하지 못하던 때였다. 셰프는 그에게 디저트 장식에 재능이 있으니 그쪽을 열심히 해보라고 권유했다.' 디자이너의 경력을 버리고 새 일을 시작한다고 결심한 거였는데 디자이너로 살아온 경험이 이렇게 연결되는구나 하는 생각에 혼자 뿌듯했다고 한다. 반 년 뒤 그는 소도시 캄피오네 디탈리아의 한 레스토랑에 일자리를 얻었다.

요리를 배우면서 자연스럽게 와인의 세계에도 눈을 떴다. 그 전까지 한국에서 다양한 와인을 접해본 경험이 없던 터라 요리 학교에서 들은 와인 수업은 말 그대로 새로운 세계였다. 와인과 치즈를 배우고 싶었는데, 치즈는 따로 가르치는 학교가 없어 코모 주의 소믈리에 학교에 등록했다. 그가 요리사로 일하던 캄피오네 디탈리아는 스위스 안의 이탈리아 령이고, 코모 주의 소믈리에 학교에 가려면 편도 3시간 이상이 걸렸다. 그 길을 1년간 일주일에 두 번씩 다니면서 수업을 듣고, 마지막에는 레스토랑을 그만두고 공부에 매달려 소믈리에 자격증을 땄다. 요리는 주방에서 자기 세계에 깊게 빠져들어 일하는 분야인 반면 소믈리에는 홀에서 손님과 부딪치면서 일하는 서비스라 외향적 성격인 자신에게 더 맞았다고 한다.

스위스 레스토랑에서 6개월간 소믈리에로 일한 뒤 2004년에 귀국할 땐 와인과 요리를 결합해서 일한다는 생각 말고는 아무 계획도 없었다고 한다. 한국에 돌아와 맞닥뜨린 현실은 암담했다. "돈도 제로, 인맥도 제로여서" 당장 생활은 해야 하는데 어디 비집고 들어갈 돈벌이의 틈이 보이지 않더라고 했다. 3주간 잠도 못자고 마음을 졸이다 이대로는 안 되겠다 싶어 이탈리아에서 비슷한 공부를 하고 온 사람이 없는지 수소문하기 시작했다.

"몇 다리를 건너 어렵게 한 사람을 소개받아 무작정 전화를 하고 만나러 갔어요. 소믈리에 일을 하는 사람이었는데 이런저런 이야기를 하던 중에 '와인나라'에서 사람을 뽑는다는데 면접을 볼 생각이 있느냐고 묻더라고요. 자기는 다른 사정이 있어서 안 된다면서 제 의향을 묻더라고요. 그렇게 다른 사람이 가기로 한 자리에 제가 가게 된 거예요."

우연히 일이 풀리는 행운을 얻었지만, 기껏 고생해서 배우고 마흔이 다 되어 돌아왔는데 그야말로 아무것도 아닌 존재라는 느낌이 워낙 강해서 그에겐 이 한 달의 기간이 바닥을 치는 경험이었다고 했다. '와인나라 아카데미'에서 3년 반 동안 일한 뒤 프리랜서로 독립할 때도 그랬고, 이후 뜻했던 일이 잘 풀리지 않을 때면 그는 그 시기를 생각하면서 마음을 다잡는다.

2010년은 그가 프리랜서로 독립해 일한 지 3년째 되는 해다. 뜻하지 않았던 요리 코디네이션의 경험에 매료돼 요리사가 되었고 소믈리에를 거쳐 와인 강사가 되었다. 이전에 한 번도 '내 길'이라고 생각하지 않았던 일들이 이제 그의 일상이 되었다. 그는 기회가 순차적으로 연결되면서 이어진 것 같다며 우연한 기회가 새로운 기회를 낳으니, 그렇게 우연의 여지를 열어두고 사는 게 재미있지 않느냐고 말했다.

"어떤 일을 하든 저는 3년 단위로 끊어 생각해요. 예를 들면 10년 뒤에 나는 뭘 하고 있을까, 그런 질문은 제게 너무 커요. 3년, 그리고 그 안에서 기간을 더 잘게 쪼개어 생각하면 구체적인 목표가 서고, 거기에 도달

하고 나면 또 다른 조건이 형성되고 하는 거잖아요. 인생을 어떻게 미리 계획하겠어요? 엄청나게 '큰 뜻'을 품은 사람이라면 모를까."

인생 전환을 주제로 인터뷰를 하면서 만난 다른 사람들도 그렇지만 그의 경우에도 마치 계획이나 한 듯 시기가 딱딱 맞았다. 미리 예견하고 준비해서 그리된 게 아니라는 것도 공통점이었다.

내 가능성을 다 끌어내 쓰고 있다는 느낌

"처음에 회사 그만두고 요리 유학 간다니까 주변에서 이상하게 쳐다봤어요. 하고 많은 일 중에서 왜 하필 요리를 배우느냐고. 나는 아무렇지도 않은데 주변에서 어찌나 걱정을 하던지……. 우리 엄마만 해도 딸이 요리 공부하러 갔다고는 말씀을 못 하시고 디자인 공부하러 유학 갔다고 하셨을 정도니까요."

이탈리아에서 1년 반을 지낸 뒤 한국에 잠깐 왔을 때 그를 대하는 사람들의 태도가 달라져 있었다. 왜 그런가 했더니 TV 드라마 〈대장금〉의 영향이라고들 했다. 와인을 배우고 다시 돌아오니 이번엔 웰빙 트렌드를 타고 와인 붐이 불었다.

"시기가 우연히 맞았을 뿐 전략적으로 좇은 건 아니에요. 저는 남들이 많이 하는 일엔 관심이 별로 안 생겨요. 남이 별 관심 없거나 '그건 좀 빠르지 않아?' 할 때 슬슬 마음이 동하기 시작하지요."

삶의 방향을 바꾼 뒤 그에게 가장 큰 충족감을 주는 것은 "내 가능성을 다 끌어내 쓰고 있다는 느낌"이다.

"이전엔 스스로에 대한 부정적 고정관념이 강해서 뭘 하든 난 잘 못한다는 생각이 지배적이었어요. LG화학에 다닐 때도 스스로 리더십도 없고, 기획에서 실행까지 이어지는 사무처리 능력도 없다고 생각했지요."

스스로 무능하다고 생각했을 뿐 아니라 그가 뭘 잘할 거라고 기대해주는 사람도 없었다고 했다. 하지만 지금은 곧잘 리더십이 강하다느니 완벽주의자라느니 하는 말을 듣는다.

"내가 완벽주의자라는 평가를 받다니! 이건 꿈에도 생각 못 했던 일이에요. 부작용도 많은 완벽주의자가 대단한 칭찬이라고 착각해서가 아녜요. 내가 그만큼 일에 몰두하고 있고, 내 일을 장악하고 있구나 스스로 확인하게 된 거죠. '내 과제'를 하다 보니 어느 순간 일을 잘하고 있는 나를 발견하게 되었다고나 할까요? 대기업에선 내가 무능하다는 느낌을 떨칠 수 없었어요. 큰 조직은 어찌 보면 자기 능력을 발휘하기엔 너무 작은 공간일 수도 있어요. 나는 나사에 불과한데, 나사에게 무슨 기대를 걸고 일을 시키겠어요? 그러나 지금은 내가 전체를 다 움직이면서 내 일을 만들고 내 공간을 설계해요. 거기에서 오는 쾌감은 정말 대단해요. 이게 방향 전환을 통해 거둔 가장 큰 성과예요. 한 점에 딱 박혀 있던 나사가 빠져서 녹슬지 않고 살아서 돌아다니는 거니까요."

와인 강사로 일하는 요즘에도 손이 굳을까 봐 그는 계속 집에서 이런 저런 디저트를 만든다. 또 스스로에 대한 투자라고 생각하고 1년에 한 번은 이탈리아에 가서 새로운 장르를 배운다. 2년 전엔 시칠리아에서 전통 디저트를 배웠다. 특정 지역의 색깔이 가미된 음식들을 두루 배워 앞으로 요리와 와인, 여행이 결합되는 지점에서 사업을 해보는 것이 그의 목표다.

"앞으로 더 나이가 들어서도 삶의 방향을 바꿀 가능성이 또 오면 좋겠어요. 제가 서른다섯 살에 이탈리아에 갈 때도 너무 늦은 나이에 시작하는 것 아닌가 하는 생각에 불안했어요. 지금 생각하면 정말 젊은 나이인데 말이죠. 앞으로 10년 뒤에 지금을 생각해도 마찬가지일 거예요. 그러니 뭔가가 떠오르거든 늦었다는 생각으로 쉽게 포기하지 말고 현실화하려는 노력을 해보는 게 좋아요."

길을 바꾼 이들은 전환의 과정에서 오래도록 당연하게 여겨온 자신의 역할과 습관처럼 반복하던 패턴이 흔들리면서 변화를 향한 문이 열리는 것을 경험한다. 깊이 숨겨져 있던 자신의 새로운 특성을 발견하고는 스스로에게 놀라기도 한다. 만약 최해숙 씨가 달라졌다면, 자기 자신이 아닌 다른 사람이 되어서가 아니라 스스로도 말했듯 이전에 몰랐던 가능성을 끌어내 쓰는 느낌 덕분이었을 것이다. '새로운 나'와의 조우를 기다리던 찰스 핸디도 오랫동안 "내가 아닌 다른 사람이 되려고 했던" 거짓된 삶을 반성하면서 이렇게 말했다.

"정체성의 탐험에서 중요한 것은 자신이 아닌 다른 사람처럼 행동하지 말고 스스로에 대해 정직하고 개방된 태도를 취하는 것이다."

근성 _
잇따른 좌절을 어떻게
견뎌낼 것인가?

정유정

전환 이전 | 간호사, 건강보험심사평가원 심사직
전환 이후 | 소설가
전환 시기 | 서른여섯

36

간호사

전환을 준비할 때 내가 귀담아들었던 조언 중 하나는 어떤 일을 하고 싶다는 꿈이 '거짓 동경'인지 아닌지를 잘 구분해야 한다는 것이었다. 겉보기에 화려한 모습에 현혹되어 어떤 일을 하고 싶어 했다면 금방 실망하게 될 것이다. 그러므로 하고 싶은 분야의 일을 이미 하고 있는 사람들을 만나거나 그 일의 실제를 조사해 화려하고 남 보기에 좋은 면을 제외한 구체적인 일상을 보고 자기 꿈이 '거짓 동경'인지 아닌지 알아보는 과정이 필요했다.

좋다. 문제는 그다음이다. 실제가 남루할지라도 기꺼이 감당하겠다고 마음먹고 삶의 행로를 과감히 바꿔 뛰어든 일에서 최선을 다했는데 실패만 거듭한다면? 상상만 해도 괴로운 일이다. 한 번 실패야 병가지상사라지만 그것도 한두 번이지, 가장 잘하고 싶고 잘할 수 있을 것 같은 일을 열심히 했는데도 내리 실패를 거듭한다면 그다음엔 무엇을 해야 할까? 더 이상 잘하기는 힘든데도 계속 실패만 한다면 어떻게 해야 할까? 좌절의 늪에 침몰할 것만 같던 시간을 견디고 먼 길을 돌아온 정유정 씨를 만나러 가면서 마음속에 품은 질문은 이런 것들이었다.

1980년 5월, 시가전이 벌어지던 광주에 공수부대가 진입하던 날이었다. 방 열 개가 주르륵 붙어 있던 기다란 한옥에서 하숙을 하던 대학생과 어른들은 출정식이라도 하듯 마당에 모여 번개탄 불에 삼겹살을 구워먹고 소주를 마셨다. 그러고는 한 명뿐이던 여고생에게 집 잘 보라고 당부한 뒤 굳은 얼굴로 모두 트럭을 타고 떠났다. 밤새 총소리가 끊이지 않았다. 겁에 질려 어쩔 줄 모르던 여고생은 대학생이 묵던 옆방에 들어가 책을 하나 골랐다. 재미없는 책을 보면 잠이 올까 싶어 고른 책은 《뻐꾸기 둥지 위로 날아간 새》. 그 뒤 시간이 어떻게 갔는지는 기억에 없다. 책을 다 읽고 나니 총소리가 그쳐 있었다. 어른들은 아무도 돌아오지 않았다. 불빛이 새어나가지 않도록 창문에 쳐둔 이불을 들추고 밖을 내다보니 새벽이었다. 희뿌옇게 밝아오던 하늘, 깊은 정적에 휩싸인 새벽녘의 거리를 바라보던 여고생에게서 갑자기 걷잡을 수 없는 울음이 터져 나왔다.

2009년 장편소설 《내 심장을 쏴라》로 1억 원 고료 제5회 세계문학상을 탄 정유정 씨는 자신이 왜 작가가 되고 싶은지를 고등학교 1학년이던 그날 알았다고 했다. 그 울음이 답이었다. 불길한 예감에 사로잡힌 여고생의 몸과 마음을 꿈결처럼 홀리고 잠시나마 현실의 공포를 잊게 해준 소설, 그렇게 울게 만들 수 있는 소설을 쓰고 싶었다. 그 후 한시도 소설가의 꿈을 잊어본 적이 없지만, 자신의 꿈과 마주하기까지 그는 먼 길을 돌아와야 했다.

그는 5년 6개월간 간호사로, 9년간 건강보험심사평가원 심사직으로 일한 뒤 서른여섯 살 때인 2001년에 직장을 그만두고 본격적으로 글을 쓰기 시작한 독특한 이력의 소설가다. 글을 쓰게 되기까지 왜 그렇게 오래 걸렸느냐고 물으니 그는 '생존 투쟁 때문'이라며 씩 웃었다. 그를 처음 만났을 땐 그가 들려준 이십대의 고단한 경험이 '생존 투쟁'의 전부인 줄로 이해했다. 신산스러운 이십대를 보내면서도 꿈을 잃지 않은 일편단심에 그저 고개를 끄덕였을 뿐이다.

두 번째 만났을 땐 전업 작가가 되기 위해 서른여섯 살에 인생의 방향을 튼 뒤 마흔두 살에 등단하기까지 그가 살아낸 7년간의 캄캄한 시간이 눈에 밟혔다. 번번이 시험에 떨어지는 고시생처럼 공모전에서 잇따라 낙방하면서 어떤 결실도 얻지 못한 채 흘려보내야 했던 시간을 그는 어떻게 버텨냈을까? 그는 "10년 넘게 습작 중인 사람도 있는데 내 7년은 아무것도 아녜요" 하면서 별것도 아니라는 듯 말했지만, 7년이면 초등학교 6학년 아이가 자라 대학생이 되는 시간이다. 그 시간을 무너지지 않고 견뎌낸 것이야말로 그가 작가라는 존재로 자신을 세우기 위해 치러야 했던 진짜 '생존 투쟁'이었을 것이다.

그는 스스로를 띨띨하다고 말하고 자신을 곧잘 농담의 소재로 삼으면서도, 앞이 보이지 않는 어둠을 제 발로 건너본 사람 특유의 단단함을 지녔다. 마치 《내 심장을 쏴라》에서 보여준 문체, 옹골차고 생의 의지가 강렬한 자신의 글과도 닮았다. 한 인터넷 서점의 독자 리뷰 란에는 그와 일면식도 없을 독자가 "이 소설을 쓴 작가도 만만치 않은 고뇌와 고통과 어두운 내면의 긴 터널을 통과해온 사람일 거라는 생각이 든다"는 촌평을 올려놓기도 했다. 그와 이야기를 나누면서 나는 열정이 몸의 세포를 변화시키는 화학 작용이 가능하지 않을까 하는 상상을 했다. 이걸 못 하면 죽을 것만 같다는 열망이 깊으면 그 자체가 끝나지 않을 것만 같은 시간보다 더 길게 버티는 근성이 될 수도 있다는 것, 몸 구석구석에 스며든 열망이 타고난 근성인 양 몸에 뿌리박힌 성질로 변해 삶을 바꾸는 '화학 작용'이 가능하다는 것을 그의 삶이 직접 입증해 보여주는 것만 같았다.

이 일이 아니면 죽을 것 같았다

전남 함평에서 초등학교에 다닐 때부터 그는 글짓기 대회를 휩쓸던 학교 대표 글쓰기 선수였다. 글쟁이의 싹이 보였던 그가 긴 우회로를 걷게 된 까닭은 자신과 어머니의 소망이 달랐기 때문이다. 어머니는 그가 글을 쓰는 것을 무척 싫어했다고 한다. 희곡을 쓰다 속절없이 요절한 외삼촌에 대한 기억 때문이었다. '의사 딸'을 소망했던 어머니는 6년을 다녀야 하는 의대 교육과정에 맞춘다는 생각으로 여섯 살 난 딸을 초등학교에 입학시켰다. 그 바람에 그는 광주민주화운동이 벌어지던 때 겨우 열다섯 살로 고등학교 1학년을 다니고 있었고, 열여덟 살에 대학 1학년이 되어버렸다.

"의대 가라는 엄마에게 반항도 못 하고, 그렇다고 공부를 열심히 하는 것도 아닌 상태로 어영부영하다가 간호대학에 들어갔어요. 대학 때도 친구들 글쓰기 숙제를 대신 해주면서 언젠가는 내 글을 써야지, 하고 열병처럼 끙끙 앓았지요."

간호사가 된 뒤 문학 공부를 해볼 요량이었지만 이번엔 모진 난관이 그를 기다리고 있었다. 그가 스물두 살이 되던 해에 어머니가 암 투병을 시작하는 바람에 3년 반 동안 간병을 했는데, 막바지에는 자기가 다니고 있는 병원 중환자실에서 어머니를 돌보며 아예 병원에서 살았다. 중환자 실에서 회생 가능성이 없는 어머니를 간호하면서 겪던 절망감에 몸서리가 쳐졌다던 그는 어머니를 떠나보내고 난 뒤 중환자실 간호사를 그만두고 건강보험심사평가원으로 직장을 옮겼다. 이번에는 동생 셋의 학비를 대야 하는 임무가 과제로 남았다. 동생들 등록금이 한꺼번에 나오는 달이면 대출을 받으러 돌아다니느라 이십대의 청춘을 누릴 겨를이 없었다.

"이십대엔 살아서 버텨야 한다는 생각밖에 없었어요. 인생이 엉켰다는 생각에 울기도 많이 울었지요. 내 삶이 침몰하고 있다는 느낌에 눈앞이 캄캄할 때도 많았고요. 만약 신이 나를 이십대로 되돌려 보내준다 해도 절대로 가지 않을 겁니다."

동생들이 모두 성인이 되어 버거운 부양의 의무를 마친 뒤인 스물아홉 살에 두 살 연하인 남동생 친구와 결혼을 하면서, 그는 남편에게 집을 사면 직장을 그만두고 내 인생을 살겠다고 다짐을 받아두었다고 한다. 틈날 때마다 소설을 본격적으로 쓰기 시작한 것도 이 무렵부터다. 그의 처녀작은 공모전 당선 훨씬 이전인 2000년에 발표한 《열한 살 정은이》다. 문예지가 있는지도 모르고, 소설가가 어떻게 되는지도 몰랐던 그는 혼자서 쓴 작품을 당시 PC통신 문학 게시판에 올려보았다. 3분의 1쯤 연재를 해보니 댓글이 꽤 많이 달리고 반응이 괜찮은 편이어서 '내 이야기가 싫지는 않은가 보다' 하는 생각에 출판사에 원고를 보냈다. 일주일 만에 전화가 왔다. 투고작이 너무 많아 한꺼번에 밀차에 실어 창고로 보냈는데, 그의 원고가 두 번째 밀차 제일 위에 놓여 있었다고 했다. 밀차 주변을 지나던 편집장이 우연히 원고를 넘겨보았고, 그 자리에 선 채로 다 읽은 뒤 그에게 전화를 한 거였다. 그렇게 해서 그의 생애 첫 책이 세상에 나왔다. 곧장 두 번째 소설을 쓰기 시작했고, 2001년 마침내 아파트를 사자 그는 마음을 정해둔 대로 사표를 내고 집에 들어앉아 글만 쓰기 시작했다.

처음엔 "내가 우물 안 개구리인 줄도 모르고, 세상에 나가기만 하면 다 잘될 거라는 기대" 때문에 신이 났다. 새벽 4시에 일어나 오전 7시까지 글을 쓰고 남편과 아이를 내보내고 나면, 오후 늦게 "머리가 더 이상 돌아가지 않을 때"까지 글을 썼다. 첫 책을 내준 출판사에서 두 번째 소설도 잇따라 내준 덕분에 '이제 소설가가 됐나 보다' 생각했는데, 그게 아니었다. 무명의 그가 쓴 책을 사는 사람이 거의 없었다. 출판사도 세 번째 소설까지 펴낸 뒤 더 이상은 못 하겠다면서 손을 들었다. 글을 써도 실을 곳이 없고 아무런 인맥도 없던 그가 해볼 방법은 공모전에 도전하는 길뿐이었다.

그러나 공모전 통과는 만만치 않았다. 잇따라 떨어지다 보니 "나는 너무 하찮은 개구리"라는 절망감이 기대의 자리를 대신 채우기 시작했다. '내가 과대망상인 건 아닐까?', '재능이 없는 게 아닐까?' 끊임없이 의

심하며 온갖 공모전에 글을 보냈다가 떨어지고, 몸져누웠다가 다시 일어나 쓰는 과정을 해마다 반복했다. "글을 못 쓰면 죽을 것 같아서" 소방서에 근무하는 남편 연봉의 두 배를 받던 직장을 그만두고 시작한 일인데 번번이 떨어지는 스트레스를 감당하기가 힘에 부쳤던 모양이다. 2003년 무렵 뺨이 부풀어 오르고 땀구멍에서 고름이 나오는 증상이 시작돼 병원에 갔다가 희귀병이라는 호산구성 농포성 모낭염 진단을 받았다. 심한 스트레스로 면역 체계가 무너져 생긴 질환이라고 했다. 의사가 스트레스 때문에 그렇다면서 소설이고 뭐고 그만두라고 강권했지만, 그는 이 병으로 내리 4년을 고생하면서도 그저 얼굴 때문에 글쓰기를 그만둘 수는 없지 않나 생각했을 뿐이다.

이겨내야 할 시련은 많기도 하여라

질병보다 더 힘든 건 패배주의와의 싸움이었다고 한다. 공모전에서 번번이 떨어지다 보니 '나는 안 될 거야' 하는 생각을 극복하기가 어려웠다. 이십대 때부터 문단에서 날리는 작가들을 보면 글 쓰는 사람은 하느님이 따로 점지해주시는가 싶어 절망스러웠고, 아무도 읽지 않는 글만 내리 쓰다가 죽을지도 모른다는 공포에 시달렸다. 자신은 목숨을 걸고 죽자 사자 쓰는데 가끔 친구들이 전화해서 골프를 시작했다는 따위의 이야기를 늘어놓다가 "너 아직도 글 쓰냐?" 하고 물으면 치욕에 몸을 떨었다.

"이겨내야 할 게 한두 가지가 아니어서 밤에 잠이 안 왔어요. 소설 자체만 해도 고민스러운데 소설에서 나오면 내 처지가 고민스러워서 자다가도 벌떡벌떡 일어났으니까요. 이십대 초반부터 계획성 없이 살아본 적이 없는데 소설을 쓰면서 처음으로 그런 경험을 해본 셈이죠. 어디다 스트레스를 풀지 못하니까 유리컵을 주먹으로 내리치는 바람에 질겁한 남편이 응급실에 데려간 적도 있고……. 공모전에 계속 떨어지면서 마흔을 넘겼는데 되는 것은 하나도 없으니 비참한 기분에 파괴적인 성향까지 드러나더라고요."

내면의 울분과 절망을 이길 수 있었던 힘은 어디에서 나왔을까? 그는 엉뚱하게도 샌드백이 도움이 많이 됐다고 했다.

"집에 샌드백을 걸어두고 주먹으로 치고 발로 차면서 스트레스를 풀었어요. 한번은 남편이 퇴근해보니 내가 불을 다 꺼놓고 헤드폰을 뒤집어쓴 채 혼자 중얼중얼하며 샌드백을 치고 있더래요. 정신을 차려보니 내가 1시간가량 그러고 있었더라고요. 샌드백을 세상이라고, 나에게 모욕을 줬던 사람이라고 생각하면서 두들기는 거죠. 그러고 나면 좀 나아지고, 하루치 힘이 생기고, 그 힘으로 다음 날을 견디고 했죠."

안 하면 죽을 것 같아 시작한 일인데 여기서 무릎을 꿇으면 영원히 꿇는 거라는 독한 마음이 질긴 근성으로 전이되어 체화된 듯했다. 면역력을 키우기 위해 운동을 하라는 의사의 조언을 듣고 동네 근린공원을 달리기 시작했는데 뛰다 보면 자신도 모르게 열댓 바퀴씩 돌곤 해서 동네 마라톤 클럽의 스카우트 제의까지 받았다. 글을 쓰기 위해 새벽 4시에 일어나는 것도 원래부터 아침형 인간이어서가 아니라 머리가 잘 돌아가게 하는 코티솔 호르몬이 오전에 많이 분비된다는 말을 듣고 생활 패턴을 바꾼 것이라고 한다.

비참한 상황에서는 때로 낙천적인 성향도 어려운 시간을 견디는 데 큰 도움이 됐다. 그의 어머니가 말기 암 투병 중일 때였다. 어머니가 혼수상태에 빠져 있을 때 남동생이 군대에 갔는데, 깨어난 어머니는 입대한 아들의 사복을 끌어안고 대성통곡을 했다. 그는 어머니 대신 남동생 면회를 하러 가서 외박을 데리고 나왔다. 두 사람은 부대 근처 절벽에서 번개탄을 피워 삼겹살을 구워 먹고 소주를 마시며 새로 나온 무협지 이야기를 하면서 놀았다. 어머니에 대한 이야기는 단 한 마디도 꺼내지 않은 채로. 광주로 돌아오는 차 안에선 너무 슬펐지만 그 당시엔 그런대로 그 순간을 즐길 수 있었다. 그런 순간적 낙천성이 없었더라면 길고 답답한 시간을 견디기 어려웠을 거라고 했다.

그의 캄캄한 시간에 대한 이야기를 듣다가 문득 궁금해졌다. 잇따라 실패하고 소설가가 어떻게 되는 줄도 몰랐다면서 문예창작과 편입 같은 선택을 고려해볼 만도 하지 않았을까? 그는 패배주의에 괴로워하면서도 이상한 오기 때문인지 그런 생각은 해보지 않았다고 했다. '나는 내 마음대로 할 거야' 하는 생각이 강했고, 대학 시절에 그를 알아봐준 한 교수가 재능이 있다고 했던 말을 철석같이 믿었기 때문이다.

"간호대학에 와서 교양 국어를 가르치던 외래교수가 계셨어요. 어느 날 시험을 보는데 백지 시험지를 나눠주고 칠판에 '얼굴'이라고 쓰더니 그걸 주제로 마음대로 쓰라는 거예요. 학생들은 갑갑하죠. 쓸 말이 없다고 시험지에 얼굴을 그린 애도 있어요. 그런데 나는 앞뒤로 빡빡하게 써서 냈어요. 며칠 뒤 교수님이 나를 불러 다짜고짜 습작 노트를 가져오라 해서 가져갔더니 일주일 뒤에 다시 불러서 '국문과로 전과할 생각 없느냐'고 물으셨어요. 나는 그럴 만한 상황이 아니라고 하니까 안타까워하면서 '글 쓰고 싶지? 절대로 꿈을 포기하지 마라' 하고 격려해주시더군요. 그 영향이 오래 갔어요. 창작 공부를 하는 학생도 교수에게 그런 인정을 받기 어려울 텐데 아무것도 아닌 내가 인정받았으니 나도 하면 되지 않을까 생각했죠. 그런 게 이기는 힘이 되었어요. 아무 근거도 없지만 약간 과대망상으로 보일 만큼의 자신감이 밑바탕에 깔려 있어서 자괴감에 질식하지 않을 수 있었던 것 같아요."

나름대로 질기게 버텨왔지만 정말 더 이상은 못 하겠다는 체념이 스멀스멀 기어 올라오기 시작할 무렵인 2007년, 《내 인생의 스프링캠프》가 제1회 세계청소년문학상에 당선됐다. 초조하게 결과를 기다리면서 우아하게 책을 보고 있을 때 당선 전화를 받으면 좋겠다고 기대했지만, 정작 당선을 알리는 전화를 받았을 때 그는 변기를 청소하던 중이었다. 그는 전화를 끊고 화장실 바닥에 철퍼덕 주저앉아 울어버렸다. 벼랑 끝에서 구원받으면 이런 심정일까 싶었다고 한다. 관문 하나를 넘었으니 이제 편안히 '꽃길'을 걸어도 되련만, 시상식장에서 만난 소설가 서영은의 충고는 그를 다시 가시밭길로 몰아냈다.

"저더러 '뒤돌아보지 말고 도망가라' 하시더라고요. 안주하지 말라는 뜻이었지요. 여기에 만족하지 말고 성인 문학에 도전해보라는 격려이기도 했고요."

그 말을 마음에 새긴 그는 쏟아지던 청소년 관련 원고 청탁을 모두 거절한 채 다시 작품에 매달렸다. 다 쓴 소설을 두 번이나 폐기하고 정신병원 폐쇄 병동에 직접 들어가 취재를 하면서 맺은 결실이 2009년 봄에 세계문학상을 타고 영화로도 만들어질 《내 심장을 쏴라》다.

2010년 2월 다시 만났을 때 그는 가을경 발간될 장편소설을 집필하고 있었다. 세

'왜?'라는 질문에 충분히 답할 수 있을 때까지

간의 주목을 받는 상을 탄 뒤에도 생활이 달라진 것은 딱히 없고 원고를 들고 돌아다닐 일은 없겠다는 정도라고 한다. 되레 공모전에서 번번이 떨어지던 시절의 치열함이 좀 사라진 것 아닌가 싶어서 반성하는 중이라고 했다. 그는 지금도 변함없이 매일 새벽 4시에 일어나 글을 쓴다. 밥하고 와서 쓰고, 청소하고 와서 쓰고, 오후 5시까지 그렇게 종일 앉아 있다가 밤이 되면 산에 간다. 동네의 낮은 산인 삼봉산을 혼자 걷다 보면 쓰고 있는 소설의 이야기가 가닥이 잡히고, 그게 아니더라도 최소한 스스로를 돌아보는 시간이어서 하루도 빠뜨리지 않는다.

"글을 쓰면서 내 인생을 사랑할 수 있게 되었어요. 물론 쓸 때야 괴롭지요. 일주일에 하루 정도 글이 잘 풀리면 그날은 구름에 뜬 기분이지만 엿새는 내가 쓴 게 죄다 쓰레기 같다는 괴로움에 자학 모드로 돌아가요. 진도가 나가는 건 갑자기 미치는 하루뿐이고, 나머지 엿새는 괴로워하면

서 고치고 다듬고 하는 거죠. 자신감과 혐오감 사이를 쳇바퀴 돌듯 반복하는데 이 패턴이 앞으로도 크게 달라지진 않을 거예요."

그가 소설을 쓸 때 가장 많이 하는 고민은 '내가 이걸 왜 쓰나'다. 왜냐는 질문에 대한 답을 정리한 뒤 소설을 쓰는 줄 알았더니 그게 아닌 모양이다. 소설을 끝낼 때까지 계속 왜냐고 묻고 그에 대한 답이 긍정적으로 추려지지 않으면 다 쓴 소설도 폐기한다고 했다. 2004년에 심취한 고딕 메탈에서 영감을 받아 쓴《우리는 알래스카로 간다》도 그렇게 폐기해버렸다. 심지어 세 번을 고쳐 쓴《내 심장을 쏴라》도 어느 문학상에 당선 없는 가작으로 뽑혔지만 상 받는 걸 거부하고 원고를 몽땅 없애버렸다. '왜?'에 대한 답이 충분하지 않았다고 생각해서다. 자신에게 그토록 엄격한 창작의 기준을 들이대면서도 그는 스스로를 예술가라고 생각하지 않는다.

"소설가를 예술가 형, 이야기꾼 형으로 나눈다면 나는 후자입니다. 예술을 할 능력도, 의도도 없어요. 시골 서커스단의 만담가처럼 내 글로 사람들을 웃기고 울리고 싶고, '꾼'이라는 말을 듣고 싶을 뿐입니다."

이제 와서 돌이켜보면 이십대의 암흑 같던 우회로, 공모전에서 내리 떨어지던 기나긴 세월을 통과하면서 얻은 것도 많다. 중환자실 간호사로 겪은 임상 경험은 그가 소설가로 살아가는 데 좋은 밑천이 되고 있다. "한 침대 곁을 지날 때 '삶'이었던 목숨이 돌아서면 바로 '죽음'이 되는 것"을 수시로 겪는 일은 그만한 나이에 하기 어려운 경험이었다. 문예창작과에 가서 창작 수련만 했다면 겪지 못했을 사회생활을 해본 경험, 번번이 실패하고 모욕을 당한 경험 덕택에 소설가로서 필요한 인간에 대한 통찰력을 키울 수 있었다고 자평할 때면, 이게 다 엄마가 내가 글 쓰는 일을 반대해서 멀리 돌아온 덕분이라는 생각이 든단다.

"어니스트 헤밍웨이가 작가로 성공하게 된 요인이 무엇이냐는 질문에 '재능과 불행한 유년시절'이라고 꼽았듯 불행이 반드시 나쁜 것만은 아닐 수 있어요. 물론 결과적인 이야기지만 불행이 사람을 성장시키기도 하지요. 중환자실에서 엄마를 간호할 때 보조 침대에서 자면서 엄마 숨소리를 듣고 있으면 '이대로 엄마가 돌아가시면 어쩌나' 하는 공포로 까마득했어요. 그렇게 엄마를 보내고 나니 이게 가장 밑바닥일 거라는 생각, 이보다 더한 일이 있겠느냐는 배짱이 생겼지요."

그에게 언제가 가장 행복했느냐고 물었을 때 돌아온 답은 의외였다. 필생의 꿈이던 소설가가 된 지금이 아니라 집만 사면 직장을 그만두고 소설 쓰기에 전념하겠다는 계획으로 한껏 부풀어 있던 때, 앞으로 인생이 술술 풀릴 거라고 기대하던 삼십대 초반이 가장 행복했던 시절이라는 것이다. 어쩌면 사람이 가장 행복을 느끼는 순간은 꿈을 이룬 뒤보다 꿈을 앞에 두고 마음 설레는 찰나일는지도 모르겠다. 먼 길을 돌아 꿈이 현실이 된 지금, 그가 벼리는 것은 모험 정신이다. 공모전에 도전하는 일은 더 이상 하지 않아도 되지만 소설의 영역을 넓히기 위한 도전은 긴 호흡으로 계속하려 한다.

인생의 방향을 놓고 고민하는 사람이 조언을 청해온다면 무슨 말을 해줄 수 있겠느냐고 묻자 그는 하려는 일이 자기 인생에서 정말 하고 싶은 일인지 그것부터 파악해야 한다고 말했다.

"먼저 자기 자신을 마주 봐야 해요. 이 일이 정말 하고 싶은가 아니면 그것이 성공했을 때 얻을 수 있는 결과나 외양에 시선이 꽂혀서 하고 싶어 하는가를 구분해야 한다는 거죠. 글을 쓰고 싶다면 '대체 글을 써서 뭐할 건데?'라는 질문에 대답할 수 있어야 해요. 상을 타고 이름을 알리고 돈을 번다? 이건 아니죠. 그렇게 성공하는 사람은 열 명 가운데 하나가 될까 말까 해요. 전부 죽자 사자 하는 건데, 앞이 보이지 않는 시간을 버티게 해주는 힘은 결국 '동기'밖에 없습니다. '내가 이걸 왜 하고 싶어 하나'가 분명해야 해요. 내가 7년을 버틸 수 있었던 것도 글을 쓰지 못하면 죽을 것 같았기 때문이었어요. 직장도 그만두고 가정도 내팽개친 사람이나 다름없었어요. 나는 스스로 존재감을 느끼고 내가 인간적으로 가치 있다고 느끼는 순간이 아내일 때도, 엄마일 때도 아니고 오로지 글을 쓸 때뿐입니다. 그런 면에서 한없이 이기적인 사람일 수도 있지만요."

"글을 쓸 수 없다고 하면 내 인생은 사는 의미가 없다"고 단언하는 그를 바라보며《내 심장을 쏴라》에 그가 적어둔 '작가의 말'이 떠올랐다. 그는 이 소설을 쓰게 만든 질문이 "운명이 내 삶을 침몰시킬 때, 나는 무엇을 할 수 있을까?"였다고 했다. 대학 3학년 때 실습 나갔던 정신병원에서 만난 젊은 환자에게 받은 느낌을 정리한 문장이었다지만, 운명이 자신에게 적대적이라고 느끼던 시절에 그가 스스로의 삶을 향해 던진 질문이기도 했을 것이다. 그래서일까?《내 심장을 쏴라》에서 두 남자 주인공의 분투는 그의 삶과 겹쳐 보였다. 소설의 마지막 문장을 읽을 땐 그의 얼굴이 눈앞에 오버랩됐다. 소설을 쓰게 만든 질문에 자신의 삶으로 답해온 저자의 모습이 거기에 있었다.

"나는 팔을 벌렸다. 총구를 향해 가슴을 열었다. 그리고 언덕 아래로 질주하기 시작했다. 나야. 내 인생을 상대하러 나선 놈, 바로 나."

사회사업가

↑ 48

위기관리 _
실패를 어떻게
다룰 것인가?

엄홍길

전환 이전 | 전문 산악인
전환 이후 | 엄홍길휴먼재단 상임이사
전환 시기 | 마흔여덟

전문 산악인

엄홍길 씨는 평범한 사람의 인생 전환 이야기를 들어보는 이 여행의 취지에 다소 어긋나는 인물이다. 우리나라에서는 그를 모르는 사람이 없을 정도로 유명하거니와 도중에 삶의 행로를 바꾼 경우도 아니기 때문이다. 게다가 자신의 분야에서 더 바랄 게 없을 만큼 이룬 커다란 성취를 바탕으로 인생 2막을 시작한 사람이었다.

하지만 그의 이야기를 들어봐야겠다고 생각한 것은 어느 날 문득 눈에 띈 얀 마텔의 소설 《파이 이야기》의 한 대목 때문이었다. 호랑이와 함께 구명보트를 타고 태평양을 표류하며 살아남기 위해 기를 쓰던 십대 소년 파이는 이렇게 독백한다.

"생존은 나로부터 시작되어야 했다. 조난자가 저지르는 최악의 실수는 기대가 너무 크고 행동은 너무 적은 것이다. 당장 할 수 있는 일에 집중하는 데서 생존은 시작된다. 게으른 희망을 품는 것은 저만치의 삶을 꿈꾸는 것이나 마찬가지이다."

삶과 죽음의 기로를 넘나들 때 "어떤 이들은 한숨지으며 생명을 포기하고 어떤 이들은 약간 싸우다가 희망을 잃지만" 어떤 사람들은 포기하지 않는다. 엄홍길 씨는 그렇게 끝까지 싸워본 경험이 있는 사람이다. 그게 파이의 말처럼 "생에 대한 허기로 뭉쳐진 아둔함"에서 비롯된 것인지 아닌지는 몰라도 그에게서는 성공담 대신 실패담을 듣고 싶었다. 인생 전환이 꼭 사느냐 죽느냐의 문제는 아니겠지만, 실패를 다루는 방법은 전환점을 지나는 사람에게 무엇보다 필요한 도구이니까.

2009년 3월 첫 번째 인터뷰를 하던 날, 오전에 삼각산으로 입춘 산행을 다녀왔다는 엄홍길 씨의 얼굴엔 봄의 생기가 넘쳐났다. 세계 최고봉을 가장 많이 오른 사내인 그에게 540미터 높이의 삼각산도 산일까 싶은데, 그는 사무실을 벗어나 산에 오르면 살 것 같다고 한다. 잠깐 산에서 떨어진 아파트에 산 적이 있는데 너무 답답해 다시 서울 우이동 수유리 아카데미하우스 근처로 이사를 했다면서 집에서 5분만 나가면 산이라고 자랑스럽게 말했다.

2007년 히말라야 로체샤르 등정을 끝으로 히말라야 8천 미터급 16좌를 완등한 그는 이듬해 5월 비영리단체인 '엄홍길휴먼재단'을 설립해 본격적인 사회사업을 시작했다. 재단의 상임이사이자 상명대 석좌교수이기도 한 그를 어떻게 불러야 할지 난감해 어떤 호칭이 좋으냐고 물었더니 옆에서 커피를 타주던 재단 직원이 대신 답했다. "그야 당연히 대장님이죠."

그렇다. 그는 여전히 대장이다. 등반대를 이끌고 히말라야에 오르는 대신 사람들 속으로 들어가는 루트만 달라졌을 뿐이다. 한편으로는 방향을 틀어 새로운 일을 시작하는 것이지만 다른 한편으로는 평생 해온 방식 그대로 자신의 길을 내고 있었다.

그는 16좌 완등 이후 파라다이스문화재단이 주는 '2007 파라다이스상' 특별공로상을 받았는데 그때 받은 상금을 출연하고 그의 뜻에 공감하는 사람들을 모아 재단을 설립했다. 대표는 김앤장법률사무소 대표 변호사인 이재후 변호사가 맡고 그는 상임이사로 활동한다. 재단을 설립한 이유는 산에서 얻은 것을 산에 돌려주고, 산에서 진 빚을 갚겠다는 약속을 지키기 위해서였다.

"2000년 8천 미터 14좌 완등이 가까워질 무렵부터 나중에 이런 일을 해야겠다고 생각했어요. 수도 없이 실패를 겪으면서 산의 깊이를 알면 알수록 과연 내가 해낼 수 있을지, 살아서 돌아갈 수 있을지 두려움도 커졌죠. 인간의 능력에는 결국 한계가 있습니다. 아무리 강하고 기술이 좋아도 8천 미터 이상은 인간의 능력을 벗어나는 영역이에요. 마지막엔 산이 우릴 받아줘야 성공할 수 있어요. 산과 내가 하나가 되어야, 욕심을 내지 않고 순리를 따라야 산은 비로소 정상의 자리를 내줍니다."

다시 16좌를 향해 가면서도 그는 "살아서 꿈을 이룰 수 있다면 살아남은 자로서 당신(산)에게 받은 것에 반드시 보답하겠다"고 숱하게 다짐했다고 한다. 목표 지점에 다가갈수록 그 다짐은 더욱 간절해졌다.

"내가 지금 16좌를 다 오르고도 살아서 이런 이야기를 하는 것 자체가 기적이에요. 나는 시간이 남고 돈이 남아 유유자적하게 재단 일을 하는 게 아닙니다. 내가 산에서 목숨을 걸고 한 약속을 지키려는 것이죠."

첫 인터뷰 때 나는 '산에 건 약속'이라는 그의 말에 별로 주의를 기울이지 않았다. 커다란 성취를 이뤄낸 사람이 가진 것을 사회에 환원하기로 결심한 동기를 설명하는 의례적 수사이겠거니 했다. 그런데 2010년 2월에 다시 만났을 때 그의 등정 실패담을 듣다가 만약 실패를 이기지 못하고 16좌 등정을 중도에 포기했더라면 어떻게 살고 있었을 것 같으냐고 묻자, 그는 단 1초도 망설임 없이 재단 일을 더 일찍 시작했을 거라고 대답했다. 그만큼 함께 산에 가다 죽은 사람들에 대한 기억이 가슴에 응어리져 있다고 했다. 그제야 나는 산에 목숨을 걸고 한 약속을 지키려는 것이라는 그의 설명이 빈 말이 아니라는 것을 알았다.

산에서 받은 것을 산에 돌려주는 일

재단을 설립한 뒤 그가 본격적으로 착수한 첫 사업은 네팔의 해발 4060미터에 있는 고산 마을 쿰푸히말라야의 팡보체에 초등학교를 짓는 일이었다. 팡보체는 1986년 그가 두 번째 히말라야 등반 도전에 나섰을 때 목숨을 잃은 현지 셰르파 술딤 도루지의 고향이다. 결혼한 지 7개월 된 스물두 살의 청년이 졸지에 세상을 뜬 게 너무 안타까워 그곳에 갈 때마다 유가족을 보살펴온 그는 오지의 아이들에게 더 나은 교육의 기회를 제공하기 위해 새 학교를 지어주기로 했다. 2009년 어린이날 착공식을 한 이 학교는 2010년 어린이날 준공식을 갖고 문을 열었다.

"일반적인 도시 변두리에 평범한 학교를 짓는 게 아니라서 시간이 오래 걸렸어요. 건축 자재도 전부 헬기로 수송해야 하고 비행기를 타고 가서도 3박 4일은 걸어 올라가야 하는 오지니까. 고산증 때문에 맨몸으로 움직여도 숨이 찬 곳이라 건축 기술자들이 여간해선 가지 않으려고 하는 곳이에요. 그런데 단열 공사는 지상에서보다 더 철저히 해야 하거든. 고산 지역이라 벽돌만 쌓으면 해가 차단돼서 교실 안이 더 추워요. 이래저래 쉬운 공사는 아니죠."

학교의 교육 기자재도 지원할 예정이라고 설명하던 그는 갑자기 생각난 듯 좋은 일을 하니까 다른 좋은 일도 덤으로 생기더라면서 그 마을에 간호사도 한 명 상주할 수 있게 되었다고 말을 꺼냈다.

2009년 기공식을 하러 재단 후원자들과 함께 팡보체에 갔을 때의 일이다. 학교 부지에 둘러앉아 이야기를 나누다가 그곳에 간호사도 한 명 있었으면 좋겠다는 말이 나왔다. 가장 가까운 병원이 해발 3800미터까지 내려가야 하는 마을에 단 한 곳뿐이어서 주민들은 죽을병이 아니면 몸이 아파도 병원에 가지 않는다고 했다. 응급처치라도 할 수 있는 사람이 한 명 상주하면 좋을 텐데 산골에서 귀양살이를 하는 것과 다를 바 없어 돈만 갖고 되는 일이 아니었다. 그런 이야기를 나누고 있는데, 쟁반에 차를 들고 나온 예쁘장한 소녀가 다리를 심하게 저는 게 눈에 띄었다. 학교에서 허드렛일을 하는 열아홉 살의 밍마참치였다. 아홉 살 때 담 밑으로 떨어져 골반을 다쳤는데 치료를 받지 않고 그냥 지내다 보니 뼈가 뒤틀리고 다리가 안으로 굽으면서 불구가 된 채로 10년을 살아왔다고 했다. 밍마참치의 안타까운 사연을 들은 후원자가 카트만두에 데리고 내려가서 수술을 시켜주자고 제안해 예정에 없이 카트만두에 함께 가게 되었는데 밍마참치가 귀가 번쩍 뜨이는 말을 먼저 꺼냈다고 한다. 수술이 잘되어 다리가 나으면 고향에 돌아가 간호사 일을 하고 싶다는 거였다.

"간호사 이야기를 하던 중에 만난 아이가 자진해서 간호사를 하겠다고 하니 얼마나 신기합니까? 좋은 뜻으로 사람을 대하면 일이 이렇게 풀리는가 싶었지요. 팡보체에 학교를 지은 것도 셰르파 고향이라서 시작된 일인데 그걸 통해 한 아이가 새로운 삶을 열게 되었으니까요. 히말라야가 맺어준 새로운 인연이지요."

카트만두의 병원이 수술에 난색을 표해 2010년 2월 밍마참치는 가톨릭대학교 서울성모병원에서 인공 고관절 삽입 수술을 받은 뒤 강서 솔병원에서 물리치료를 받았다. 모두 병원에서 무료로 치료를 후원해서 이뤄진 일이다. 수술을 받으러 한국에 오기 전 카트만두에서 간호조무사 학원을 수료한 밍마참치는 완치되어 돌아가면 고향에서 간호조무사로 일할 예정이다. 엄홍길 씨는 앞으로도 가난과 험준한 산악 지형 때문에 치료를 받지 못하고 난치병을 안고 살아가는 아이들을 국내로 이송해 치료해주는 '희망 날개' 사업을 재단 사업으로 지속할 거라고 했다.

2010년 3월에는 카트만두에서 32킬로미터 떨어진 마을 타르푸에 두 번째 초등학교를 짓는 일도 확정했다. 히말라야 산간 마을에 교육, 의료를 지원하는 일과 함께 오지 자원봉사, 산행을 통한 청소년 교육, 기후 환경 변화의 시급성을 알리고 대책을 마련하는 일도 재단을 통해 하려는 사업들이다.

"분야는 여러 가지이지만 제가 하고 싶은 일의 핵심은 자연과 인간의 공생입니다. 청소년 교육도 그렇지요. 산행 체험학교를 해보면 청소년들이 신체적으로는 크지만 정신적으로는 허약하다는 걸 절감합니다. 뭐든 쉽게 이루려 하고 쉽게 좌절해요. 전 그게 자연과 동떨어진 생활 때문이라고 봅니다. 요즘 학교에선 체육 시간도 점점 없앤다는데 등수만 따지면서 허약한 성인으로 자라면 뭐하나요. 배려나 이해심은 말로는 못 가르쳐요. 자연 속에서 행위를 통해 깨달아야 하는 덕목이죠."

기후 환경의 급변 역시 자연과 인간의 공생이 깨져 일어난 일이다. 그가 원정을 시작한 해는 1985년인데 그 후 1990년대, 2000년대를 거치면서 산이 변하는 게 확연하게 보이더라고 했다.

"2009년 1월 의료 봉사단을 이끌고 남체에 갔을 때의 일이에요. 3500미터 높이에 있는 그 마을은 그 무렵이 가장 추울 때라 다른 때 같으면 현지인도 카트만두에 내려가 겨울을 났을 텐데, 그해에는 눈은커녕 먼지만 풀풀 날리더라고요. 산에도 눈이 거의 없고 바위가 다 드러나 있었어요. 현지인들도 날씨가 이상하다고 놀라더라고요. 의료 봉사를 하기엔 좋은 날씨였지만 너무 씁쓸했어요. 히말라야 원천의 뿌리 자체가 병들어가고 있으니까요. 그 심각성을 모두 깨달아야 합니다."

그의 이야기를 듣다 보면 성공보다 실패의 경험에 귀가 더 솔깃해진다. 1985년에서 2007년까 **중요한 것은 실패를 다루는 방식**
지 22년간 세계 최고봉 열여섯 개에 올랐지만 그가 도전한 횟수는 모두 서른여덟 번이다. 성공한 것 이상으로 실패해온 셈이다. 게다가 함께 산에 오른 동료 열 명이 목숨을 잃는 것을 목격했다.

세 번의 도전 끝에 1988년에 처음으로 에베레스트 등정에 성공했지만 1989년부터 1993년까지 5년간 안나푸르나, 낭가파르바트 등을 대상으로 시도한 여섯 번의 등반은 모두 실패했다. 번번이 깨져서 돌아왔고, 여섯 번째 실패는 동상에 걸린 오른쪽 발가락 두 개를 잘라낼 정도로 참담했다. 그래도 다시 일어나 1993년 일곱 번째 도전한 초오유 등정에 마침내 성공했을 때 그는 실패와 좌절의 시간이 드디어 자기한테서 떨어져 나갔다고 느꼈다. 그러나 일은 그렇게 진행되지 않았다. 같은 해 시샤팡마에서 그는 동료 박병태 대원을 잃었다.

처참한 실패와 죽음이 이어지는 와중에서도 그에게 가장 혹독한 시련을 안겨준 산은 안나푸르나다. 네 번 실패하고 다섯 번째에 비로소 성공했지만 이 산에서만 세 명의 동료를 잃었다. 1998년 네 번째 시도한 안나푸르나 등정은 그의 생애를 통틀어 가장 위태로웠던 순간이었다. 크레바스에서 미끄러져 추락하는 셰르파를 구하던 도중 발목이 180도 돌아가는 중상을 입게 된 것이다. 병원에서 '산행 불가' 선고를 받고 산악인으로서의 인생이 끝장났다고 생각했다. 그러나 집 앞의 원도봉산이 그를 부르기라도 하는 듯 끊임없이 눈앞에 어른거렸다. 5개월 뒤 그는 쇠로 된 핀이 박힌 다리로 울면서 삼각산에 오르내려 재활에 성공했다. 부상 후 1년 만인 1999년 다시 찾아간 안나푸르나는 이번엔 그에게 정상을 열어 보여주었지만 불행히도 함께 등정한 여성 산악인 지현옥과 셰르파를 잃었다.

그의 경우엔 실패가 사소한 실수 정도가 아니다. 목숨을 내놓아야 하는 일이다. 죽을힘을 내도 계속 실패가 잇따를 때면 도무지 불가항력이라고 포기할 법도 하건만, 무슨 힘으로 그는 다시 일어섰을까? 정작 그는 실패와 성공의 개념에 큰 차이를 두지 않는 듯했다.

"내가 경험하기로는 성공과 실패는 크게 다르지 않아요. 실패의 수와 성공의 수는 거의 비슷합니다. 중요한 건 실패를 피하는 게 아니라 실패를 다루는 방식입니다. 실패와 현실의 불행을 끌어안은 채 거기에 고착되면 영영 벗어나질 못해요. 실패에서 배울 수 있는 것은 배우고, 불가항력이었다면 '더 나빴을 수도 있는데' 하고 생각하면서 받아들여야 합니다. 후회하지 않을 만큼 최선을 다했다면 겉으로 드러난 실패는 진짜 실패가 아니에요."

산에서 그의 별명은 '탱크'다. 99퍼센트가 불가능해 보여도 1퍼센트의 성공 가능성이 보이면 시도하는 결단력 덕분이다. 산에서 갈등의 순간은 수도 없이 많다. 지금 출발할까 말까, 더 올라갈까 말까, 이 길로 갈까 말까를 끊임없이 결정해야 한다. 게다가 크레바스가 갈라지거나 눈사태가 덮치는 위험이 예고하고 발생하는 것도 아니다. 목숨이 걸린 상황에서 갈등을 겪을 때 뭔가를 선택하는 행위는 목표에 대한 확신 없이는 불가능하다고 했다. 결단력과 팀워크를 통해 최선을 다하되 순리에 따르는 겸허함이 결합되어야 한다는 것이다. 그런 결단은 매번 성공적인 것도 아니었고 곧잘 실패로 귀결되었다. 그래도 포기하지 않을 수 있었던 건 뭐든 죽기 살기로 하니까 가능했던 것 같다고 했다.

"뭔가 미련이 남으면 잘못된 일에 대해 계속 자책을 하게 되는데 죽기 살기로 한 일은 실패해도 후회가 없잖아요. 후회가 없으니까 다시 일어설 힘도 나오는 것이지요. 실패는 늘 있기 마련이라고 인정해야지 그걸 두려워하면 안 됩니다. 정말 두려워해야 할 것은 미련이 남은 상태에서 포기하는 것이지요."

그는 긍정적인 성격의 덕도 보았다고 한다. 뭐든 좋지 않은 쪽으로 생각하기 시작하면 그쪽으로만 생각이 쏠려 헤어 나올 수가 없는데 자신은 대체로 나쁜 일도 더 좋은 일을 맞이하기 위한 수순이라 생각하고 긍정적으로 받아들이는 편이라고 했다.

그러나 그의 말마따나 8천 미터 이상은 인간의 한계를 넘어서는 영역이다. 제아무리 실패를 두려워하지 않고 긍정적으로 생각한다고 해도 산이 받아들여주지 않으면 성공하기 어렵다. 그런 의미에서 그는 산에 신이 있다고 믿는다. 처음부터 그랬던 것은 아니다. 산을 대하는 태도가 달라진 것은 1990년 실패한 낭가파르바트 원정을 갔을 때였다. 이슬람 문화가 지배하는 파키스탄에서 술은 금기였지만 당시 등반대는 술을 빚을 누룩을 몰래 반입해 등반을 쉬는 날이면 베이스캠프에서 술을 만들어 곧잘 잔치를 벌였다. 잔칫상에 빠질 수 없는 고기는 베이스캠프에서 5분 남짓한 거리에 있는 목동 하우스에서 조달했다. 그렇게 등정이 끝날 때까지 잡아먹은 가축만 열 마리가 넘었다.

"몸과 마음을 그 어느 때보다 깨끗이 하고 올라가도 시원찮을 판에 신성한 산에서 살생을 하면서 욕구를 채운다는 것은 죽음을 자초하는 짓이었지요. 그때는 그 사실을 깨닫지 못했어요. 실패한 뒤에서야 알았죠. 산에서 살생을 하고 있는데 날씨가 좋을 리가 있나. 그때 산이 노하고 동물들이 노하는 걸 보면서 히말라야가 신들의 영역이라는 생각을 하게 되었어요. 그 뒤부터 등반을 할 때는 심지어 텐트 안에 모기가 들어와도 죽이지 않고 쫓아냅니다. 등반을 하려면 육류 섭취가 필요한데 함께 등반하는 주방장에게도 산 아래서 미리 준비해서 올라오고 산 근처에선 살생을 금하라고 지시했어요."

그렇게 태도를 바꿨다고 해서 '산의 신'이 당장 그에게 선물을 주진 않았다. 2년 뒤에 재도전한 낭가파르바트 원정에서 그는 등정에 실패했을 뿐 아니라 동상에 걸린 발가락을 잘라내야 했다. 그래도 실패할수록 더욱 겸손해지려 노력했고 안나푸르나에서는 철수할 때마다 "어떤 일이 있어도 다시 올 테니 그때는 저를 받아주십시오" 하고 기도를 했다고 한다. "길게 보면 경건한 마음을 갖기 시작하면서 산이 조금씩 열리기 시작한 것 같다"고도 했다.

그의 말을 들으면서 나는 우리가 흔히들 떠올리는 '대가'에 대해 다시 생각하게 되었다. '이만큼 했으니 좋은 일이 와주겠지' 하고 기대하는 노력의 대가뿐 아니라 우리는 종종 실패나 불운의 대가도 기대한다. '이만큼 겪었는데 나쁜 일이 또 생기진 않겠지' 하고 다음번엔 액운이 피해가기를 기대하는 것이다. 안타깝게도 행과 불행은 우리의 기대에 따라 공평하게 분배되지 않는다. 번번이 기대가 좌절될 경우 세상을 원망하거나 자책으로 이어지기 십상이다. 엄홍길 씨가 남달랐던 것은 성공의 수보다 많은 실패를 겪으면서도 실패의 대가를 바라다 좌절하지도 않았고, 노력의 대가를 바라는 마음에 스스로 짓눌리지도 않았다는 점이다. 산에서 조난을 당해 고립되어 사투를 벌이던 사람이 구조되거나 마침내 길이 열렸을 때 동료 대원들에게 처음 건네는 말은 "잘 견뎠다"라고 한다. 그 말대로 다만 견뎌내는 수밖에 다른 방법이 있을까? 세계 최초로 8천 미터급 16좌를 정복한 사람이 된 그의 성취도 죽을힘을 다해 견뎌낸 사람에게 '산의 신'이 마침내 건넨 선물인 것만 같았다.

높이 가려면
천천히 올라야 한다

그는 자신이 히말라야의 기운을 늘 갖고 있다고 생각하는 사람이다. 지구상에 존재하는 사람 중에서 가장 높은 고도에서 오랜 시간을 보낸 사람이고, 신과 가장 가까이 마주한 사람이라는 자부심이 있다. 산과 관련된 일을 하면 새벽까지 쏟아지던 폭우가 멈추는 등 날씨도 도와주고, 일도 잘된다고 했다. 그런 그도 함께 등반을 하다가 목숨을 잃은 열 명에 대한 이야기에서는 어조가 달라졌다. 2000년 K2에 오르며 8천 미터급 14좌 등정에 성공한 뒤에는 이 일이 사람의 목숨을 담보로 해가면서까지 할 만큼 가치 있는 일인지 괴로워서 오랫동안 헤맸고, 도봉산에서 천도제도 올렸다. 2005년 3월에는 휴먼 원정대를 꾸려 한 해 전에 초모랑마 정복 후 8750미터 지점에서 설맹으로 조난당해 줄에 매달린 채 숨진 박무택 대원의 시신을 거두러 가기도 했다.

"등정의 실패나 부상보다 더 괴로운 일이 동료를 잃는 일이었어요. 그 때문에 많이 힘들었는데 결국은 죽은 동료를 위해서라도 내가 산에 올라가는 길밖에 없더라고요. 그들 역시 산에 오르려는 목적으로 가서 사고를 당한 것이니까요. 내 목표와 함께 그들이 이루지 못한 목표를 살아 있는 내가 같이 이룬다고 생각하고 올라갔어요."

오래된 마음의 빚이 조금이나마 가벼워진 것은 8천 미터급 16좌 완등을 끝내고 난 뒤인 2007년 11월 추모제를 지내러 안나푸르나를 다시 찾았을 때였다. 안나푸르나는 그와 인연이 있는 사람 네 명이 잠들어 있는 산이다. 여성 산악인 지현옥과 셰르파 둘이 그와 함께 나선 등반길에서 목숨을 잃었고, 한참을 거슬러 올라가 그에게 산의 정신적 세계를 가르쳐준 등산 선배가 그곳에서 눈사태로 숨졌다. 그는 잇따라 안나푸르나 등정에 실패할 때 '내가 안나푸르나를 한 번에 오르면 그 산에 다시 가지 않을 것 같으니까 그 형이 내가 보고 싶고 그리워서 발목을 잡았던 게 아닌가' 생각했다고 한다.

추모제를 지내기 위해 자원봉사를 하는 종교인들과 짐꾼 스무 명과 함께 안나푸르나 북면의 베이스캠프를 넘어가는데 앞에 가는 사람의 발자국도 보이지 않을 정도로 심한 눈보라가 휘몰아쳤다. 마지막 마을에서 베이스캠프까지 보통 3박 4일 걸리는 길을 5박 6일에 걸쳐서 겨우 올라간 끝에 눈보라가 멈췄다. '이 산에서 죽은 사람들이 내가 이제야 온다고 서운해서 날씨가 그랬구나' 하는 생각이 들어서, 그는 진작에 왔어야 하는데 내 볼일 다 보고 와서 미안하다며 마음속으로 깊이 사죄했다고 한다.

베이스캠프에서 추모제를 지낼 때는 신기하게도 안나푸르나 정상에 무지개가 뜨고 히말라야에서 길조로 여겨지는 까마귀 일곱 마리가 어디서인지 무리 지어 오더니 상공을 날았다. 흡족한 마음으로 다음 날 헬기를 불러 내려가기로 했는데 다시 눈이 내리기 시작했다. 온다는 헬기가 날씨 때문에 번번이 도착하지 못하고 다른 원정대가 캠프에 남기고 간 식량으로 며칠째 끼니를 때우던 어느 날, 그는 캠프 밖에 나가서 '아이들이 아직도 서운한 마음을 풀지 못했구나' 하고 착잡한 상념에 잠겼다. 그때 갑자기 청각이 예민하게 발달한 그의 귀에 멀리서부터 두두두두 하는 헬기 소리가 들렸다. 이제야 아이들 마음이 풀려서 날 보내주나 보다, '그래 형, 모든 것 털고 나아가라' 하고 보내주나 보다 하는 생각에 비로소 용서받은 느낌이 들었다고 했다.

목숨을 걸고 고산을 정복해온 그에게 사회 공헌 사업을 하는 '두 번째 도전'은 쉬운 일이 아닐까? 그는 웃으며 절대 그렇지 않다고 고개를 가로저었다.

"아이고, 절대로 그렇지 않아요. 산에서는 모두가 하나의 목표를 향해 의기투합하니까 오히려 더 명료할 수 있어요. 여기서는 어떤 방향으로 가려고 해도 여러 사람을 접하고 서로 다른 의견을 조율해야 하니까 스트레스를 더 받지요."

그러면서도 그는 "천천히 가야지요. 8천 미터도 한 걸음에서 시작했어요. 조급한 마음으로 자꾸 보폭을 넓히다 보면 주저앉게 됩니다" 하고 덧붙였다. 고산 등반을 할 때도 헬기를 타고 곧바로 베이스캠프에 진입하지 않는 이유는 신체를 고소에 적응시켜야 하기 때문이다. 그러려면 낮은 곳에서 차츰 고도를 높이며 올라가는 방법밖에 없다. 높이 가려면 천천히 올라야 한다. 한 걸음이 중요한 것도 그래서라고 했다.

재단의 일이 서서히 탄력을 받아 진행되고 있지만 정작 그는 산에 가고 싶어 몸살을 앓는다. 한창 다닐 땐 몰랐는데 히말라야가 그리워 미치겠다고 한다.

"예전에는 히말라야에 도착하면 전쟁터 나가는 전사처럼 무작정 올라가는 게 최대 목표였어요. 수도자의 고행처럼 올라간다는 화두 단 하나에만 몰입하니까 주변의 경관이나 자연의 모습, 나무 한 그루, 물, 꽃, 새 이런 것들이 눈에 들어오지도 않고 들리지도 않았어요. 이제는 산에 죽기 살기로 가는 게 아니고 마음에 여유가 생기니까 전에는 보지도 느끼지도 못했던 것들이 보여요. 내가 왜 이전에는 이걸 못 보고 못 느꼈나 하는 생각이 드는데 이젠 재단 일에 얽매여 가고 싶어도 갈 수가 없으니 열병을 앓지요."

히말라야로 아무 때나 달려가지 못하는 대신 그는 청소년, 학생들과 함께 산에 오르는 것으로 마음을 달랜다.

"강의를 하는 상명대에서도 산에 오르는 실기 수업을 하고, 초중고생이나 장애인들을 데리고 산에 자주 갑니다. 산에 가면 아이들이 달라져요. 장애인들도 달라집니다. 산에 오르기 시작할 땐 쉽게 마음의 문을 열지 않아요. 그러다가 잘 쓰지 않는 근육을 쓰고, 자기보다 몸이 불편한 친구들을 챙기고, 평소에 하지 않던 생각도 하게 되면서 몸에 활기가 도는 거죠. 그렇게 정상에 올라가면 희열이 폭발해 우는 장애인들이 많아요. 그러고 나면 내려갈 땐 표정부터 달라집니다. 장애인, 비장애인이 따로 없어요. 의술로는 해결할 수 없는 일이고, 자연 그 자체가 신비의 명

약입니다. 나이 스물이 넘어도 정신 연령은 초등학생 수준인 지체장애인을 데리고 히말라야에 다녀온 적이 있는데 아이가 완전히 달라졌어요. 모임에도 저 혼자 나오고 씩씩하게 돌아다니더니 얼마 전부터는 제빵 기술도 배운다고 하더라고요."

그는 자연 속에서 움직이는 것이 신비의 명약인 것은 성인에게도 마찬가지라고 생각하는 듯했다. 인생 전환을 꿈꾸는 사람을 위한 조언을 청하자 인생은 끝없는 도전의 연속이므로 변화를 두려워하지 말라고 약간 상투적인 말을 하다가 갑자기 멈칫하더니 가장 그다운 방식으로 말을 맺었다.

"운동을 하세요, 운동을! 뭘 하든 자신감과 긍정적 사고가 가장 중요한데 그것도 에너지가 있어야 가능한 일이에요. 자기 몸이 피곤하면 도전이고 자시고 무슨 의욕이 나겠습니까?"

그가 목숨을 걸고 대면해온 위험은 실제로 생명에 위해를 가하는 것이었지만, 그의 사례에 비추어 우리 일상을 돌아본다면 앞이 불확실한 길을 걸어가는 위험(risk)에 대해서도 비슷한 해석을 할 수 있을 것 같다. 교육심리학자인 스코트 L. 호튼은 'risk'의 어원이 그리스어로 절벽 주변을 항해한다는 뜻인 'rhiza'에서 왔을 거라고 추측했다. 절벽 위가 아니라 절벽 주변이다. 앞에 기다리는 것은 잔잔하고 너른 바다일 수도 있지만 거센 물살이 이는 적대적인 환경일 수도 있다. 분명한 것 하나는 앞으로 닥쳐올 일에 대해 아는 게 없다는 것이다. 또한 자신이 직접 키를 쥐고 절벽 주변을 항해해야 하고, 희망을 버리지 않아야 한다는 것이다.

이런 위험을 감당하겠다고 나서는 것은 일의 결과를 알지 못하는 상황과 기꺼이 마주하겠다는 뜻이다. 삶의 방향을 바꾸려면 사생의 결단까지는 아니더라도 그만한 용기는 필요하지 않을까?

에필로그

내 세상도 하나 있어야겠다

길을 바꾼 사람들을 잇달아 만나는 여행길에서 돌아올 때마다 나는 조지프 캠벨이 《신화의 힘》에서 들려준 말을 떠올렸다. 바그너의 오페라 〈트리스탄과 이졸데〉에서 트리스탄이 한 말이라고 한다.

"이 세상에 내 세상도 하나 있어야겠다. 내 세상만 가질 수 있다면 구원을 받아도 좋고 지옥에 떨어져도 좋다."

여행을 마친 지금, 지상 위에 '내 세상'을 하나 만들려 분투했던 그들의 얼굴을 떠올려본다. 자신의 세상과 만나기 위해 이들은 어느 때 가장 행복했는지, 어떤 일이 가장 가치 있는지를 오래 생각했고, 자신의 강점과 연결되지 않는 판타지를 꿈으로 착각하지 않으려 스스로를 돌아보았으며, 온전히 자신에게 시간을 할애하는 하프타임을 갖고 미래의 꿈을 기록했다. 어디로 가는지 뚜렷하지 않을 때에도 일단 이만큼만 해보자고 생각하면서, 큰 점프를 하는 대신 징검다리를 건넜다. 그러는 동안 별개인 것처럼 보이던 경험들이 서로 연결되었고 뒤돌아보면 어느새 하나의 길이 만들어져 있곤 했다. 어쩌면 삶의 길을 바꿀 때 반드시 챙겨야 할 필수품은 상세한 노선도가 아니라 이처럼 자신의 경험이 서로 이어지고 통합되어 결국은 '내 길', '내 세상'을 만들게 될 것이라는 믿음뿐일지도 모른다.

내가 만난 사람들 가운데 손에 지도를 들고 있든 그렇지 않든 인생의 행로를 바꾸는 선택을 하면서 남들 따라 '되는 쪽'에 걸어보려는 사람은 없었다. 《성배를 찾아서》라는 프랑스의 오래된 문헌에서는 성배를 찾아 떠나는 기사들을 이렇게 묘사한다. "그래서 그들은 저마다 가장 어둡고 길이 나 있지 않은 지점을 골라 숲으로 들어갔다."

신화 속에서 남의 꽁무니를 쫓아가는 사람들은 곧잘 길을 잃는다. 남들이 다 가는 길 대신 나만의 길을 고르고, 자신의 괴물과 싸우고 자신의 시련을 감내해야만, 지금까지 지상에 존재하지 않았던 자신의 가능성을 실현하는 일에 도전할 수 있다.

내가 만난 이들 중 전환 이전보다 수입이 확실히 늘어난 사람은 절반에 미치지 못한다. 이들이 세속적 성공을 거뒀다고 할 순 없을 것이다. 그러나 삶의 만족도는 꽤 높은 편이었다. 그들로부터 나는 구체적인 삶을 사는 기쁨에 대해 들었고, 먼 길을 돌아 미리 계획된 듯한 소명을 만났다는 충만함도 엿보았다. 반면 또다시 일 중독자가 되어간다는 자기반성, 가끔 전환을 후회한다는 고백도 들었다. 그러나 현재 상태가 어떻든 단 한 번의 전환으로 삶이 완성되리라 기대하는 이는 아무도 없었다.

우리는 모두 자신의 이야기를 쓰고 있는 중이다. 그 속에 있는 동안에는 이 이야기가 어떻게 끝날지 아무도 모른다. 새로운 사건이 삶에 더해질 때마다 줄거리를 계속 수정할 뿐이다. 길을 바꾼 사람들은 미래가 불투명하다고 불안해하는 대신 그렇게 이야기를 고쳐 쓰며 열린 태도로 살아가기를 선택한 사람들이다. 곧게 뻗은 직선형 계단 대신 빙빙 도는 나선형 계단에 올라 거듭되는 부침(浮沈)을 긍정하면서도 점점 나아지기를 꿈꾸는 사람들이다. '사는 게 다 그렇지 뭐' 하는 냉소를 거부하고 계속 성장하기를 소망하는 사람들이다. 성인의 삶에 '성장'이라는 단어가 낯설게 들릴지 몰라도, 그렇다. 길을 바꾼 우리는 계속 자라고 싶은 사람들이다.

내 인생이다

첫판 1쇄 펴낸날 2010년 9월 10일
   3쇄 펴낸날 2011년 11월 7일

지은이 김희경
펴낸이 김혜경
기 획 김수진
기획편집부 이재현 이진 김미정 김교석 이다희 백도라지 윤진아
디자인팀 서채홍 나윤영 김명선
마케팅팀 김용환 문창운 조한나
홍보팀 윤혜원 김혜경 오성훈 강신은
경영지원팀 임옥희 양여진

펴낸곳 (주)도서출판 푸른숲
출판등록 2002년 7월 5일 제 406-2003-032호
주소 경기도 파주시 회동길 57-9번지, 우편번호 413-756
전화 031)955-1400(마케팅부), 031)955-1410(편집부)
팩스 031)955-1406(마케팅부), 031)955-1424(편집부)
www.prunsoop.co.kr

이 도서의 국립중앙도서관 출판시도서목록 (CIP)은 e-CIP 홈페이지(http://www.nl.go.kr/cip.php)에서 이용
하실 수 있습니다. (CIP제어번호: CIP2010003216)